目次

序章　Ｉの悲劇　6
第一章　軽い雨　9
第二章　浅い池　87
第三章　重い本　125
第四章　黒い網　177
第五章　深い沼　261
第六章　白い仏　291
終章　Ｉの喜劇　370
解説　篠田節子　404

Iの悲劇

序章　Ⅰの悲劇

吐く息も凍りそうに冷え込んだ明け方、数えで百歳の女性が息を引き取った。

大きな病気はなく、前日まで隣人に嫁の不人情を訴えていた。その嫁が朝の空気を入れようと訪れた寝室の、数十年使い続けた布団の中で亡くなっていた。

通夜も葬儀もすべて滞りなく手配された。一番若い参列者が五十九歳で、誰もが法事には慣れきっていた。前夜から降り続いた雪のせいで霊柩車の到着が遅れたのが、ただ一つ予定にないことだった。ありふれた、問題のない死だ。しかし後から振り返って、住人たちは誰もが、あの死がきっかけだったのだと口を揃えた。

女性は山あいの小さな集落、簑石《みのいし》に、生まれてから死ぬまで住んでいた。毎年着実に平均年齢が上がっていく一帯にあって、簑石は一足先に息絶えようとしていた。曲がりくねった峠道を抜けて辿り着く二十軒ほどの集落で、ひとが住んでいる家はすでに半数に満たなかった。

葬儀から一週間後、故人とは結局最後まで打ち解けることのなかった嫁が、ひっそりと簑石を去った。故人とは尋常小学校の級友だった男性が、つられるように急逝した。別の一人は街に住む息子夫婦の招きにようやく応じて家を引き払い、また別の一人は台所の上がり框《がまち》につまずいて足の骨を折り、二時間かけて雪をかきわけ辿り着いた救急車に運ばれていき、寝たきりになった。

春の風が吹き、雪が溶けて寒さが緩むと、最後の夫婦が簑石を離れた。二人ながらに住み慣れた我が家の畳の上で死ぬのだと言い張っていたが、隣近所にひとけがない寂しさに抗しかねたのだ。それで、残る住人は男性一人だけになった。彼は八十一歳で身寄りがなかった。

役場からのお知らせを配っていた郵便配達員が、その簑石最後の住人が自宅の玄関で倒れているのを見つけた。足元には達筆で「誠にご迷惑ながら生きる甲斐もないので死にます」と書かれた紙が落ちていて、梁からは切れたロープがぶら下がっていた。最後の住人は首を吊るつもりで失敗し、もう一度死ぬつもりにもなれなかったので街に移って老人ホームに入り、得意の歌謡曲でカラオケの人気者になった。

そして誰もいなくなった。

第一章　軽い雨

1

木製の船を保存するため、朽ちた木材を取り替えていく。櫂《かい》を取り替え、帆柱を取り替え、船底を取り替えていく。そうして長い時間が過ぎ、やがて全ての部品が交換されたとき、それは元の船と同じものと言えるだろうか。

荒廃した集落を見下ろす高台に立ち、そんな話を思い出す。この村は六年前に無人になった。農地はいくらか残っていて、何人かが市街地に住みながら時折農作業に通ってはいるけれど、定住者はもういない。この高台からはかつて、重く実った稲穂が風に揺れるさまが見渡せたはずだ。いまは、かつては水田だった四角形の土地を、生命力に満ちた雑草が野放図に覆い尽くすのが見えるばかり。倒壊した納屋、ひび割れたアスファルト、放棄された車、涸《か》れた溜め池……この村は死んだ。

そしていま、この土地、南はかま市簑石を再生させようとするプロジェクトが進んでいる。死んだ村に新しくひとを呼び、定住を促して失われた活気を取り戻すため、複数の条例が制定され多額の予算が投じられている。しかし、そのプロジェクトがすべて成功し、再びこの村に実りがもたらされる日が来たとして、それは簑石が甦ったと言えるのだろうか。

「万願寺《まんがんじ》さん。早く撮って帰りましょうよ」

去年採用されたばかりの観山遊香《かんざんゆか》が、頭の後ろで手を組んで退屈そうな声を上げる。この一年、基本的な仕事は教えてきたけれど、観山からはどうも学生っぽさが抜けない。公務員らしくないのはポニーテールのせいかもしれないと思ったこともあったけれど、他人の髪型に干渉する謂《い》われもないので伝えていない。はじめは敬語で接していたが、馴染めない感じがするからやめてくださいと言われたので、やめた。それで観山が仕事に馴染んだという気はしない。

「悪い、構図を考えていた。ちょっと待ってくれ」

そう言って、改めて簑石を見渡す。いま立っている高台には母屋と離れの二棟からなる民家が建っていて、雑草が生い茂る車まわしから村が一望できる。簑石の全景を撮ってくるよう上司に言われて、適切な撮影ポイントを探していた。ここならいいだろう。

デジタルカメラを構える。四月、まだ風には冷たさがあるけれど日差しはうららかで、村の随所でぽつぽつと花が咲くのがファインダー越しに見えた。写真は資料用なので見栄えのよいものを撮る必要はないのだけれど、せっかくなら少しでも美しく撮ってやりたい。視界の端で、観山が公用車にもたれてあくびをしている。

写真は結局、二十枚近く撮った。

南はかま市は九年前に四つの自治体が合併し、人口六万人強の市として成立した。市役所は四自治体のうちもっとも人口が多かった旧南山《なんざん》市の市役所をそのまま使い、ほかの自治体の役場は出張所に名前を変えた。その出張所のひとつ、間野《まの》出張所がわれわれの職場だ。

手狭な仕事場の窓際には、一年中石油ストーブが鎮座している。ストーブから伸びるブリキの煙突は薄汚れ、小さな虫食いのように錆が浮いている。壁に作り付けられた書類棚は木製で、隅に木工業者の名が焼き印で押されている。引き違いの戸は建て付けが悪くなっていて、たいてい片方が開けられたままになっている。間野出張所の部屋がどこもこれほど古びているわけではない。新設されたこの部署に、十年以上も使われていなかった部屋が割り当てられたのだ。

観山を伴って仕事場に戻ると、課長の西野《にしの》がばさりと新聞をたたむところだった。西野課長は五十すぎで少し背が低く、恰幅《かっぷく》がいい。

「おお、お疲れ」

そう言って、課長は席を立つ。西野課長の特技は、時計を見なくても定時がわかることだ。いちおう、

「簑石の全景、撮ってきました」

と伝えるけれど、課長は委細気にせず椅子にかけていた上着をはおり、鞄を持つ。

「明日見るよ。はい、お疲れさん」

そしてそのまま、部屋を出て行ってしまう。いつものことだ。課長が始業時刻に部屋にいることは滅多になく、終業時刻を過ぎて部屋に残っていたことは皆無だ。このご時世でなぜそれが可能なのか、皆目見当がつかない。

「お疲れさまです」

課長の背中にかける声には、自分でもわかるほど溜め息の色が混じっていた。

この部署の担当業務は、無人となった簑石に新しい定住者を募ること。市外からの新規転入、つまりいわゆるIターンの支援と推進をすることだ。

地権者と交渉して空き家を貸す了解を取りつけ、その家を定住希望者に格安で提供し、新生活全般をサポートして、もって簑石を甦らせる。課長の西野秀嗣《ひでつぐ》、新人の観山遊香、そして自分、万願寺邦和《くにかず》の三人が、南はかま市Iターン支援推進プロジェクトの全メンバーになる。

どこかの誰かが、親しみやすい名前の方がいいと考えたのだろう。この部署は、甦り課と名付けられた。――もっといい名前はなかったのだろうか。

「あ、じゃああたしも、お先に失礼します」

観山の屈託のない声は、いつものように古い部屋によく響いた。

応募方法は「パソコンで簡単に」という触れ込みだった。南はかま市のサイトから「市外の方へ」、「その他の事業」、「新規定住者支援」、「簑石地区（旧間野市）定住サポート」、「みのいしへようこそ！」、「プロジェクト詳細」、「応募用紙をダウンロードする」、「規定に同意する」、「アンケートに答える」と順番にリンクを辿ることで、ようやく応募用紙の書式を見つけられる。背景色を多用しているので、モノクロではプリントアウトした時に字が潰れてしまう。カラーでプリントアウトした上で必要事項を記入し、個人情報保護に鑑みて書留ないし簡易書留で郵送する。それ以外の方法、たとえば電話や書面での書類請求には一切応じないし、普通郵便で送られたものも受け付けない。

この応募方法を決めたのは甦り課ではない。たぶん広報課だろう。担当者は嗜虐嗜好者か、さもなくば本物の馬鹿に違いない。このすさまじいまでの不便さでひとが集まるはずがないと思っていたけれど、蓋を開けてみたら、結構な数の応募があった。あまりといえばあまりの煩雑さが逆に面白いということで、ネットで話題になっていたことは後で知った。

間野出張所で残業をする者は少ない。市職員の数は削られ、一人当たりの仕事量は天井知らずに増えているが、多忙な部署は市役所本体に集中しているからだ。そんな中でほぼ毎日十時過ぎまで残業していれば、「一人だけ残られると、帰ったこっちが怠けてるみたいじゃないか」という反発を買うのも当然といったところだが、最初の移住が間近に迫ったいま、やるべきことは山積みだ。甦り課で一人、今日も居残る。

甦り課の仕事には、ほとんどノウハウが蓄積されていない。移住希望者に守ってもらうべき事項は何か。見落としている法的なハードルはないか。もし物件が毀損した場合、原状回復は誰が主体となって求めるのか……新人の観山に問題点の洗い出しは期待できず、課長の西野はいずれにせよ頼りにならない。

肩の辺りに重い疲労を覚えて、一度大きく背伸びをする。壁掛け時計に目をやれば、もう九時半を過ぎている。今日は契約書のチェックをしていた。地権者と移住者は賃貸契約を交わす必要があるが、甦り課の三人は誰も宅建の資格を持っておらず、契約書を作る能力がない。民間の不動産会社に仲介を委託し、契約書の雛形も作ってもらったが、目を通さないというわけにはいかない。首をまわすと、ごきりと嫌な音が鳴った。

「ああ」

一人きりの部屋でそう呟く。

「どうして俺なんだろう」

甦り課に配属される前は、用地課にいた。用地課には未来があった。言い換えるなら出世の見込みがあった。甦り課は市長直属のプロジェクトチームではあるけれど、どう見ても出世コースではない。転属は間違いなく左遷で、左遷の理由は、まったくわからない。用地課では上司の指示に従って大過なく勤めていたはずで、これといった落ち度はなかったし、人間関係も別に悪くなかったと思う。たぶん、何か問題があって左遷されたのではなく、単に誰かは甦り課に行かなければならなかったというだけの話なのだろうけれど、なぜそれが自分だったのかという問いは、ふとした拍子にしつこく湧き上がってくる。二十代が終わろうとしているいまになって、将来の見通しが急に利かなくなってきた。今度のIターン支援推進プロジェクトで自分は、事実上のプロジェクトリーダーを担っている。これが失敗ということになれば、今後の栄達も何もあったものではない。気がつくと、両の手の平を固く組み合わせていた。ほとんど祈るような気持ちになる。

「まともなひとが来ますように……」

いくら環境を整えても、相手に本当に簑石に住む気がなければ、プロジェクトは成功しようがない。ロバを水場に連れていくことはできても、そのロバが水を飲むかどうかは、いくら税金を投下したとしても結局のところ、ロバ次第なのだ。応募者の中で誰を当選とするか、それを決めるのは甦り課ではなかった。市長が直々に選ぶのだと聞いているが、たぶん実際の業務を行ったのは秘書課あたりだろう。

他人が引いたくじの当たり外れで、自分の業績が決まってしまう。やりきれないが、いまできるのはせいぜい溜め息をつくぐらいのことだ。理不尽さを忘れようと目の前の作業に没頭すれば、ますます残業は延びていく。今夜も夕食はコンビニ弁当で済ますことになりそうだ。

2

実際の移住に先だって、現地の案内や契約締結のため、移住希望者にはいちど南はかま市に来てもらう必要がある。築四十年の間野出張所で会えば印象がよくないだろうということで、彼らとは市役所の一室で会うことになった。

南はかま市役所の建物はガラスと吹き抜けを多用した六階建てで、建ってから十年ほどしか経っていない。旧南山市が建てた当時は立派すぎると批判を浴びた庁舎は、いまは新生・南はかま市の中枢になっている。南山市は最初から合併を見越して大きめに建てたのだと、職員のあいだでもまことしやかに噂されている。

久しぶりに訪れた市役所では、用地課にいた頃によく使った第三会議室を手配した。広くはなく、備品もホワイトボードだけだけれど、大した話はしないのでちょうどいい。

移住希望者とは電話で何度もやり取りしているが、直接顔を合わせるのは初めてということもあり、会議室には甦り課全員が揃っている。みなスーツだけれど、観山のスーツ姿は初々しすぎて就職の面接のようで、課長のスーツは見るからによれよれだった。

約束の時刻になり、会議室に入ってきた移住希望者と顔を合わせて、内心少しほっとした。第一印象だけですべてを決めるわけにはいかないが、とりあえず二組とも、明らかに柄が悪いというわけではなかったからだ。どちらも家族があるはずだが、一人で来ていた。

「今日はどうも、遠路はるばるお疲れさまでした」

言葉ほどにはねぎらいが感じられない言い方で、西野課長が頭を下げる。

「いえ。これからどうぞよろしくお願いします」

折り目正しく挨拶を返したのが、久野吉種《くのよしたね》さん。応募用紙には現在の職業を「会社員」と書いていた。具体的な仕事内容は聞いていないが、一分の隙もなくスーツを着込んでいることといい、物怖じしない立ち居振る舞いといい、ひとに会うことの多い業務に就いているのかなと思った。三十歳、細身で、セルフレームの眼鏡をかけている。撫でつけている髪形が少し古い感じがした。

「……よろしくお願いします」

もう一人、安久津淳吉《あくつじゅんきち》さんも後に続く。久野さんに比べて堅い場所には慣れていないようで、目つき振る舞いにも少し虚勢めいたところがある。こちらも「会社員」とあるが、着ているものは涼しげなポロシャツだ。袖から覗いた腕は太く、肌は日に焼けている。仕事柄そうなのか、あるいは単にアウトドアが好きなのかはわからない。年齢は三十二歳と記されているが、並べて見ると、久野さんよりも年上にはとても見えない。

甦り課の三人と移住希望者の二人が、向かい合って座る。司会進行は任されているので、手元の資料を見ながら話を進める。

「さて、今回は当市のIターン支援推進プロジェクトにご応募下さいましてありがとうございます。これから皆さんのお世話をいたします、わたくし、万願寺と申します。プロジェクトは現在のところ十二世帯を招致する予定になっていまして、お二人はその第一陣となります」

いちおう今年の四月から移住希望者はいつでも引っ越して来ていいことになっているが、世帯ごとにそれぞれ事情もあり、転居のタイミングはばらばらになる。いきなり全世帯が押し寄せてくるのではなく、二世帯が先行するという形は甦り課にとってもありがたいことだ。

「なお、住宅の賃貸契約は地権者と皆様のあいだで結んでいただくもので、市はあくまでその仲介役です。実際の仲介業務は市が委託する不動産会社が行いますので、資料をご確認下さい。住宅の提供は、家賃に対して補助金をお出しするという形で行います。皆さんが簑石を気に入って、ご自分の土地家屋を持ちたいと思われた時には、皆さんご自身で大家さんと交渉していただくことになりますが、もちろん市としても出来るだけのサポートはいたします」

そこまで話すと、安久津さんが小さく手を上げた。

「ちょっといいっすか」

「はい、何でしょう」

「簑石ってのは、もう誰も住んでないんでしょ。なのに、土地と家はこっちで貰えるわけじゃないんすか」

移住希望者の中には、土地屋敷がタダで貰えると思っていたひともいた。電話でのやり取りの中であくまで賃貸であることがわかると激昂し、詐欺だ、警察を呼ぶとまくしたてて大騒ぎをされた。そのひとは結局辞退という形で申し込みを取り下げたが、あれはたいへんだった。その時のことを思い出し、安久津さんを刺激しないよう、慎重に答える。

「たしかに現在簑石は無人ですが、ほとんどの住人は別の場所に引っ越しただけで、健在です。そうでない場合も、全ての物件に相続人がいます。格安の賃貸と考えていただくとわかりやすいかと」

幸い、安久津さんは素直に引き下がった。

「そうっすか。わかりました」

ほっとしたことを悟られないよう、外向きの笑顔を作る。

「では、最初ですから自己紹介を兼ねて、改めて応募の動機を聞かせていただけますか」

二人の表情が一瞬強《こわ》ばった。慌てて手を振る。

「ご心配なく、これは審査ではありません。あくまで世間話です」

審査ではないというのは本当だが、ただの世間話でもない。少し話をさせて、相手のひととなりを少しでも見極めようとする作戦だ。だが久野さんは世慣れているらしく、こちらの言うことを真に受けはしなかったようだ。用意した文章を読むように、言う。

「自然豊かな環境に魅力を感じたのと、以前から自給自足の生活を送りたいと考えていたからです。今回のプロジェクトは千載一遇《せんざいいちぐう》の機会だと思っています」

内心を読むことの出来ない、きれいに整った文句だ。ただ少なくとも、何の問題もないお題目を用意できるだけの社会性があることはわかった。

「なるほど、わかりました」

とだけ言って、安久津さんに視線を移す。

「うちは子供がいるんで」

「はい」

「のびのび遊ばせてやりたいと思って来ました」

少し間を置いて、こちらの無言に戸惑ったように「それだけっす」と付け加える。安久津さんは非の打ち所なく礼儀正しいというわけではないが、即座にトラブルを起こしそうなほど粗暴にも感じられない。むしろ、場慣れしすぎていて本心が読めない久野さんの方がやや不安かもしれない。そんなことを思いつつ、話を進める。

「ありがとうございます。それでは、今後の具体的なスケジュールをお伝えします」

募集告知に併記してあったことではあるが、念を押しておく。

「簑石には、ご都合のいい時に転居してきてください。ただし四月一日《いっぴ》から三ヶ月以内にいらっしゃらない場合、応募はキャンセルという形で扱います。お二人は早々にいらっしゃるご予定と聞いていますので無用のことかと思いますが、念のため」

そして左右を見て、西野課長や観山が何か言わないかたしかめる。二人とも小さく頷いただけで、口は開かなかった。新人の観山はともかく、課長は何か一言あってしかるべきだろう。目で促すが、不動の構えは揺るがない。さすがである。

「……では、特に質問がなければ、これから実際に簑石にご案内します。お子さんがのびのびと遊ぶには、実に申し分ない環境ですよ」

3

合併で日本有数の広大な面積を持つことになった南はかま市。その東側に位置する旧間野市のさらに東端に、盲腸のように飛び出しているのが簑石だ。市街地を抜け、交通量の少ない山道を渓流に沿って進むと、行けば行くほど左右から暗い山に迫られて、ふっつりと道が消えてしまうような錯覚に囚われる。しかしいったん谷間を抜ければ、土地は意外と開けている。土地のひとは昔から、簑石に通じる細い道を〝巾着の口〟と言い習わしてきた。入口は狭いが中は広いという意味だ。これで豊かな生活が営まれていれば秘境、桃源郷といったところだが、無人の集落となってからはや六年、打ち捨てられた田畑もひとの気配のない家々も、くたびれ、自然に侵食されている。南はかま市簑石とはそういう場所だった。

二家族が示し合わせたわけでもないだろうが、久野家と安久津家は同じ日に引っ越してきた。

久野家には納屋付きの平屋建てが仲介された。住人は夫婦二人でそれほど部屋数は必要ないが、趣味のために収納スペースは広めに欲しいという要望に応えてのものだ。納屋には使われなくなった農機具が放置されているが、それを差し引いても充分な容積がある。

安久津家は、比較的新しい二階建てに住むことになった。屋根付きの車庫は優に車二台分の広さがあり、水回りもまだ新しい。プロジェクトに用いる中でも一、二を争う好物件で、切り札的な家だったのに、西野課長が独断で地権者との話をまとめて安久津さんに紹介してしまった。たまに仕事をしたと思ったら、これである。そうと知った時は、さすがに抗議した。

「あの家を安久津さんに貸したのは早計じゃないですか。もっと大所帯の移住者のために取っておくべきだったと思いますが」

課長の反論はもごもごと聞き取りにくかった。

「まあ、ねえ。でも、ねえ。地権者さんがお孫さんの受験で金がいるって言うんだ。早めに埋めてやりたいじゃない」

「事情があるのはあの家だけじゃないでしょう」

「それはそうなんだけどね」

甦り課の壁には、簑石の地図を大きくプリントアウトしたものが貼られている。課長はそちらに目を逸《そ》らし、ぽつりと言った。

「ああ、あの家は久野さんの入った家の隣じゃないか。数少ない住人同士、近くに住まわせた方がさみしくなくていい。だろう？　ね？」

いま考えた理由だと思ったが、それ以上は言っても無駄だと引き下がるしかなかった。どちらにせよ、もう契約を交わしているのだから手遅れだ。

間野出張所から簑石までは、車で約四十分かかる。移住者の様子を見に行くことは重要な仕事だが、出張所に一台しかない公用車をそういつもは使わせてもらえないので、自家用車で行くことも多い。

　車は、インプレッサスポーツに乗っている。南はかま市のような、どこに行くにも車がなくては話にならない街では、速い車は案外いいはったりになるのだ。しかし市役所職員が仕事中にスポーツタイプの車を乗りまわすのは、差し支えがあることもある。たまに、公務員らしくないというクレームが寄せられるのだ。ふだんは公用車のプリウスで、それが使えない時は観山のラパンで簑石に日参する。

　二家族の転居から三日が経った、朝からよく晴れた日は、観山と二人、公用車で簑石に向かった。細い山道を観山が嫌がるので、プリウスで行く時はいつも運転を任される。窓を開け、渓流沿いの涼しい空気を浴びながら言った。

「久野さんも安久津さんも、それなりに理想の生活を描いて引っ越してきたはずだ。ただ、そう甘い話はないし、簑石は天国じゃない。必ず、元の暮らしの方が良かったと思う瞬間が来る。それを見逃さないよう注意して、何が不満なのか聞き出すんだ」

　観山は、移住者と楽しく仲良く接することが仕事だと思っている節がある。たしかに観山には、初対面から他人の懐にするりと入り込む奇妙な才能があり、それは公務員にとって得難い武器だが、諸刃の剣でもある。観山のあけっぴろげさに好感を持つひとばかりではなく、役人風情が馴れ馴れしいと反発するひともいるだろう。

「でも、本人がやっぱり駄目だと思って出て行くなら、止めたら悪いじゃないですか」

ここが危うい。移住者と仲良くするあまり、仕事を見失っては本末転倒だ。あっけらかんと言う観山に、溜め息混じりに釘を刺す。

「悪くない。止めるんだ。プロジェクトにはもう充分に予算を使ってる。ぜったい、逃がさないように」

本音は「自分が甦り課を離れるまでは、逃げてもらっては困る」だけれど、それはさすがに言えない。

「万願寺さんって、何だか市役所のひとっぽくないですね」

観山がそんなことを言った。

「そうか？」

「熱心だし」

「……どんなイメージで仕事してるんだ」

あはは、と気の抜けた笑い声が返ってくる。いちおう叱ったつもりなのに、観山はそうは受け取らなかったようだ。

捨てられた農地は雑草が生い茂り、原野に戻ろうとしている。ぽつりぽつりと散在する空き家は、甦り課の手で最低限の手入れはしてあるとはいえ、どうしても寂しげに見えた。

久野さんの家の前は、車まわしが広く取ってある。自家用車を停める場所であり、耕《こう》耘機《うんき》を方向転換させるのにも使われていた。プリウスを寄せてエンジンを止めると、開けた窓から低く唸るような音が入ってきた。

「何だ?」

観山が助手席の窓から首を出した。きょろきょろと辺りを見まわし、上を仰ぐ。

「あ、ヘリコプター」

車から降りて空を見ると、澄んだ空に小さな機影が悠々と飛んでいた。草刈り機のような音がする。

「ラジコンか」

「あんなに小さくても飛ぶんですね」

「そうだな。初めて見た」

ぽかんと見る間に、ヘリは高度を下げ始める。その行く手を目で追っていくと、小高い盛り土の上に久野さんが立っていた。白いTシャツとカーゴパンツという軽装で、スーツ姿が板に付いていただけに、それだけでどこかおかしみがある。久野さんの両手はラジコンの操作でふさがっている。目が合うと、小さく会釈してきた。

ラジコンヘリが着地する。小走りに駆け寄って、観山が昂奮気味に声をかける。

「こんにちは! それ、久野さんのですか?」

「ええ、そうですよ」

久野さんは誇らしげに笑った。

「ここはいいですね。電線も離れているし、ひともいない。低空だって思う存分飛ばせます」

「ひとが多いと飛ばしにくいんですか」

「やっぱり珍しいものだから、何かとひとが寄ってきてトラブルになるんですよ。エンジン駆動だと音も大きいですし」

「エンジンじゃないのもあるんですか？」

「ああ、電動バッテリーのタイプもありますよ。でもまあ、ああいうのはね」

そう言って、少し肩をすくめるような仕草をする。エンジン派とバッテリー派でひそかな対立があるのかもしれない。草地に着陸した機体に近づく。

「間近で見るとけっこう大きいものですね」

機体の端から端までは優に一メートル以上ある。胴体はほっそりしているが、ローターが驚くほど長い。

「これはラジコンヘリの中でもかなり大型の部類に入ります。普段はもっと小型を飛ばします」

話を振れば、どれだけでも語ってくれそうだった。首から提げた送信機《プロポ》も重量感があり大きく、チャンネルがいくつもついている。ラジコンを持ったことはないけれど、これは高そうだということは何となく察しがつく。へええ、と感嘆の声を上げていた観山が、訳知り顔になった。

「あ、もしかして。引っ越してきたのは、思う存分ヘリコプターを飛ばしたかったから、とかですか？」

まずいと思う間もなかった。久野さんが眉をひそめる。

「そんなわけないでしょう。趣味だけで軽々しく人生設計なんてしませんよ」

横から入り込んで観山を目で牽制し、さりげなく話題を逸らそうと試みる。

「ええ、そうですよね。それで、いかがですか。簑石での生活、わからないことや不便なことがありましたら、何かお手伝いできるかもしれません」

「それはわざわざ、ありがとうございます」

観山の軽口で機嫌を損ねたのは間違いないけれど、久野さんは少なくともそれを言葉に出しはしなかった。

「いまのところ、快適に過ごしてますよ。妻も喜んでいます。たしかに家はところどころ古くなってますが、折を見て修理を入れればなんとでもなりそうです。日曜大工も嫌いじゃないですからね。ただ……。ああ、そうだ。あれは見てもらいましょう」

そう言うと、久野さんはラジコンヘリを両手で大事そうに持ち上げる。

「来てください」

そうして案内された先は、母屋《おもや》の裏手だった。台所へと続く勝手口からぽつぽつと飛び石が伸び、数メートル離れて建つ納屋に続いている。見せたいものは、その納屋にあるようだ。母屋が平屋建てなのに納屋は二階建てで、大きさも負けていない。黒ずんだ板壁にトタン屋根を載せた簡便な作りで、周囲には背の低い草が生い茂り、いくらかたんぽぽも咲いている。ラジコンヘリをそっと草の上に置くと、アルミで出来た引き戸をがたがたと引き開けながら、久野さんは苦笑した。

「鍵がついていないんですよね。これまではそれで問題なかったんでしょうが、どうも不安ですよ。さあ、入ってください」

納屋には窓がなく、入口からしか日光が入らないが、外から見たよりも奥行きがあることはわかった。埃《ほこり》くささが鼻を突き、くしゃみが出そうになる。手前は綺麗に片づいていたが、奥の暗がりには雑多なものが詰め込まれているようだ。目を凝らすと、鉄の箱の鋤《すき》、竹製の熊手に箒《ほうき》、石臼《いしうす》が置かれているのが見えてくる。そしてなにより、鍬《くわ》やような大きな機械が据えられているのが目立っていた。色はくすんだ青で、高さは二メートル近い。

「あの機械ですが、何なのかご存じないですか。見る限りここは農具小屋だったと思うんですが、あれが何に使う機械か知らなくて」

農業用機械に詳しいわけではないけれど、幸い、地権者と折衝する中で話を聞いていた。

「古い籾摺機《もみすりき》です。収穫した米を入れて、籾殻《もみがら》を外して玄米にします」

「ああ、それでわかりました。こっちを見て下さい」

頷いて、久野さんが機械の裏にまわり込んでいく。ついていくと、稲穂の色そのままの山があった。乾いた籾殻が床に直接、一メートルほど積まれているのだ。観山が歓声を上げる。

「うわあ、よく燃えそう!」

思わず、その後ろ頭をはたきそうになってしまった。見るからによく燃えそうなのは事実だけれど、移住者に不安を与えるようなことを嬉しそうに言わないでほしい。幸い、久野さんは気にした様子もなく籾摺機を見上げている。

「どうしてこんなところに籾殻があるのか不思議だったんですよ。田畑に撒いて肥料にするんだと思っていましたが、これがそういう機械だったんですね。それで、これはいつまでも動くんでしょうか」

「何年か前から故障しているそうですよ」

そう聞くと、久野さんは嬉しそうに頬を緩めた。

「そうですか。まあ、さほど複雑な機械じゃなさそうですし、何とかなるかもしれませんね」

物珍しそうに納屋の中を見まわしていた観山が目を大きくした。

「えっ、久野さん、直せるんですか」

「やってみないとわかりませんけど、多分」

日曜大工が嫌いではないと言っていたが、機械いじりも好きなのだろう。籾摺機を直すということは、

「米を作るおつもりですか」

そう訊くと久野さんは小さく頷いた。

「せっかくこういう土地に移ってきたんですから、自分で食べる分ぐらいは自分で作りたいと思っています。人間はもともと、自給自足が当たり前だと思うんですよ」

静かな熱意を漲《みなぎ》らせている。そうとなれば、あらかじめ一つ言っておかなければいけないことがあった。

「なるほど、ぜひ頑張ってください。……ただ、賃貸契約は土地や家財も含んでいますが、機械まで自由に使えるかはわかりません。問題がないか確認をしますから、それまではあまりいじらないようお願いします」

水をさされ、久野さんは少し鼻白んだようだ。

「ああ、はい。わかりました。もちろんそうしますよ」

という言葉にも、はっきり不満が滲《にじ》んでいた。

次に訪れるべき安久津さん宅は、久野さん宅からは水田一枚分、距離にして三十メートルほど離れている。隣同士とはいえ玄関が向かい合っているわけではなく、久野さん宅から見ると安久津さん宅の玄関は家の反対側にある。車で行くほどの距離ではないけれど、歩いて行けば車を取りに戻らなくてはならない。プリウスに乗り込み、ろくにアクセルも踏まずにのろのろと安久津さん宅に向かう。

玄関にまわりこむと、安久津さん宅の車庫には車がなかった。簑石には商店がなく、いまのところはバスも走っていない。タクシーや通販を駆使するにしても限界はあり、車を持たずに簑石で生活することは、まず不可能だ。安久津さんも、車種は忘れたけれど車は持っていたはずだ。

「車がないな。留守か？」

「留守番がいるかもしれませんよ」

安久津家は夫婦と子供の三人で引っ越してきた。夫婦のどちらかが車で出かけているだけというのはありそうなことだ。久野さん宅とは違って車まわしがないので、プリウスは車道に停めるしかなかった。幸い、簑石に駐停車禁止区域はない。

車道から玄関までは数メートルしかないが、そこには玉石が敷かれ、土埃に汚れた飛び石が続いている。これは安久津さんではなく、前の住人の趣向だ。玄関脇のドアチャイムを押し、返事がないのでもう一度押すと、磨《す》りガラスの向こうに小さな人影が現われた。

「誰？」

かわいそうなほど怯えきった声だ。観山と顔を見合わせる。

「子供か？」

「でしょうけど」

玄関ドアを開けてくれる様子はない。もしかしたら、鍵に手が届かないのかもしれない。しゃがみ込み、ガラスの向こうのおぼろげな顔まで目線を下げる。

「こんにちは。市役所のひとです。お父さんかお母さんはいますか？」

小さな首が左右に振られた。

「いないの？」

「うん」

「どこに行ったの？」

「知らない」

声はいまにも泣き出しそうだ。観山を振り返ると、彼女は小声で「交替してください」と言う。やはりしゃがみ込んで、猫なで声を出す。

「あのね、お姉ちゃんたちはお手伝いに来たの。いま一人なの？」

子供がそれに答えることはなかった。だだっ、と足音を残し、姿を消してしまう。

観山は傷心の表情で立ち上がる。

「このあたしが子供にふられるなんて……」

「なんでそんなに自信あるんだよ」

「親戚の子供には大人気なんで、いけると思ったんですけどね」

二人でしばらく未練がましく玄関を見つめていたが、子供が戻ってくる気配はない。

「あの子、何歳でしたっけ」

「四歳だな。資料にあった」

「でしたね。安久津きらりちゃん」

観山は、どこかの窓から子供が顔を出すとでもいうように安久津さん宅を上から下まで見まわしている。

「怖くないのになあ」

溜め息をついて、プリウスには先に観山が乗り込んだ。

車内は、しばらく無言だった。観山は窓を開け、風に吹かれるままになっている。道が〝巾着の口〟にさしかかり、谷川の流れから冷気が吹きつけてくると、ふと観山があきれ半分のように笑った。

「久野さん、かなり凝り性みたいでしたね」

「そうだなあ。そんなふうには見えなかったが」

「食べ物も自給自足したいなんて、やる気もありそうだし。定住、見込めそうじゃないですか」

それには言葉を濁してしまう。

「だといいけど」

「何か懸念でも？」

道幅が狭く、運転は慎重になる。

「……少なくとも現段階では、久野さんは農業のことは知らないな」

「籾摺機のことがわからなかったから？」

「それもある。あと、籾殻を肥料にすると言っていただろう。籾殻には発芽を止める作用があって、適切な処理をせずに撒いたら、肥料どころか作物には毒になりかねない」

へえ、と観山が呟く。

「よくそんなこと知ってますね。万願寺さんの実家って農家ですか」

「いや、定食屋だよ。就農支援もすることになるだろうと思ったから、時間を見つけて勉強していたんだ」

「ふうん。でも、それって久野さんもすぐにわかることでしょう。先のことを心配しすぎですよ」

「かもしれない」

言葉ではそう言うけれど、胸の内は逆のことを思っていた。

籾殻の作用を知らなかったことだけで、久野さんの定住を危ぶんでいるのではない。ラジコンヘリを好きに飛ばしたかったから簑石に来たのかと口走って観山が久野さんを怒らせた、あの時のやり取りが頭から離れないのだ。観山の言い方は無神経で迂闊《うかつ》だったけれど、実はあの時、自分も同じ事を考えていた。久野さんがあれほど覿面《てきめん》に機嫌を損ねたのは、観山の指摘が図星だったからなのではと思えてならない。建前をどう繕おうと、趣味で来たというのが本音なら生活は長続きしない。暮らしていくことは、快適で楽しいことばかりではないからだ。

「たしかに、まだ先のことだ。……ところで、安久津家の方はどう思った」

「どうって、曖昧な訊き方ですね」

そうは言うものの、観山も何を訊かれたかはわかっていたらしい。少し声の調子が低くなる。

「何をしに行ったのか知りませんが、四歳の子供を家に残してお出かけっていうのはちょっと心配ですね。まだ四日目でしょう。子供も慣れてないだろうに、いいのかなあ」

「そこだな」

「ネグレクトとか、ないですよね」

総身に、ぞっと寒気が走った。山の涼しさのせいだと自分に言い聞かせる。

「冗談はやめてくれ」

移住者をすぐに児童相談所に通報するようなことになれば、プロジェクトは一巻の終わりだ。

「昼寝したと思って出かけた後で子供が起きた、ということもある」

「希望的観測ですね」

「まだわからないっていうだけだよ」

政令指定都市どころか中核市にもほど遠い南はかま市に児童相談所はなく、それどころか児童福祉を扱う児童家庭支援センターすら、予算上の問題のため未設置だ。観測が希望的になるのもやむを得まい。

道が大きくくねっている。カーブミラーを見ながら、ゆっくりと曲がる。難所を越えて、小さく息をつく。

「……俺は別のことを考えてた」

「はい」

「本音を言うと、安久津家はまず定住しないなと思ってた。なんで彼らが選ばれたのかもわからなかったぐらいだ。あれは最長でも二年で出ていくと読んでる」

「二年？」

「子供のことを考えてみろ」

ヒントを出すと、観山もすぐに答えを返してきた。

「ああ、そうか。四歳の子が二年経つと、六歳。就学年齢ですね。でも簑石には小学校がない」

最寄りの小学校は、間野出張所の近くになる。車でも四十分かかる距離だ。

「スクールバスを走らせる計画はあるが、まだ計画段階だ。全力は尽くすけれど、簑石の数人の子供のためにスクールバスを一台運転手つきで用意できるかは、正直なところ、かなりあやしい。人件費が高いんだよな。整備も完璧じゃないといけないし」

「安久津さんが子供のことを考えるなら、簑石に長くは住めないかもしれないってわけですね。……あ、それであの家を使わせるのに反対したんですか」

頷く。口には出来ないことだけれど、定住できないかもしれない安久津さんに最良の物件は惜しい、と思っていたのだ。

そこから先は、再び二人とも黙っていた。

もし、安久津さん夫妻が子供のことをあまり気にかけないようであれば、通学の難しさに気づいていないかもしれない。少なくとも転居前には、通学補助はどうなっているか訊いてこなかった。もし二年経っても安久津さんが引っ越さず、あの女の子が小学校に通うことになって、しかも甦り課がスクールバスを用意できなければ、割を食うのはあの子だ。甦り課の責任は重い……そして権限は軽い。二年のうちに、スクールバス一台を用意するのに充分見合うほどの子供が簑石に集まってくれれば、話は簡単なのだけれど。

そこまで楽観はできない。二年経つ前に転属辞令が出る方が、よほど可能性が高いだろう。

4

トラブルは十日目に発生した。

四時をまわって、西野課長は早くもそわそわと壁の時計を気にしている。観山は一時間ほど前からパソコンと向かい合っているが、何かをしている様子はない。自分も、目下の仕事である地権者の確認と広報記事の作成がどちらも相手のレスポンス待ちになっていて、出来ることは何もない。領収書をまとめながら、今日は久しぶりに定時に帰れるかと思っていた。

甦り課の出入口は、建て付けの悪い木枠の引き違い戸ひとつだけだ。その戸が、軋《きし》むような音と共に引き開けられた。間野出張所が間野市役所だった頃からここに勤めている古株の女性職員が、甦り課とは距離を置いていることを無愛想な態度で示しつつ、誰とも目を合わせずに言った。

「万願寺さん、お客さまです」

「僕に？」

それには答えずに彼女は踵《きびす》を返し、代わりに、南はかま市役所に初めて来た時と同じように隙なくスーツを着込んだ久野さんが戸口に現われた。思わず席を立つ。

「久野さん。どうしたんですか」

特に喫緊《きっきん》の課題はなさそうだったので簑石訪問の頻度は減らしていて、前の訪問からは三日が経っている。その三日間に何か起きたのだろうか。久野さんはこれまでになく歯切れが悪かった。

「すみません、突然押しかけてしまい。直接お話ししたかったものですから」

「というと……」

やはり引き上げてしまうのか。咄嗟《とっさ》にそう思ったが、久野さんが意を決したように言ったのは、

「実は、ちょっとあいだに入ってほしいことがありまして」

ということだった。

「あいだに入る……仲裁してほしいということですか」

「まあ、そうです」

「とにかくお話を聞かせていただきましょう」

そう言って、部屋の中を見まわす。甦り課には職員三人分の机しかない。

「ちょっとここじゃ落ち着きませんね」

言って、西野課長に目配せをする。問題発生なら上司が立ち会うのも選択肢の一つだが、馴染みのある相手だけに話したいことかもしれない。判断を預けたつもりだ。内心では、残業を嫌がって知らぬ顔をするだろうと思っていたけれど、意外にも課長はのっそりと席を立った。

「何か甦り課でお手伝いできることがあるかも知れませんな。万願寺くん、応接室に案内して差し上げなさい」

観山を見ると、「あたしも?」というように自分を指さした。どちらでもよかったのだが、間野出張所の応接室に椅子は四人分しかない。甦り課の三人が総出になると一人が久野さんの隣に座ることになるので、手振りで止めた。

応接間の壁には、富士を描いた油絵が掛かっている――台形で、上の方が白いので、たぶん富士だろう。以前簑石に住んでいた芸術家の作だという。外部の人間には見られたくないしろものだが久野さんは壁の絵になど一瞥《いちべつ》もくれず、ここまで来てもなお、相談することを躊躇《ためら》っているようだ。課長と二人並んで座り、久野さんはその向かいに座る。手元ばかりを見て切り出し方に迷っているらしい久野さんに、

「それで、どうしました」

　と水を向ける。

「はあ、まあ、あの、大したことじゃないんですが」

　顔を上げずにそう前置きし、おずおずと話し始める。

「実は隣の家のことなんです」

「安久津さんですか」

「そうでしたっけ。いや名前は憶えてないんですが、とにかく……とにかく迷惑で！」

　そこまで言って思い切りがついたようだ。溜まっていた鬱憤《うっぷん》を晴らすようにまくし立てて始める。

「夕方から庭で騒ぎ始めるんです。それも普通の騒ぎじゃない。焚き火して、スピーカーを持ち出してわけのわからない音楽を流すんですよ。それが大体五時ぐらいから、真夜中まで続く。信じられますか？　一日や二日のことならいいですよ。引っ越し祝いだと思えば、ちょっと羽目を外すぐらいとやかく言いません。でもね、毎日なんですよ」

　喋り始めると、久野さんの顔はたちまち真っ赤になった。

「一番腹が立つのが、本人たちは別に音楽なんか聴いてないってことです。それどころ

か火の始末もろくにしない。気が済むと、あの馬鹿みたいに大きい車でどこかに出かけてしまうんです。音楽を止めずに！　たった二家族しか住んでいないんだから、出来るだけ穏便にと思っていました。でも私も妻も、もう限界です。是非とも助けていただきたい」

許されるなら頭を抱えたかった。眩暈《めまい》すら感じていた。初対面の印象では、安久津さんはふつうのひとのように思えた。市役所に勤めていると、最初の一言からこれは危ないとはっきりわかるひとともよく接する。そうした人々に比べれば、安久津さんの言動は至極常識的だったのだ。けれど、久野さんの話が全て本当だとすれば、これはたしかに穏当ではない。逆に、もし久野さんの言うことが大袈裟で安久津さんの「音楽」が常識の範囲内のものだったとしたら、久野さんは些細なことで役場に怒鳴り込んでくる人だということになる。どちらに転んでもいい未来は見えない。

西野課長が、わざとらしいほどに顔をしかめた。

「なるほど、よくわかりました。これはもしかしたら大きな問題かもしれませんな。現場を見る必要があるでしょう。さ、万願寺くん、行こう」

そう言いながら早くも腰を浮かせている。虚を衝《つ》かれてしまった。なにしろこれまで課長のフットワークが軽かったことはない。

「は、はあ。そうですね、行きましょう。観山くんに車を出すよう……」

「いや、それぞれ自分の車で行こう。仕度してくるから、少し待ってくれ」

現場を見たらそのまま帰るつもりらしい。

どうしてそれほど職場が嫌いなのだろうか。

苦情を申し立てたことが安久津さんに知れると、かえってトラブルが悪化する恐れがある。

「なんとか、私からのクレームだとはわからないようにしてもらえますか」

と久野さんが言ったのは、もっともだった。

「わかっています。配慮しますよ」

「お願いします」

「向こうに着く時間もずらした方がいいでしょうね。先に出ますか？」

「いえ。買い物があるので、帰りは夜になります」

それなら大丈夫だろう。

それぞれ自分の車でと言われたが、やはりインプレッサで乗り付けるのは躊躇われる。終業間近なので、公用車はスムーズに借りられた。借り出しの手続きの分だけ手間取って、西野課長のカローラが先行する。

空には夕方の気配が漂いだしている。この分だと、帰りは真っ暗だろう。〝巾着の口〟に入ると、道路照明灯が点っていた。帰りはこの灯りを頼りに、蛇のように曲がりくねった、片側が崖になっている道を走ることになる。いまから少し気が重い。

安久津さん宅の前で、課長の車に並べて路上駐車する。エンジンを止める前から、なるほど、重低音が腹に響いていた。ズム、ズムとリズミカルな音は、ジャンルとしてはドラムンベースに入るのだろうか。市職員になってから新しい音楽を買っていないので、すっかり疎《うと》くなっている。

車を降りると、西野課長が近寄ってきて、

「こういう感じみたいだね」

と意味のないことを言った。

「そうみたいですね」

こちらも意味のない返事をして、改めて安久津さん宅を見上げる。音はどうやら家の裏手から聞こえて来るらしい。

「じゃ、とりあえず行きましょうか」

「いやいや、待って」

歩き出そうとしたところ、弱気な声で止められた。

「どうしたんです」

「穏便にね、穏便に」

いきなり怒鳴りつけるとでも思っているのだろうか。「大丈夫ですよ」と適当にいなして玄関脇の呼び鈴を押すが、もちろん返事はない。仮に安久津さんが家の中にいるとしても、この音量ではドアチャイムなど聞こえないだろう。家をまわり込もうとすると、課長がまた何か言いかける。取り合っていると文字通り日が暮れてしまうので、聞こえなかったふりをして家の裏にまわり込んだ。

響いてくる音が近くなり、なにやら香ばしい匂いも流れてくる。肉の焼ける匂いだ。久野さんは安久津さんが毎日焚き火をすると言っていたが、どうやらただの焚き火ではないらしい。家の角を曲がり裏手に入ると、案の定、安久津さんはバーベキューセットを持ち出していた。

安久津夫妻はこちらに背を向けている。肉やピーマン、タマネギを刺した金串が見え、遮る物がなくなって音楽はいっそう大音量で響いてくる。これだけいい匂いがしているのだから、肉汁が火に滴《したた》り落ちる音もしているはずだが、すべてビートにかき消されている。こちらの声も届きそうにないけれど、いちおう呼びかけてみる。

「あの、すみません」

やはり、夫婦は全くの無反応だ。何か冗談を言い合っているようで、肩を揺らして笑っている。安久津淳吉さんの妻は華姫《はなき》さんといって、目鼻立ちと化粧が派手で、簑石を見まわっていてもあまり会わないけれど見かけた時はいつもむっつりとしていた。家族と一緒だと、こんなに楽しそうに笑うのか。いま華姫さんは片手にトングを持って、スピーカーから流れるリズムに合わせて開閉させている。

埒《らち》が明かない。思い切って声を張り上げる。

「あの、すみません！」

それでようやく淳吉さんが振り返る。課長が言わずもがなのことを言ったせいで声が強すぎたかと危ぶんだけれど、淳吉さんは目が合うと破顔した。あまりに屈託なく笑うので、三十を超えている淳吉さんがずいぶんと若く見える。何か答えてくれたらしいが、聞こえない。淳吉さんは傍らの華姫さんに何か指示した。華姫さんが頷いてアンプのボリュームを下げると、ようやく話が出来るぐらいには音楽が落ち着いた。

今度は、淳吉さんの方から声をかけてくる。

「やあ、どうも。いつもお疲れさまっす」

まったく悪びれていない。つまり、悪いことをしていたとは思っていないのだ。顔を上げれば一枚の荒れ田を挟んで久野さん宅が見えるのだが、迷惑かもしれないとは考えてもいないのだろう。とりあえず社交辞令として、こちらも笑顔を作る。

「こんばんは。お食事中でしたか」

「そうっす」

淳吉さんのひたいには汗が滲んでいる。日暮れが近く肌寒くなってきたが、かんかんと燃える火のそばにいればそうもなるだろう。

「バーベキューですね」

「ええ。いいでしょう」

淳吉さんは頷いて、玩具を自慢する子供のようにコンロを手で示した。ドラム缶を縦に真っ二つにしたような形のコンロからは、これだけ離れていても熱気が伝わってくる。淳吉さんの語り口もまた、熱っぽいものだった。

「やっぱりアウトドアが一番だと思うんすよ。いまは何もかも便利になっちまって、ツマミを捻《ひね》ればいくらでも火が点きます。クッキングヒーターなら火そのものを使わなかったりね。でも、それじゃ何て言うか、生きる力みたいなのに欠けるじゃないっすか。人間なら、火ぐらい使いこなしたいっすよね」

少し驚いてしまった。淳吉さんが何かを考えてバーベキューをしているとは思っていなかったからだ。

「なるほど、お子さんの教育になるというわけですか」

「まあ、そうっす。箱入りにはしたくないんで」

その娘は、少し離れた場所で折りたたみの椅子にちょこなんと腰掛けていて、手には紙皿を持っている。皿の上には角切りの肉がずらりと載っているが、四歳児には少し重い食事ではないだろうか。実際、まるで食べ始める様子がない——もう満腹というだけかもしれないが。

「引っ越してきて、ほんと良かったよね」

と、華姫さんが淳吉さんに笑いかける。

「前の家の近所はさ、ベランダでバーベキューするだけで煙だとか匂いだとか、ごちゃごちゃうるさい奴らばっかりだったし」

「そうだったよなあ」

庭ではなくベランダと言った。もしかして、マンションかアパートか、集合住宅のベランダだろうか。怖くて確認する気にならなかった。

ともあれ、安久津家がどのような教育方針を採ろうと、借家の敷地内でバーベキューをしようと、それは自由だ。しかし、火を使いこなす人間に育って欲しいことと、大音量で音楽を流すことのあいだに関係があるとは思えない。

「ああ、ところで安久津さん」

そう言いかけたところで、背中越しに声が飛んできた。

「ほほう、バーベキューですか。結構ですなあ」

西野課長だ。たったいま到着したとでもいうように、しれっとしている。場の雰囲気が和やかなのを確かめてから出てきたに違いない。ひどい話だが、これから言いづらいことを言うのだから、いい時に来てくれたとも思う。

「誰？」

華姫さんに訊かれて、淳吉さんが眉を寄せる。

「えっと、万願寺さんの上司でしたっけ」

何しろ最初の面接以来、西野課長が移住者に会いに来るのは初めてだ。顔を憶えられていないのも仕方がない。課長は華姫さんに頭を下げた。

「どうも、はじめまして。甦り課課長の西野といいます。ようこそ簑石へ。どうです、いいところでしょう」

「はあ、どうも」

「この家を選んだのは私なんですよ。簑石で一番立派な家です。何かあったら、この万願寺に気軽に言いつけてください。なんでしたら、わたくしに直接お申し付けくだされば、すぐに対応いたします。いやそれにしても、いい匂いがしますな」

調子のいいことだ……。

コンロの上では金串に通した肉や野菜が焼けていて、立ち話を続けていては焦げてしまう。あまり気乗りしない様子で、淳吉さんが課長に訊いた。

「どうです、食べていきませんか」

「そうですな……」

まんざらでもなさそうだ。本気か。

「課長」

「ああ、いや、そうだな。やめておきましょう。最近はこの辺りも飲酒運転に厳しいんですよ。ははは」

誰も酒を出すとは言っていない。誰かこの上司を黙らせてはくれないか。それとも自分でやるべきか？

「食事中にお邪魔しました。今日はご挨拶まで。これからどんどん隣近所も増えますから、賑やかになりますよ。さ、万願寺くん、失礼しようか」

そう言って、課長がぽんと背中を叩いてくる。早く立ち去りたい気持ちも手伝って、一瞬、そうですねと言いそうになる。そんなわけにはいかない、まだ久野さんからの苦情について何も話していない。

「課長、まだ」

「いいんだよ。さ、さ、退散退散」

謎の手刀で空間を切って、課長はさっさと立ち去ってしまう。上司が行ってしまった後で苦情の話を持ち出すのも、上司には聞かれたくない話のように映るだろうからあまりに間が悪い。肉が焦げつつあるのに話を持ち出すのも、いくらなんでも失礼だろう。

完全に機を逸してしまった。

「じゃあ、何かあったら連絡ください」

通り一遍のことを言って、課長に続く。

去り際にちらりと久野さん宅を見ると、窓にひとの顔が見えた気がした。こちらの様子を窺っていたのかもしれない。何ともばつが悪かった。

さっさと自分の車に乗り込もうとする課長に、さすがに食ってかかる。

「どうするんですか、久野さんの苦情！　あれじゃ本当に挨拶しに行っただけじゃないですか」

課長はいかにも面倒そうな顔をして、なだめるように言った。

「ぼくたちが行ったら、ちゃんとボリュームを下げてくれたじゃないか。それだけの常識はあるひとなんだから、わざわざ余計な口を挟むことはないよ。藪蛇《やぶへび》になりかねない。民事不介入、民事不介入」

警察みたいなことを言う。民事に介入しないのなら、いったい何に介入するというのか。

「じゃあ、ぼくは直帰するから後はよろしく。あんまり残業しないようにね」

自家用車のエンジンをかけ、車の窓を開けて課長はそう言った。遠ざかるテールランプを見送って腕時計を見ると、なんと、ごく僅かながら、定時を過ぎていた。

それから、久野さんとは観山が何度か電話でやり取りしていた。手のかかる仕事を次から次へと課長に命じられて、つい観山に任せきりになったのだ。観山は、

「今日も久野さん、明日も久野さんですよ」

と力なく笑っていた。安久津さんとは課長が連絡を取っていたようだが、世間話以上のことを話している様子はない。そうして四日が経った夕方、久野家から意外な提案があった。「暮らしが落ち着いたから、今度の日曜日、万願寺さんと観山さんを食事にお招きしたい」と言われたのだ。

一般に、公務員が利害関係者から饗応《きょうおう》を受けるのは問題がある。有り体に言えば収賄とみなされかねない。久野さんが利害関係者かと言えばこれは微妙なところで、ふつう利害関係者とは事業者を想定している言葉だが、市から家賃補助を受けている久野さんも、それと見なす余地がないわけでもない。本庁復帰を目指す身として、身辺はきれいにしておきたいものだ。

ところが、どこからか話を聞きつけた西野課長が、

「お招きを受けなさい」

5

と言ってきた。

「いいんですか。問題じゃあ……」

「そういうことはぼくが気にするから、大丈夫だよ」

あなたが当てにならないから、自分で心配しているのだ。そうとは言えない我が身がつらい。

「これから長いお付き合いになるんだから、ぼくたちがただの役人じゃなく、親しい隣人だとわかってもらうことも大事だよ」

甦り課の職員は移住者の親しい隣人ではなく、ただの役人だ。そして、ただの役人なので上司の命令には従うほかない。手当の出ない日曜出勤だが、これぐらいはよくある話だろう。後々問題にならないよう、お招きに応じるよう命じるメールを出してくれと言ったら、課長は別に嫌な顔もせず言う通りにしてくれた。

酒を出された場合、二人とも固辞することは出来ず一人がアルコールに口を付ける場合を想定して、車は一台で行く。日曜の夕方、わびしい自宅からインプレッサで間野出張所まで出向き、観山と合流して観山のラパンで簑石に向かうことにする。何のことはない、平日とまったく同じ動線で新鮮みがない。

休日ということで羽目を外した観山が派手な恰好で現われるのではと心配していたが、さすがにそれは杞憂《きゆう》だった。襟付きのシャツをきちんと着込んできた観山は、そのまま市民課の窓口に座っても問題なさそうだ。ただ飯に浮かれているかと思いきや、表情が冴えない。

「どうした」

と訊くと、溜め息が返ってきた。

「なんで休みの日にこんなことしてるのかと思うと……。万願寺さんはよく平気ですね」

「平気じゃないよ。まったくやりきれない」

「ご馳走出ますかね」

「何が出ても、家でうどん食ってた方がマシだな」

久野さんの厚意を無下にするようだが、倫理規定を別にしても、市民からのお招きは正直あまりありがたくない。決して機嫌を損ねるわけにはいかない相手と食べる食事が旨いわけがないのだ。偽らざる心境を言ったまでだが、観山はこちらの顔を覗き込んで呟いた。

「ふうん。その割に、表情に出ませんね」

「君はもうちょっと表に出さないよう気をつけた方がいいな」

自分の頬に手を当てて、観山が首を傾げる。

「そんなにわかりますか？」

「気が重いですと宣伝してまわってるようなもんだ」

「まあ……。気が重いですし。でも、そうもいかないか」

ぱんと音を立てて頬を叩くと、観山はにっこりと笑顔を作ってみせた。

健気《けなげ》ではある。

久野家の招待に気が重い理由は、観山と話したことのほかにもある。個人的には不本意ながら甦り課は久野さんの苦情を放置しているわけで、そのことを久野さんがこころよく思っているはずはないのだ。今日の招待の理由は、安久津さんの音楽がどれほど迷惑なのか甦り課に体験させるためではと踏んでいる。直接的にか間接的にかはわからないが、不作為を責められると予想しながら出かけていくのだから、気勢が上がらないことはなはだしい。ハンドルは観山が握ったが、アクセルを踏む足にさえ力が入っていない。子供の頃、帰れば母親に叱られるとわかっていて辿った家路のように、ラパンはのろのろと〝巾着の口〟を抜けた。

日に日に春は深まり、市街地に比べて寒冷な簑石ではいまが花の盛りだ。ここ十日ほど雨らしい雨は降っていないが、道には白詰草《しろつめくさ》が、木には木蓮《もくれん》が咲いている。道端の雑草も目に見えて勢いを増しつつあった。

やがて、開けた窓からかすかにビート音が入ってくる。課長の希望的観測を鮮やかに裏切って、安久津家の音楽はその後も絶好調のようだ。ぼんやりと外を見ていた観山が、

「うわあ」

くなった。

夫妻が車まわしで二人並んでいる。べっとりとした不穏さを感じ、このまま引き返した

「久野さんたち、玄関先に出て待ってますよ」

先の方にちらりと目を向けると、たしかに、いた。まだ小さくしか見えないが、久野

「どうした」

と変な声を出した。

数々の不安な前兆にもかかわらず、会食そのものは至って和やかだった。

「いやあ、わざわざすみませんね」

頭をかきかき、久野さんは照れ笑いした。

「蕎麦を打ったんですが、食べてもらう相手もいなくて。普段から気を配っていただいていますし、これはどうしても万願寺さんたちにご馳走するしかないと思いまして」

濃紺のエプロンをしていて、その前掛けには白い粉がまだらに付いている。蕎麦粉なのだろう。

「へえ。久野さん、蕎麦も打つんですか」

観山が素直に感心するので、久野さんは嬉しそうだ。

「ずっとやりたいとは思っていたんですけどね。始めたのは、こっちに来てからです。

やっぱり難しいですが、楽しいもんです。ゆくゆくは自分でも栽培したいと思ってます」

「じゃあ、目指すはお蕎麦屋さんですね」

「ははは、いやあ、どうでしょうね。素人芸ですよ」

そう言いながらも満更ではなさそうだ。久野さんの妻は困ったように笑っていた。

久野吉種さんの妻は朝美《あさみ》さんといって、線が細く顔色が青白く、いかにも体が弱そうに見えてしまう。笑う時でさえ、どこかに消え入ってしまいそうな笑い方をする。吉種さんは簑石に来た理由を自給自足の生活を送りたいからだと言っていたが、妻の転地療養のためだと言われても信じていただろう。

朝美さんは、か細いながらきれいな声で言った。

「やめてくださいな、このひと本気にしちゃうから。今日だって、まだひとに食べてもらうほどじゃないって言いながら、朝からずっとそわそわしていたんですよ」

「おいおい、ばらさないでくれよ。……それじゃあ、私は早速仕度してきます」

そう言って、吉種さんは席を立った。

この家は全室が畳敷きなので、ダイニングテーブルはあまり似合わない。部屋には脚の短いテーブルが置かれていて、そのテーブルに向かって座布団の上に正座することになる。暮らしが落ち着いたというだけあって、居間にはそれなりに生活感があった。壁際には液晶テレビ、壁にはレターラックが据えられていて、仮置きのように壁にもたれているスチール製の本棚には、ラジコンや蕎麦打ちのガイドブックが並んでいるのが見える。畳は不動産屋が表替えしたが、壁紙が古いので、家具の新しさと部屋の古さが不釣り合いな感じは否めない。羽根が金属製の扇風機が部屋の隅に置いてあった。

観山と二人、それに朝美さんとで、出されたお茶をちびちびと飲みながら料理が出てくるのを待った。本当は、朝美さんに簑石の感想を訊きたいところだ。気に入ってくれているのか、不都合なことはないか、定住できそうなのかそれとなく探りを入れるのも仕事の内だろう。しかし、天気や景気の話でお茶を濁さざるを得なかった。というのも、相変わらず安久津さん宅からのビートがずんずんと届いているからだ。悪いことに、居間の窓は安久津さん宅の方向についている。音はほんのわずかに聞こえる程度に過ぎないけれど、メロディーが聞こえずに重低音だけがいつまでも耳に届き続けるのは、想像していたよりもずっと不快だ。いま、しれっと「簑石はいかがですか」と訊いて、「いいところですね、隣人さえいなければ」と言われたら返す言葉がない。朝美さんが何も気にならないように振る舞うのが、また何とも言えずに申し訳なかった。とりあえず月曜になったら、課長が何と言おうともう少し安久津さんにアプローチしてみようと心を決める。

居心地悪さのせいか、料理の時間はひどく長く感じられた。ようやく、エプロンに新しい汚れを付けた吉種さんが顔を出す。

「お待たせしました。順番に出していきますよ」

まず出てきたのは、小鉢に入れた蛸《たこ》と若布《わかめ》の酢の物。分葱《わけぎ》と浅蜊《あさり》のぬた。ちょっとした先附《さきづけ》といった態だ。蕎麦が出てきて終わりかと思っていたので、意外ではあった。

「手が込んでいますね」

そう褒めると、吉種さんは苦笑いした。

「いや、これは妻の料理です」

言われてみればよく冷えている。あらかじめ作って、冷蔵庫に入れていたのだろう。

それから出し巻き、冬瓜《とうがん》の冷製、天ぷらと続いた。天ぷらは揚げたてで、冷えた料理が続いたところにほっとしたが、油のきれがよくなくて口の中に油が残る感じがする。

それに比べると冬瓜は優しい味が上品で、ちょっと家庭料理らしくないと思ったほどだ。

「この冬瓜、おいしいですね。これは？」

朝美さんに訊くと、はにかんで「わたしです」と返ってきた。吉種さんは妻に教わることが多そうだ。

「では、そろそろ蕎麦を出しますね」

吉種さん本人はずいぶん気分良く料理しているようだ。が、まだ台所に慣れないらしく、鍋釜があちこちにぶつかる金属音がする。少なくとも料理をひっくり返したりはしていないようだが、何か物音がするたびに朝美さんが気遣わしげに台所を見るのだった。

そうして出された蕎麦は、せいろに盛られていた。二人暮らしなのに四人分のせいろが必要だとは思えず、これはたぶん今夜のために買ったのだろう。

肝心の味は、ご馳走になっておいて不満は言いにくいが、たしかにまだひとに食べさせるようなものではなかった。麺の表面はぼろぼろで、食べても粉っぽい。そもそも切り方が雑なので、細目のうどんぐらいに麺が太い。おまけに冷水に晒《さら》す時間が足りなかったのか、芯の方がほんのりぬるかったりもする。観山が笑顔で、

「おいしいですよ！」

と言ったのはお世辞なのか、それとも味覚が未発達なのだろうか。当の吉種さん自身が首を傾げていた。

「おかしいな。昨日はもうちょっと上出来だったんですが……。何か失敗したかな」

何も追い打ちをかけることはない。黙っていよう。

「こちらに来てからまだ二週間ほどですよね。それでこれだけ打てるのなら、先が楽しみです」

「そうですか？　いやあ、私も、新蕎麦が出る秋からが本番だと思っていたんですよ」

たしかに、この失敗は蕎麦粉の質のせいもあるかもしれない。ただここで迂闊なことを言うと秋にもう一度招待されそうなので、「でしょうね」と適当に話を合わせておいた。

こちらから何も言わなかったからか、酒は出なかった。

外はすっかり日が落ちていた。

食事が終わると吉種さんはいったん居間を出て、ＣＤプレイヤーを持って戻ってきた。

「妻はヴァイオリンが趣味でしてね。素人ですが、なかなかの腕です。お口直しにひとつ、お聞かせしましょう」

弾くのではなく録音を流すとは、変わった趣向だ。演奏を披露される朝美さんの反応が気になって横目で表情を窺うと、案に相違して、例のはかない笑みを浮かべるばかりで特に嫌そうにはしていない。それなら、強いて否むこともない。

「ありがとうございます」

と答えると、吉種さんは満足そうに頷いた。

ほどなく、居間にはヴァイオリンの音色が流れ出す。聞いたことはあるメロディーだけれど、曲名までは知らない。が、観山があっさりと言った。

「パガニーニですね」

吉種さんも朝美さんも訂正しないので、正しいのだろう。

テンポの速いヴァイオリンの音色に、安久津さん宅から届くビートが時折絡む。吉種さんはちょっと眉を寄せて、ＣＤプレイヤーのボリュームを上げた。大音量が居間を満たす。朝美さんの技術の巧拙はわからないけれど、とにかく、これはさすがにうるさい。もう少しボリュームを絞ってもいいのではと思ったけれど、吉種さんは、

「それじゃあ、私は片付けを」

と言って食器類を下げ始めた。市民にそう何もかもやらせるわけにはいかないし、このボリュームから離れたい気持ちもあって腰を浮かしかけるが、吉種さんは手を振って座るように促した。

「いや、座っていてください。今日はお招きしたんですから」

たしかに、親しくもないのに台所に入るのは不作法だ。諦めて、腰を落ち着ける。

一方、観山は誰とでもすぐに仲良くなる。まったく素晴らしい才能だ。この大ボリュームの中で、朝美さんと早くも打ち解けた冗談を交わすようになっている。

「ふうん、それじゃ、お蕎麦屋さん始めたら雇ってくださいよ」

「観山さんは公務員でしょう」

「いいんですよ。あんまり楽しくないし」

ちょっとひやりとした。仕事が「楽しくない」とは、とりもなおさず甦り課で移住者の世話をするのが楽しくないという意味になるからだ。幸い、朝美さんはくすくす笑うだけで悪くは取らなかったようだ。

「いいなあ。あたしも応募したかったなあ」

それは不可能だった。南はかま市民には簑石移住の応募資格がない。……しかし、そういえば、それはなぜなのだろう。

簑石を去った人々の多くは、市内の別の場所に移り住んでいる。彼らは簑石を憎み、二度とここには住まないと思って出て行ったわけではない。むしろ、市が生活を補助してくれて暮らしが成り立つなら、馴染み深い簑石で死んでいきたいと願うひとが多かったはずだ。それなのに、プロジェクトはIターンを前提にしていて、元の簑石の住人は対象としていない。指示通りに仕事を進めるだけでいまのいままでおかしいとも思っていなかったが、考えてみれば不思議だ。

不思議なことはもうひとつある。

久野さんと安久津さんは、どうやって生活費を稼ぐつもりなのだろう。言うまでもなく簑石には就職先がない。南はかま市の中心市街地に職場を求めるとなると、天気にもよるが、通勤時間は車で一時間を超えるだろう。彼らが安定した収入を確保することはプロジェクト全体にとって重要なことだが、いまのところ吉種さんは、連日ラジコンヘリを飛ばして遊んでいるだけのようだ。それほど金持ちには見えないが、生活に困っているようにも見えない。そういえば信用金庫に就職した昔の友達が、本当の金持ちはふだんから生活を飾り立てたりしないと言っていた……。

ご馳走になったその席で懐具合を訊くのはさすがに失礼だろう。いずれ機会を見て探っていこう。腕時計を見ると七時半だった。案外長居をしてしまったと思ったその時、折よくヴァイオリンの演奏が終わりを迎える。拍手をして、

「いいですね」

と一通り褒めると、朝美さんは頰を染めて頭を垂れた。

「本当にお粗末で、お恥ずかしい限りです」

そう言うが、特に音が変だとは思わなかった。朝美さんはなかなかの腕だと言った吉種さんの評は、当たっているのかもしれない。腰を浮かせる。

「観山くん、そろそろ」

「あ、そうですね」

ところが、朝美さんが意外に強い口ぶりで引き留めてきた。

「あら、もう少しいいじゃないですか。夫もまだ戻りませんし、挨拶をしたがるでしょう」

ひとけのない簑石で暮らすのはさみしいだろうと思えば、断固すぐ帰るとも言いづらい。たしかに、帰るにしてもせめて吉種さんに挨拶をしてからにすべきだろうと、また座布団に座り直す。

安久津さん宅からの音楽に変化があった。そういう歌なのか、やたらとシャウトばかりを続けている。ヴァイオリンが響いているあいだは忘れていられたのに、まだ鳴って

いたのかという事実がまた改めて神経に障る。同じ事は観山も思ったらしい。

「あー……」

と物言いたげな声を出して、窓の外を見ている。暗くて見ることは出来ないが、アンプはそこにあるはずだ――と思ったところで、ふと気づく。音楽は止まっていないのに、安久津さん宅はほぼ闇に沈んでいた。バーベキューの炭火の明るさだけで食事は出来ないだろうから、最低限の灯りが必要なはずだ。なのに真っ暗だということは、つまり安久津家は留守なのだろう。そういえば吉種さんが苦情を申し立てに来た際、安久津家は音楽を掛けっぱなしで出かけてしまうことがあると言っていた。乗り込んでいって、アンプのコードを引っこ抜いてやりたくなる。毎日これでは本当にたまらないだろう。いっそのこと、ショートか何かでアンプが発火でもすればいいのに……。

「万願寺さん」

気づくと、観山が闇夜に目を凝らしていた。

「ん？」

「何か見えませんか」

窓の外をじっと見る。音の聞こえてくる方を。

「何も見えないぞ」

「そうですか？　気のせいかな。ちらちらと……」

気のせいだと言おうとした。実際、何も見えなかったのだ。だが観山は立ち上がり、窓のそばに立って、ガラスに顔をつけんばかりにしている。本当に何かあるのだろうか。腰を上げ、観山の隣に立つ。

「どうしたんだ」

「あれ、火の粉じゃないですか？」

「火の粉だって。そんな馬鹿な」

そう言った、まさにその瞬間だった。

闇夜にぱっと火の手が上がった。人魂のように小さな炎が、安久津さん宅に忽然《こつぜん》と現われた。迷わず窓を開けると、鳴り響く重低音がひときわ大きくなる。なにか草刈り機のような音も混じっていて、不快な音楽だった。そして、目を凝らすまでもなく、明らかに何かが燃えている。

「焚き火？」

疑わしげに観山が言うが、そうとは思えなかった。焚き火なら地面の高さで燃えるはずだ。目の前の火は宙に浮かんでいる。

「違う。行こう」

返事を待たずに居間を飛び出す。靴を履く時間も惜しく、外に飛び出した。

音楽は単調なビートを繰り返すものに変わっていた。ドム、ドムと同じ音が繰り返される中、安久津さん宅の炎は大きくなっているように見える。久野さん宅と安久津さん宅は荒れ田一枚を挟んでいて、真っ直ぐ突っ切れば三十メートルほどしか離れていないが、雑草が生い茂っていて足元が見えない。道を辿ってもさほど遠まわりにはならないだろう。走り出す。

学生時代なら何度も繰り返して走った距離だが、長年のデスクワークで気づかないうちに体がなまりきっていたようで、全力疾走は途中で息切れした。ぜえぜえと荒い息を吐きながら安久津さん宅に近づけば、火の手はもう疑いようもなく激しい。何も急いで確認しに来なくてもよかった。どう見ても火事だ。こんな時に冷静になれたのは、我ながら大したものだ。ポケットから携帯電話を取りだし、一一九番通報する。

しかし悲しいかな、ここは南はかま市簑石である。いかに通報が早くとも、消防が到着したのは四十分後だった。

6

消防車が来た時、火は既に消えていた。

後でわかったことだが、燃えたのは安久津さん宅二階のカーテンだった。火の始末をしていなかったバーベキューコンロから火の粉が上がり、開けっ放しだった二階の窓から入ったのだ。壁材が難燃性だったのか、火はカーテンの一部を焼いただけで自然に消えた。

移住後一ヶ月を待たずして、安久津家は簑石から消えた。甦り課には何も告げず、夜逃げ同然に、ふといなくなっていたのだ。市に世話された借家で失火を出せば逃げたくなるのも無理はない。実は簑石から転出する際の費用にも補助金が出るのだけれど、安久津家からは申請書が来なかったのでどうしようもなかった。

「焼けたのがカーテンだけで、不幸中の幸いだったよ」

報告を受け、西野課長がそう言った。南はかま市Iターン支援推進プロジェクトはいきなり移住者を失ったことになるが、ケースがケースなので、甦り課の失敗には数えられないだろう。


安久津さん宅の地権者に、電話で状況を説明する。当然のことながら地権者は怒り、市当局を詰《なじ》り、原状回復を要求した。詳しいことはこちらで検討してまたご連絡差し上げますと話をまとめ、電話を切ると定時を大きくまわっていた。夕暮れの赤い光が差し込む部屋で、大きく溜め息をつく。

「お疲れですね」

そう声をかけてきたのは観山だった。うっかりした、誰かいるとは思わなかった。定時より一分でも長く職場にいることは罪悪だと思っているらしき課長は論外だが、観山が残業することもそれほど多くない。

「ああ、ちょっと、さすがに」

「ほんと、火事はないですよね。火の不始末って怖い」

椅子の背もたれに体を預ける。みしりと嫌な音が鳴る。イレギュラーな事務作業に疲れていて、つい、思ったことをそのまま口にしてしまった。

「不始末だったのかな」

「えっ」

観山が眉を寄せる。

「どういうことです?」

何の確証もないので、迂闊には言えない考えだ。だが誰かに言いたい気持ちもあった。観山では口が軽いような気もするが、まあ、言いかけたことだからと続けてしまう。

「安久津さんがいなくなって、久野さんはさぞほっとしただろう」

少なくとも、夜は静かに眠れるようになったはずだ。

「それはそうかもしれませんけど」

そう言ったきり、観山は絶句する。

「だいたい、ちょっとおかしいと思わないか。いくら世話をしたと言っても、俺たちは市役所の役人だ。いままで一度でも、行政サービスを受けた市民が俺たちを自宅の食事に誘うなんて事があったか？」

「あたしはまだ二年目だから……」

「少なくとも、俺はなかった。普通そんなことはない」

実際はいろいろあるとは聞いている。前にいた用地課では、いろいろとグレーゾーンの噂も耳にした。だが久野家の招待は、便宜を図ってもらう見返りという感じではなかった。

「俺たちが招かれて久野さんの家にいるあいだに、安久津さんの家で火が出た。もしそうじゃなかったら？　つまり、翌朝になって人づてに火事のことを聞いたとしたら、俺たちはどう思ったか。少なくとも俺は、こう思ったかもしれない。……ああ、とうとう久野さんがやったか。騒音に耐えかねて火をつけたのか、と」

「久野さんは、疑われないようにあたしたちを呼んだと？」

「招待は不自然だし、あの火事で久野さんは得をした。それはたしかだ」

「でも、だからって。それに火が出た時、久野さんは家にいたじゃないですか」

それは少し違う。

「食器を下げて台所にいた、と俺たちが勝手に思い込んでるだけだよ。実際に見たわけじゃない」

「そうですが……。でも、そんなことあり得ないですよ」

自分でも久野さんの仕業だと確信しているわけではない。他人の不幸なアクシデントで図らずも利益を得てしまうことは、ままある。疑われても仕方がない状況でたまたま運良く証人がいたということも、まあ、あるのかもしれない。だが観山は観念論だけで言ったわけではなかった。自分の机から紙束を持ち出してくる。

「いちおう、報告書をまとめたんです。ええと」

紙をめくる。

「十九時三十分ごろ、あたしが火の粉に気づきました。万願寺さんが外に出て安久津さん宅の近くに行き、消防に通報したのが十九時三十四分。これは記録に残っています。実はあたしも久野さんの家の居間から通報していたんです。これも十九時三十四分でした。この時、久野さんは居間に戻って来ていました」

「本当か？」

「消防を呼んだ方がいいんじゃないかって言ったのは久野さんですから、間違いありません」

久野さん宅から安久津さん宅までは直線距離で三十メートル、道のりにしても五十メートルほどしか離れていない。四分で移動することは容易だ。しかし、

「そうか……。道には俺がいたしなあ」

「言っておきますけど、久野さんに走ってきたような息切れとか汗とかはありませんでしたよ」

あの時、火事を見つけてすぐ安久津さん宅に向けて走った。もし久野さんが火を放ったのなら、すれ違ったはずだ。

いちおう、別のルートもある。しかしそちらは数枚の水田を大きくまわり込む形になり、徒歩では十分以上かかるだろう。とても間に合わない。車を使っても難しいし、何より他にひとがいない集落で闇夜に車を使えば丸わかりだ。

久野さんが二軒の家の間に広がる荒れ田を突っ切ったと考えれば、すれ違いに気づかなかったことに説明はつく。しかし、何年も放置された水田は雑草が腰の高さまでみっしりと生えていて、既に原野の様相を呈している。真っ暗な中で踏み込むのは危険極まりないし、もしそれでも突っ切ったとすれば、必ず服が汚れるはずだ。

「居間に戻って来た久野さんの服は、汚れていたか？」

「いえ。実はちょっと気をつけて観察したんですけど、そういうことはありませんでした」

ではやっぱり、久野さんが台所に行くふりをして安久津さん宅に行き、火をつけてからそしらぬ顔で戻って来たと考えるのは難しい。だが、

「何も直接火をつけに行くことはないだろう」

「というと？」

「久野さんは機械いじりが好きだ。時限発火装置ぐらい作れそうだけど」

一瞬だけだが、観山が馬鹿にしたような笑みを浮かべた。

「それを、安久津さんの家に仕掛けたんですか？　いつ？　火が出たのは二階ですよ」

「いつって、そりゃあ」

「ちなみに安久津さんはあの日、朝から家にいました。家を出たのは七時ちょっと過ぎ。早めの夕食で満腹になったので、家族でドライブに出かけたそうです」

「子供も連れて？」

「はい」

なら、出火当時あの家は完全に無人だったのか。今更ながらにほっとする。

「そもそも、消防が鎮火の確認をしているんです。火元も確かめてますから、発火装置があれば見つけてますよ」

「……それもそうか」

吉種さんは安久津さん宅の火事で、毎夜の重低音から解放された。吉種さんにとっては望ましい成り行きだったはずだ――つまり吉種さんには、安久津さん宅に火をつける動機があった。けれど吉種さんは、安久津さん宅が出火した直後に居間に戻って来ていて、アリバイが成立する。よってあの火事はあくまでもバーベキューの火の始末をきちんとしなかった安久津さんの失火であり、久野吉種さんに罪はない。

　至極当然の結論だが、一つだけ納得のいかないことがある。

「それにしても、『久野さんがそんなことをするはずがない』って言わないんだな」

　観山は屈託なく、さもおかしそうに笑った。

「だって、ほとんど知らないひとですからね！」

　もっともだけれど、それを言ってはおしまいだろう。


　久野家が簑石に移住してから、一ヶ月が経った。

　移住者には、転居から一ヶ月後に面接をすることになっている。表向きは、生活に問題がないか腹蔵なく話し合うためということになっているけれど、簑石のいいところを聞き出してプロジェクトの宣伝文句に使おうという隠れた狙いがある。会場は最初に会った時と同じ、南はかま市役所第三会議室だ。簑石からは遠いが、吉種さんに確かめたところ、他の用事もあるから問題ないと言ってもらえた。

　最初、面接は観山と二人でやるつもりだった。西野課長がふだん働きたがらないことを差し引いても、別に課長が自ら臨席するような場でもないと思ったからだ。ところが、当日になっていきなりこう言われた。

「今日の面接だが、ぼくがやるから」

「えっ。同席するってことですか」

「そりゃあそうだろう。責任者なんだから。話はぼくがするから、万願寺くんはサポートをお願いするよ」

サポートと言われても、特にやることは思いつかない。

「でも、席は二人分しかないですよ」

「観山くんには話してある」

出来れば観山には経験を積ませてやりたいのだけれど、上司の判断とあれば仕方がなかった。

吉種さんは、やはりスーツにネクタイ姿で現われた。市役所に来る時は必ずスーツを着ているのは、何かこだわりがあるのだろう。表情に緊張の色はなかった。吉種さん自身は簑石に充分満足しているようだし、こちらとしても長く定住してもらいたい。「今後ともよろしくお願いします」とだけ言葉を交わし、あとは世間話をして散会になるだろう。

そう思っていた。

初対面の時と同じように向かい合って座る。違っているのは、吉種さんの隣に安久津淳吉さんがいないことだ。まず、西野課長が切り出した。

「簑石での暮らし、お楽しみ頂いているようですな」

「ええ」

機嫌のいい答えが返る。

「やっぱり空が広いのが一番ですね。そりゃあ、店がないのは不便ですよ。でも最近は通販も便利ですから」

「ほう、運送業者が来ますか」

「来てくれますよ、ちゃんと。おかげで生活が成り立ちます」

それはそうだろう。いかに簑石が僻地とはいえ、運送業者が行き来できないほどではない。課長は二度三度と頷いて、話を変えた。

「何でも、ラジコンヘリがご趣味とか」

「そうですね、好きですよ」

「だいぶ大型のものをお持ちとか」

「遠慮なく飛ばせるから、気が楽です」

「ふむ」

課長はそこで、手元の書類に目を落とす。ちらりと見て、思わず息を呑んだ。課長が持って来ていたのは、安久津さん宅の火災に関する観山の報告書だったのだ。

「それだけ大きいと、風圧もかなりのものでしょう」

「……ええ」

話のすじが読めないのか、吉種さんは怪訝《けげん》そうに眉を寄せた。

「まあ、そうです」

「扇風機のように使っても、きっと強い風が作れるでしょうな。問題もあるでしょうが、久野さんはそのへんの知識もおありになるようだ」

課長が何を言いだしたのか、わからなかった。たしかにあのラジコンヘリのローターは風を生むだろう。やり方次第で相当強い風も作れるかもしれない。だがいったい、何の話なのだ。そう思って吉種さんを見て、気づいた。余裕ありげだった吉種さんの表情が強ばっている。

西野課長が、書類を吉種さんの方に押し出した。

「これは、安久津さんの家で起きた火災の報告書です。部下がまとめてくれたやつですよ。いや、不思議な事件ですなあ、これは。バーベキューの火の不始末があった。それはよろしい。火の粉がかかってカーテンが燃えた。それもよろしい。しかしバーベキューコンロから火の粉が上がるというのは頷けません。掻きまわした訳でもないのに、炭火から火の粉が湧き出るというのは変じゃないですか」

「……そうかもしれません。私はよく知りませんが」

「カーテンを焼いたのはバーベキューコンロから舞い上がった火の粉ではなさそうだ。とするなら、いったい何でしょうな。たとえば……そう、何か軽くて燃えやすいものをコンロに放り込めば、火の粉が上がるようなこともあるかも知れん。ぼくはそんなこともあったかと、考えとるんですわ」

そこで課長は、久野さんの顔にじっと目を据えた。

「久野さん。久野さんが安久津さんの音楽に泣かされていたのはよくわかっとります。久野さんにとって安久津さんは敵だったでしょう。ですがね、そういう状況下で、うちの部下を家に招いた夜に敵の家で火が出る、それをただの偶然だと思う者ばかりではないですなあ。馬鹿にしてもらっちゃ困ります」

観山と二人で考えたことと同じだ。しかし、それだけで吉種さんを糾弾することはできないはずだ。

「課長。しかし出火当時、久野さんはあの家にいました」

「ほう」

書類の頁をめくる。

「観山くんの報告書では、台所に行くと称して部屋にはいなかったとあるな」

「それは事実です。でも、あの家と安久津さんの家を往復する方法がありません。唯一の道には出火直後から私がいました」

「そうらしいねえ」

「だから……」

言いかけたところ、課長が手を上げて遮った。

「万願寺くん、ぼくは何も、久野さんが安久津さんの家に行って火をつけたとは言っていないよ。そんな、君、名誉にかかわる。早とちりはいかん」

「はあ」

「軽くて燃えやすいものがコンロに放り込まれたかもと言っとるだけ」

「軽くて燃えやすいもの……。新聞紙とかですか」

「それでもいいかもしらんが、まだちょっと重いな」

重いか軽いかは、火の粉にはさほど関係がないように思う。焚き火を棒で叩けば火の粉が出るが、だからといって薪《まき》が軽いわけではない。

そう思ったところで、ふと思い出す。課長はこの話をどこから始めたか。

「あ、ヘリ」

課長は大きく頷いた。

「というか、ローターだね。あの羽根だ」

ローターをまわせば風が起きる。風が起きれば物を飛ばせる。軽いものならよく飛ぶ。軽くて燃えやすいものがバーベキューコンロに落ちれば、火の粉があがるだろう……。

「そんなこと」

絶句してしまう。課長はもう、こちらには目も向けなかった。

「この報告書は、よくまとまっとるんですわ。ぼくは優秀な部下に恵まれて幸せです。これには、納屋は二階建て、台所の勝手口からは飛び石で通じているとあります。久野さんはうちの部下に蕎麦を振る舞って下すった後、後片付けのふりをして勝手口から納屋に行くことも、かねて二階に用意していたローターをまわし、風を作り、軽くて燃えやすいものをその風に乗せて、それをバーベキューコンロに落とすこともできた……。まあ、こんな想像は、成り立ちますな」

「か」

言葉を詰まらせながら、久野さんが言い返す。

「軽くて燃えやすいものと言われても、具体性に欠けるようですが」

「そんなもの、決まっとるでしょう」

課長はうんざりしたように溜め息をつく。

「報告書には、納屋にたっぷりあったと書かれてあります」

思わず、呟いてしまう。

「たっぷり……納屋に……」

あの納屋には農具しかなかった。鍬、鋤、熊手。あとは大きな、故障した籾摺機。それと。

吉種さんが何も言わないので、課長は苛立った声を上げる。

「そりゃあもう、あれでしょう、籾殻でしょう。あれは乾かせば軽いもんです。それでも飛ばすには重いとなれば、挽《ひ》けばいい。石臼もあったそうじゃないですか」

そうか。籾殻はたしかに、山のようにあった。

観山と二人、久野朝美さんと食後の談笑を楽しんでいた時、風に乗って夜空を籾殻が飛んでいた。それは雨のように安久津さん宅に降り注ぎ、一部は火の消えていないバーベキューコンロに落ちて火の粉になった。安久津さん宅までは届かなかった籾殻は雑草が生い茂る荒れ田に落ち、目立つことはない。久野さん宅と安久津さん宅は、最短距離では三十メートルほどしか離れておらず、充分な出力を備えたプロペラがあれば、可燃物を飛ばすことは可能だ。ローターを回せば大きな音が出るが、それはかき消されていたのだ――パガニーニに。

「でも課長、カーテンに火がついたのは偶然です」

「そりゃそうだろう」

目線を報告書に落としたまま、あきれたように言う。

「誰とは言わんが出火の目的は、あわよくば火の手を上げて『安久津さんは危険人物で追い出すべき』と君たちに思わせることだったろうから。特に狙ってカーテンを焼こうと思ったわけじゃない、火の不始末をアピールできれば万々歳で、うまくいかなくても失うものはないからねえ。それが、当夜の風に煽られて思いがけない結果になった。それで久野さんが慌てたか喜んだか、それはぼくにはわからん。ねえ、久野さん、どっちでした」

顔を上げ、西野課長は眠たげな目で吉種さんを見据える。吉種さんは身を竦《すく》め、一言もない。

「ま、カーテンだけで済んでよかったですな」

「いや、でも！」

久野さんがいきなり甲高い声を上げた。

「それは全部、そういうことも出来たというだけじゃないですか。証拠もないのにそんな！」

開き直ったのか、それともヒステリーか。駄々をこねるように両手を震わせ、噛みつきそうな顔でまくし立てる。

「失礼です、失礼でしょう！　だいたい、あんなろくでもない人間に住処《すみか》を与えること自体が間違ってる！」

「ろくでもない人間は家に住むなとは、ずいぶん無茶な意見ですなあ。その伝で行けば、久野さんも住めるかどうか」

「憶測だけで、あんた、ひとを……」

課長は、冷然としていた。捺印のない届出用紙を持って来た市民を追い返す窓口職員のように。

「憶測とおっしゃいますが、久野さん。しかるべき機関が証拠を見つけていたら、憶測じゃ済まん話です。部下が、カーテンの焼けた部屋で焦げた籾殻を見つけとります。私らはまだ、こいつを警察に届けておりません。ありがたいと思っていただけませんかな」

「でも」

「何か勘違いしておられますな。久野さん、私らは簑石を守らにゃならんのです。もうすぐ十世帯が次々に引っ越してくる。その時に誰とは言わず、放火魔が住み着いとるというのは、これは頂けませんなあ。甦り課としては積極的に警察と連携したいとは思っとりませんが、もし来週あたりになってもまだ簑石に住んでおられるようなら、まあ……警察に匿名の通報があって、恐れながら先日の火事はこれこれこうと申し立てる、そういうことがないという保証は出来んですよ」

空気が抜けていく風船のように、久野さんは見る間にしょげかえる。机の上でとんと音を立て、課長は報告書の角を揃えた。

「だいたい、安久津さんがどうしてあんな音楽を鳴らしていたか知っとりますか」

安久津さんの名前を聞くと、久野さんの目に憎々しげな色が戻ってくる。

「それはあのひとがろくでもない人間だから」

たしかに、それは聞いていなかった。ただ安久津さんが音楽好きだからだとばかり思っていた。課長は言った。

「あんたさんが草刈り機みたいな音を立てて地面すれすれにヘリを飛びまわらせるから、子供が怖がって外に出ない。あんまりかわいそうだが、他人の趣味に口出しはしたくない。その腹いせなんだと言っとりましたよ」

吉種さんの顔が赤くなり、青くなり、そして白くなる。簑石から転出する際も補助金が出ることを、どのタイミングで伝えたものだろうか。

南はかま市Iターン支援推進プロジェクトの第一陣として、二つの家族が移り住んできた。

夜風に乗った軽いものが雨のように降り注いで、捨てられた村は、再び誰もいなくなった。

第二章　浅い池

1

「ええ、本日はお日柄もよく、天気にも恵まれまして、新生簑石の開村式にはうってつけの日になりました」

と市長は切り出したが、日柄は友引でさして良くも悪くもなく、雲も多くて風の冷たい日だった。場所は簑石公民館の前庭で、元はゲートボール場として使われていた場所だ。関係者席として一張りテントを張っているほかは、いちおう申し訳程度に、万国旗が電柱や軒に渡されている。五月、無人だった村のそこここでは花木が咲いている。

予定されていた移住者の転居がすべて完了し、簑石の再生を目指すIターン支援推進プロジェクトは一つの節目を迎えた。もともとこのプロジェクトは飯子《いいこ》又蔵《またぞう》市長の肝いりであり、人前に出ることが仕事の一つである市長がこのタイミングで顔を出すのは当然のことだ。この小規模なイベントは、開村式と名付けられた。仕切りは南はかま市役所総務部で、万国旗を張り渡したりテントを立てたりパイプ椅子を並べたりするのはわれわれ甦り課の仕事だった。市民に使われるなら役目のうちだと納得もいくが、甦り課の管轄である簑石で総務部に顎《あご》で使われるのはあまり気分のいいものではない。それでも当日を迎えてしまえばやっぱり少しは晴れがましい。市長は語る。

「簑石の再生をこうしてお祝いできること、感無量であります。思えば先の選挙で公約に掲げて以来、簑石の復興はわたくしのみならず、南はかま市民全員の夢でありました。その夢が実現する日を迎え、わたくしをはじめとして、関係者一同、みなさまに感謝の気持ちでいっぱいであります」

前庭には、簑石に移住した十世帯が揃っている。一家総出で出席した義理堅い家もあれば、一人で来ている家もあるようだ。無人の村に曲がりなりにもひとを呼び込んだのだから、よくもここまで漕ぎ着けたものだという感慨はあるが、それ以上にここからがたいへんだろうという思いが強い。既に、先行して移住してきた二世帯がトラブルから簑石を去っている。五年後、いや来年まで、果たして何世帯が残るだろうか……。甦り課は関係者用テントの中で雑用の待機をしているだけで暇なので、仕事の復習を兼ねて列席者の顔と名前を一致させていく。

滝山《たきやま》さん。二十代半ばの身ぎれいな男性で、独身。病気をして、いまは静養中だ。

久保寺《くぼでら》さん。五十歳の男性で、何冊も本を出している歴史研究家。

丸山《まるやま》さん。三十代の女性二人組で、書類上は丸山さんが世帯主になっている。

河崎《かわさき》さん。夫婦での移住だが、ここにはタクシー運転手の旦那さんが一人で来ている。

若田《わかた》さん。二十代の若い夫婦で、仲睦まじげに二人で出席している。

長塚《ながつか》さん。五十代半ばで、目つきが精力的にぎらぎらとした肥り肉《ふとじし》の男性だ。

上谷《うえたに》さん。平穏に暮らしたいと繰り返す、三十を少し過ぎた独身男性。

牧野《まきの》さん。洗練された容姿の二十代の男性で、簑石を盛り上げると豪語している。

好川《よしかわ》さん。旦那さんが釣り好きで移住を決めたという、共に五十代後半の夫婦だ。

立石《たていし》さん。五歳の息子さんの健康のために移住してきた。家族三人で出席している。

単身で移住してきた男性はいるが、女性はいない。わざと選んだ結果ではなく、そもそも女性単身での移住希望者はいなかったと聞いている。移住者選定には関わっていないので、あまり詳しいことは知らない。移住者の年齢層は様々で、二十代ばかりという世帯もあれば、リタイア後という世帯もある。これは、同じぐらいの年代のひとで移住者を固めると里は同時に老いていくという、ごく当たり前ながらその合理性がかえって役所らしくはない判断に基づいてのことだそうだ。目で数えると、今日この場に出席している移住者は十五人だった。

市長肝いりのプロジェクトが実を結んだとあって、会場には地方紙やミニコミ誌の記者のみならず、全国紙の支局の記者も来ているし、テレビカメラも入っている。市長のほかには副市長や総務部長ほか市政の上層部も揃って顔を出していて、万国旗の張り渡しを含め実際の作業を手がけた甦り課は、挨拶の機会ももらえていない。とはいえ課の誰も晴れの挨拶をしたいなどと思っていないだろうから、かえってありがたい。

天気予報通り、五月にしては肌寒い日だった。長い長い市長挨拶のあいだに、移住者たちの体は冷えてしまっただろう。寒い思いをするんじゃないかと思っていたのでウインドブレーカーを着て来たが、自分ばかり防寒をしていると、なんだか肩身が狭いような気がする。市長の、簑石再興がいかに自分の手柄であるかを手を替え品を替えて語り続けるスピーチはいつ終わるとも知れず、これは移住者のために温かいお茶でも用意すべきだったかと後悔し始めた頃、ようやく話が締めの段階に入った。

「……というわけですから、ことほどさようにお集まり頂いた皆様は南はかま市の、いや地方行政の、日本の、実に希望の星なのであります。どうかこの清らかな里を末永く愛して頂けるよう、わたくしども南はかま市一同、粉骨砕身、犬馬の労をいとわずお力添えする所存ですので、なんなりと市役所までお申し付けください。それでは甚だ簡単ではありましたが、簑石の里が前途洋々であることを祈念して、わたくしの挨拶とさせて頂きます」

安堵混じりにも聞こえる拍手が、ぱらぱらと上がる。続いては酒樽を持ち出しての鏡抜きで、酒樽はもちろんわれわれ甦り課が仕度する。重さ八十キロにも及ぶ四斗樽《しとだる》を台車で運んで、あらかじめ用意しておいた台に二人で下ろす手筈になっているが、観山遊香の腕力は四斗樽を取りまわすにはいささか心許ないことがリハーサルでわかっており、ここは西野課長の出番のはずだった。それが今日になって「ちょっと腰がね」と言い出したので、結局観山に無理をさせて、ぐらつく四斗樽が台車から落ちないように押さえてもらっている。テレビカメラの前で縁起物の酒をひっくり返しては目も当てられないと慎重に台車を押していくと、柔らかい土に深々とわだちが残った。飯子市長が直々に、「早くしないか」と小声をぶつけてくるのに、素直にはいと答えておいて、心なし手に力を込める。台車から四斗樽を移すのが、また一苦労だった。

数分かけてようやく鏡抜きの用意が整う。いつの間にか、市長は法被《はっぴ》を着ていた。山《や》倉《くら》副市長と大野《おおの》副市長、それに移住者の牧野さんも揃いの法被を着て、手にはそれぞれ木槌を持っている。総務部の司会がマイクを手に、

「では、開村を祝して鏡抜きに移らせていただきます」

と言い、記者たちがカメラを構える。しかし司会は、手元のカンニングペーパーに眼を落としたまま続けた。

「……では、移住者を代表して、牧野慎哉《しんや》さんに一言ご挨拶をいただきます」

まだ挨拶があるとは聞いていなかった。間合いを外されたような弛緩《しかん》した雰囲気の中、しかしマイクを受け取った牧野さんは満面の笑みで声を張り上げる。

「えー、ご紹介にあずかりました牧野慎哉と申します！　市長のお話にはとても感銘を受けました。僕も、もう東京一極集中の時代じゃないと思っています。ビジネスはどこ

でも出来る、どんなことでもビジネスに出来る、簑石でも世界を相手にビジネスが出来る、アイディアとマネタイズこそが世界を変える、つまり、簑石には希望があるんだと、それを僕の生き方で証明していきたいと思っています！　以上です！」

台車を押して戻って来た関係者用テントの中で牧野さんのスピーチを聞き、威勢のよさに微笑《ほほえ》ましいような気分になる。牧野さんの話し方は、学生のそれだ。実際、牧野さんは東京の大学を出たばかりの二十四歳で、いかにも未熟だけれど、パワーは間違いなく感じられる。そしてパワーはたしかに、これからの簑石にとって必要だ。司会がマイクを取り戻し、

「それでは皆様、ご準備はよろしいでしょうか。鏡抜き、お願いいたします」

飯子市長が「よおーっ」と声を上げ、木槌がいっせいに四斗樽の蓋に振り下ろされる。カメラのフラッシュが焚かれ、誰からともなく拍手が起こる。蓋は見事に割れた。――よかった。割れなかったらどうしようかと思っていた。あの蓋が割れるように事前に切り込みを入れたのは甦り課だったからだ。

2

開村式の様子は、夕方のローカルニュースで放映された。

その様子は、実家のテレビで見ることになった。就職を機に家を出て、間野出張所のそばにアパートを借りて住んでいるが、今日は市内にある実家に呼ばれたのだ。

両親は旧開田町《かいだちょう》の外れで定食屋を営んでいた。バターオムライスが評判の店で、父は四十年間鉄製のフライパンを振り続け、今年の正月に腕の腱を痛めた。医者は、充分に療養すればまた厨房に立てるようになると請け合ったらしいが、父はいろいろ考えた末、店を閉めることにした。今日は引退記念というか閉店祝いというか、家族で区切りの食事会をしようと言われていた。

六畳のリビングでテレビをつけながら、両親と妹と、四人でテーブルを囲んだ。テーブルには父の料理ではなく、寿司桶が載っている。父は、家族のイベントに自分の料理を出すことが好きではない。大学の合格祝いにも、就職祝いにも、祖父の葬式の精進落としにも、我が家は寿司を取ってきた。しかし、今日の寿司は、なんというかあまり旨くない。魚の味が抜けているような気がする。

父は、自分の料理の味にはうるさいが、他人の料理には寛容だ。祭りの夜店の焼きそばだろうが、チェーン店のレンジで温めたハンバーグだろうが、妹が作ったダシを取っていない味噌汁だろうが、文句を言ったことはない。けれど今日、父は小さく溜め息をついた。

「こりゃあ、いかんな。この寿司はいまいちだな」

母も首を傾げた。

「やっぱりねえ、寿司光《すしこう》さんが閉めちゃったから」

寿司光というのは、以前から我が家が出前を誂えていた店だ。いくらの軍艦巻きに醬油をつけながら、妹が言う。

「そうなんだ。おいしかったのにね」

自分で給料をもらうようになり、独身の気楽さで時々寿司も食べに行くようになって、寿司光の寿司が格別旨いわけではないことはわかるようになっていた。それでもやっぱりあそこは思い出の店で、閉めたと聞けばさみしくなる。親父は寿司をつまみながら、しみじみ言う。

「あすこの親父も年だったからなあ」

妹の無神経な一言に、父は苦笑いした。

「千花《ちか》、お父さんと同じだね！」

「じゃあ、続ければいいのに」

「いや、まあ……もう決めたんだ。ゆっくりするさ。店をやってる間は、旅行にも行けなかったからな」

妹は知らないらしいが、店を閉める事情は聞いていた。

開田町はもともと林業で成り立っていた町で、両親が定食屋を始めたのは、製材所のひとたちの昼食需要を見込んでのことだ。最初はよく当たったらしいが、やがて、国内の林業は見込みが立たなくなっていった。それでも町内の製材所は粘り強く運営を続けているが、一軒また一軒と廃業し、残ったところも働くひとの平均年齢は六十を超えている。いきおい定食屋の需要も減り、バターオムライスが評判の店のはずが、最近は焼魚定食が売れ線だったそうだ。じいさん相手に柔らかいメシを作るのも大事な仕事だが、と父は語った。お父さんはな、大盛りサービスしてやった若いやつが水でも飲むみたいにメシをかっ込んで、うまかったっすって笑うのが好きでこの仕事やってたんだよ。そんなやつは、もういないからな。

張り合いがないし、儲かりもしないし、腕も痛めた。父はもう、あきらめたのだ。事情は何も知らないが、寿司光が店を閉めたのにも、同じような成り行きがあったんじゃないか。そんな気がした。

「そうだ。兄ちゃんに会ったら、言いたいことがあったんだ」

藪から棒に、なんだ。

「あのさ。中央公園に子供が遊べる水路があるでしょ。あれの水が涸れてるんだけど」

妹は市内で保育士をしている。子供や公園には縁が深い。中央公園というのはどこのことだかぴんと来なかったが、水路の水が涸れているというのなら、理由はよくわかる。

「金がかかるからな。金がないんだよ」

公園を作った時には、水に親しめる場所として設計されたのだろう。月日が流れ、コスト削減の名の下に予算が削られるのはよくある話だ。

「金、金って。あのね、水路に水が流れてないと、ただの溝なんだよね。子供が落ちて危ないんだけど」

「そういうことなら公園課に言ってくれ。俺には何も出来んよ」

「言ったっての。まったく、市役所はこれだから」

いまは市役所に通ってすらいない。申し訳ないけれど、陳情は却下だ。旨くない寿司をつまむ。

テレビが地方のニュースを流し始める。八十六歳の女性が息子を名乗る男からの電話に騙《だま》され、四百万円を奪われたというニュースの次に、簑石の開村式の様子が映った。

「あ、これ」

妹がめざとく気づく。

「兄ちゃんがやってる仕事だよね」

「よく知ってるな」

思わず言うと、妹はくちびるを尖らせた。

「そりゃあ知ってるよ。我が家の長男のお仕事だもん。生き返り課だったっけ？」

甦り課だよ、とは言いにくかった。正直なところ恰好のいい部署名ではないので口には出しにくく、家族の前でもいまの職場の話はあまりしてこなかった。妹はどこで知ったのだろう。

『簑石村の再生を目指して、移住者の募集が行われてきました。応募者には南はかま市が空き家を紹介し……』

ナレーターの言葉に、妹が反応した。

「簑石村じゃないよね。間野市簑石だよね」

父がテレビを見たまま答える。

「いや、簑石村だったんだよ。昭和の合併で間野とくっついたんだ。それが平成の合併で南はかま市になった。お父さんが子供の頃は、まだ簑石村と呼ぶひとの方が多かったな」

「えー。そんなの大昔の話でしょ」

あまりにずけずけと言うので、傍《はた》で聞いている側が緊張してしまう。親相手だという油断があるのかもしれないが、もう少し気を遣った話し方を覚えてほしいものだ。父は別に気にした様子もなく、光り物をつまみながら言う。

「それにしても、なあ。いまさらひとを呼んで簑石を復活させると言っても、なんだかよくわからん話だな。たしかにどこもひとは減っているが……」

父の定食屋が店を閉めるのも、大雑把に言えば人口が減ったからだ。正確に言えば、産業が衰えたために働く人間がいなくなった。ひとが増えて町に活気が戻ってくれば、というのは誰もが願うことだけれど、南はかま市全体から見れば周縁部である簑石に移住者を受け入れることがどうして市の活性化に繋がるのか、という疑問は市役所でも当然囁かれている。このあたりが、甦り課がなんとなく立場が弱い理由だ。

「まあ、モデルケースなんだよ」

と曖昧に言葉を濁すが、父はごまかされてはくれなかった。

「モデル？ 何のモデルだ」

「……つまり、適切な運営があればひとは来てくれるっていう実績作りというか。ひとが来て税金を納めてくれればありがたいし。簑石で上手く行けば、市全体でIターンの誘致が進められるんじゃないかな」

「そういう計画があるのか」

「いやあ……知らないけど」

ウニの軍艦巻きをぺろりと食べて、妹が口を出す。

「噂なんだけどさ。いまの市長さんが簑石生まれなんだよね。それで、生まれ故郷が廃墟になるのが嫌で、ひとを呼ぶならまず簑石にって言い出したって聞いたよ」

「そんな噂、どこで流れてるんだ」

「兄ちゃん、その切り返しは噂が当たってるって認めたも同然だよ」

憎らしいやつだ。妹は、今度はサーモンに手を出している。子供が好きそうな物ばかり選びやがる、と寿司の取り方にまで文句を言いたくなる。

家族の中で、母と、今日は来ていない弟の二人は箸で寿司を食べる。その箸を宙に留めて、母が言う。

「でも簑石への移住って、前の市長さんの時に出た話じゃなかった?」

父は「そうだったかなあ」と言っているが、母の記憶の方が間違っている。少なくとも市役所に流れている情報は、妹が聞いたという噂とほぼ同じだ。――そして、細部は違う。

いまの飯子市長は、五年前の選挙で初当選した。その前の市長は宝田不一《たからだふいっ》だ。南山市の市長だった宝田は近隣の三自治体との合併協議を主導し、ありとあらゆる反対と妨害の嵐を、ある時は柳のように受け流し、またある時は鰻のようにすり抜けて、合併に加わる市町村から名前を取って南はかま市を誕生させた。

合併を成功に導いた手腕が認められ初代南はかま市長となった宝田は、生まれたての市に活力を呼び込むべくさまざまな手を打った。IT企業の誘致を進め、渋滞解消のためのバイパス道路を計画し、Wi-Fiの電波をがんがん飛ばし、出産に関わる費用のほぼ全てを市で負担すべく国内外の例を研究させ、若者の起業や出店に特別な補助金を出す条例案を起案して財政課職員の顔色を真っ青にさせた。

この宝田市政に反発したのが、旧間野市から選出された市議の飯子又蔵だ。飯子は、宝田の財政出動はすべて旧南山市のためのもので、合併に参加したほかの地域にとっては何の得もない、あからさまな利益誘導だと非難した。飯子は市長選で旧南山市を完全に無視し、ほかの三つの旧自治体の地域をまわって宝田市長はあなたの金を自分の地元に持っていくと訴えて当選した。おかげで旧南山市と旧間野市は目に見えて仲が悪くなった。

新しく市長に当選した飯子又蔵は、公約通り宝田市政の否定を最優先事項に据えた。進みかけていたプロジェクトは片っ端から停止され、少なくとも、市の収支は改善した。そして宝田市政の否定以外に初めて打ち出した政策がIターン推進モデル地区の指定で、それが具体化したのが、南はかま市Iターン支援推進プロジェクトなのだ。

なぜほかの地域ではなく、簑石なのか。定住している住人がいないためしがらみがなく、生活空間をゼロから自由に構築できるから……と市長は答弁し、簑石が自分の生まれ故郷であることは一切関係ないと力説している。その言い分を信じるかどうかは、個々人の勝手だろう。

テレビには移住者の牧野さんが映った。カメラを向けられている緊張感などこれっぽっちも見せず、人好きのする笑顔で滔々と自説を述べる。

『簑石はスタートアップにはいい場所だと思います。僕には考えがあります、ヒントは水田です。これからどうなるかすっごく楽しみです。簑石、期待してます』

甘えびの寿司をぺろりと食べて、妹が顔をしかめる。

「あ。このひと、うさんくさい」

思わず言ってしまう。

「千花、お前、もう少し口を慎めよ。俺の仕事相手だぞ」

「えー。だってなんか自信満々のくせに借り物っぽいよ。兄ちゃんだってそう思ってるくせに」

無邪気に物を言いすぎる妹の癖は、本当によくないと思う。

図星を指しかねないからだ。

3

五月も中旬を過ぎ、市の定例議会が近づく。議会が近づけば市役所職員には何かと仕事が降ってくるもので、それは、おんぼろの出張所に小部屋をもらっているだけの甦り課でも同じ事だ。Iターン支援推進事業についてあらゆる数字を与党議員からも野党議員からも求められ、なかなか帰れない日が続いた。

そんな中、かねてからの懸案事項に進展があった。簑石の空き家を移住者に貸してもらえないかという提案を頑強に撥ねつけていた地権者がネットニュースで簑石の開村式を知って、村がふたたび賑わうなら考え直したいと言ってきたのだ。とはいえまだ迷いがあるらしく、直に話を聞きたいとも言っている。その地権者はいま新潟に住んでいるというので、行って説明をすることになった。西野課長はぎりぎりまで日帰り出張に出来ないかと言ってきたが、先方の時間が取れるのが午前中だけということもあって、どうしても一泊せざるを得ない。仕事が終わってから新潟まで行き、一泊してから地権者に会い、すぐに帰ってくる段取りになった。

課長は最後まで渋っていた。

「万願寺くん。わかってると思うけど、宿泊費は一万円までだからね」

東京出張でも京都出張でも宿泊費は変わらない。いつも一万円で泊まれる宿があるわけじゃないですよと言いたいけれど、規程を決めているのは課長ではないので文句は控えた。

当日、議会用の資料作りに追われる観山を置いて、予定より十分遅れて出張所を出る。インプレッサを飛ばして駅の駐車場に滑り込み、辛うじて特急列車に乗り込んだ。あまりリクライニングの利かないシートに体を預け、夜の闇に落ちていく山々を眺めているうちに眠気に襲われ、夢も見ずに小一時間眠っていたが携帯電話の振動で目が覚めた。

観山からの電話だ。前のシートに「通話はデッキでお願いします」という案内書きがあるのを確認し、デッキに移って電話に出た。

「はい。電車の中なんだ、手短に頼む」

『あ、万願寺さん、すみません』

観山の声は、どこか困惑しているようだった。

『いま、牧野さんから電話があったんですけど、なんかよくわかんなくて。泥棒にやられたって言ってます』

「……泥棒？」

『牧野さんが何を始めたかは知ってますよね？』

もちろんだ。

「鯉だろう」

『それです。それが、盗まれたって言ってます』

牧野さんのアイディアというのは、休耕田に水を張り、そこで鯉を育てるということだった。たしかに簑石は水が豊富だし、まだ原野に戻っていない休耕田に水を張れば手早く浅い池を作れる。鯉は水深が浅くても生きられるし商品価値もあり、水田養鯉《ようり》はほかの自治体で実績もある。農地の目的外使用にあたるのではないかという疑惑はあるが、農地法の運用は甦り課の管轄ではないと目を背けるなら、悪くない考えだとは思っていた。もっと突拍子もないアイディアが出てくるかと思っていたので、意外と地に足のついた計画にむしろ少し感心したぐらいだ。いつかは実現するといいなというぐらいに思っていたが、まさか牧野さんがもう鯉を放っているとは知らなかったし、それが盗まれたというなら穏やかではない。

とはいえ、ちょっとおかしい。腕時計を見ると、時刻は夜の十時近かった。

「……牧野さんは、こんな時間に電話をかけてきたのか」

『はい……』

何か問題があればいつでも甦り課にご連絡をと移住者には伝えていたけれど、牧野さんはその言葉を額面通りに受け取ったらしい。

『牧野さんは、いますぐ来てくれって言ってます。上司と相談して折り返すって伝えました』

「課長は？」

『電話に出ません。ていうか、電源切れてるみたいです』

観山が一人で議会対応をしているというのに、西野課長は帰った上に携帯電話も切ってしまったのか……頭をかきむしりたくなった。溜め息をついて、善後策を考える。

牧野さんはひとり暮らしだ。いくら観山が市職員だといっても、深夜に女性一人で訪問させるわけにはいかない。というかそもそも、こんな深夜にいますぐ来てくれという牧野さんの要望があまりに無茶だ。すぐには行けないと伝えるしかないが、その連絡を観山に任せるのは酷かもしれない。

「議会対応の進捗は？　賃貸条件と仲介業者への支払の一覧表だったか」

と訊くと、観山の声が渋った。

『ごめんなさい。まだ終わりません。明日の昼までには終わると思います』

やや進み方が遅い気がするが、観山は新人で、しかも西野課長が帰ったのならいまはだれも指導していない。頑張っている方だろう。明日の朝一で牧野さんのところに行ってもらいたいところだけれど、問題が起きた時の余裕を見て、観山は明日いっぱいは動けないと考えておいた方が良さそうだ。

「わかった。牧野さんの件はこっちで引き取る。観山くんは気をつけて、早めに帰ってくれ」

電話の向こうで、ほっとした気配があった。

『ありがとうございます。じゃあ、お言葉に甘えてお任せしますね』

牧野さんの電話番号をメールで送るよう指示し、電話を切る。特急の天井を見上げ車輪が線路の継ぎ目を踏む音を聞きながら、疲れたな、と思う。ほどなく届いたメールを頼りに、電話をかける。

知らない番号からの着信だからか、牧野さんはなかなか電話に出なかった。十数回目のコールでようやく、若く、警戒心を強く滲ませた声が応える。

『はい……』

歯切れよく喋ることを意識する。

「もしもし、夜分遅くすみません。南はかま市役所甦り課の万願寺と申します。牧野様でいらっしゃいますか」

『ああ……万願寺さんか』

声が少しやわらいだが、それも束の間だった。

『遅いよ。どれだけ待たせるんだよ』

「申し訳ありません。実は出張中でして、いま電車の中なんです。トンネルに入ると通話が途切れるので、あらかじめご承知ください」

『電車だって？　じゃあ、こっちに来られないのか』

「はい。それで、観山から少し事情を聞きましたが、泥棒が出たとか」

『そうなんだよ！』

いきなりの大声に、思わず携帯電話を耳から遠ざけてしまう。

『間違いないよ。万願寺さん、俺、養鯉始めたんだよ。ネットですっげえ調べて、ぜったい上手く行くってわかったからさ。なのに今日見たら、鯉が減ってるんだ』

「ええと、詳しく聞かせて頂けますか。何時頃に見たら、何匹減っていたんですか」

勘違いということもあるかも知れないと思って言ったのだが、言い方がまずかった。

『だから、いまそれを言おうとしたんだよ！』

と怒鳴られてしまった。

『気づいたのは昼の三時ぐらいだよ。気に入ってるやつがいてさ、模様がいちばんいいんだよ。それが、どう捜してもいないんだ。それで数えてみたんだけど、動きまわってるから数えにくくてさ』

牧野さんが養鯉をやるというので、サポートが必要になることもあるかと思い、こちらも少し勉強はしている。たしか孵化《ふか》したての稚鯉は小指の先ほどのサイズで目で数えられるようなものではなく、見てわかるような模様もまだ現われていなかったはずだ。つまり牧野さんは、既にある程度まで成長した鯉を買ってきて育てているのだろう。

『だけど三、四割は減ってるよ。間違いない、何度も数えたんだ。盗まれたんだよ』

一匹や二匹ではなく何割か減っているというのなら、減っているというのは間違いなさそうだ。とはいえ、

「大きな水田で鯉を育てているんですよね」

広い面積の水田を使っているなら、目が届かなかったということはあるかも知れない。

そう思ったのだけれど、携帯電話からは鼻で笑うような音が聞こえてきた。

『鯉を放す場所はちゃんと決めて、四方を完璧にネットで囲ってるよ。田んぼの中に四

本ポールを立てて、その間に目の細かい緑のネットを張って、水の底まできっちり埋めて重石を置いてあるんだ。だから、ネットをくぐって逃げたわけじゃない。稚鯉も安くはないからさ、出入口には簡単だけど鍵もつけてある。きちんと考えてあるんだよ。で、その鍵はかかったままなのに、鯉が減ってる』

「ネットに鍵、ですか？」

『ネットに切れ目を入れて、のれんみたいにくぐって出入りするように作ったんだ。自転車用のチェーンロックを買ってきて、暗証番号を入れないと入口を開けられないようにしてる。なのにやられたんだ。万願寺さん、これ洒落になんないよ』

「ネットは破れたりしてなかったですか」

『当たり前だよ、何度も確かめた。どこも破れてないし、押したら開くような隙間もなかった』

話を聞く限り、防備に隙はないようだけれど……。

「じゃあ、泥棒はどうやって盗んだんでしょう」

『知らないよ、そんなことはさ！　ネットの下をくぐるような穴でも掘ったんじゃないの？』

牧野さんはいっそう声を荒らげる。

『このままじゃ、警察呼ぶことになるよ。正直、俺はそうしてもいいかなって思ってるんだけどさ、スタートから大騒ぎにしたくないじゃない。だからいちおう甦り課に電話したんだけど、様子も見に来てくれないの？』

相当苛立っているようで、言葉にはとげがある。

とはいえ、牧野さんがわがままだとは思わなかった。傍から見ればただの思いつきに見えるかもしれないし、牧野さんの言葉が借り物っぽいという妹の言葉も当たっているだろうけれど、それでも彼にとってこの水田養鯉は人生を賭けた必死の挑戦のはずだ。稚魚を買って餌をやるには金がかかるし、水田にポールを立ててネットを張るというのも、言葉で言うほど簡単な作業ではないだろう。それだけ資力と労力を注ぎ込んだ鯉が消えれば焦りも怒りも無理はない。幾多の市民と接した経験から言えば、牧野さんの言葉や態度はむしろ穏当な方ですらある。

「わかりました。出来るだけ早く伺いますが、私は出張中で戻りは明日の夕方になります。それまでに何かあったら、いつでもこの携帯にご連絡ください」

『夕方か……もっと早くなんないの？』

「出来るだけ急ぎますが」

電話の向こうで、牧野さんが低く唸った。

『……仕方ないか。自分の身を守るのは自分ってこったね』

「伺う前にお電話します」

『そうして。じゃ、よろしく！』

電話が切れ、それを待っていたかのように特急がトンネルにさしかかる。電波が途切れ、圏外の表示が出た。

4

新潟のビジネスホテルに着いたのは十一時近かった。仕事でわからないところがないか観山に確認の電話を入れたいが、さすがに遅すぎるのでやめておく。狭いユニットバスで風呂を使い、明日の待ち合わせ場所を地図で確かめて、あとはテレビを見る気にもなれずにベッドに寝転ぶ。薄暗い天井を睨んでいると、頭に浮かぶのは牧野さんのことだった。

牧野さんは水田の一角をネットで四角く区切り、その中で鯉を育てていた。ネットは破れも隙間もなく、その出入口には簡易的なものではあるけれど鍵が取りつけられてさえいた。それなのに、気づいたら鯉が減っていたという。

誰かが水田に穴を掘った、という牧野さんの説は疑わしい。ふだんなら埋め戻した穴などは見落とすかもしれないけれど、牧野さんは鵜《う》の目鷹《たか》の目でどこから鯉が盗まれたのか調べていたのだから、穴があったのなら気づきそうなものだ。だいいち、水が張ってある田に入り込んで穴を掘り、稚鯉を盗んで埋め戻すというのは、手間ばかりかかって利益が上がりそうもない。もしそんなことをした人間がいたとすれば……その人は鯉を盗みたかったのではなく、牧野さんに嫌がらせをしたかった、ということになりはしないか。簑石村が開村してまだ一ヶ月ちょっとなのに、もうそんな陰湿な人間関係が構築されていることを想像すると、胃が痛む。

それなら、鯉が脱走したという方がはるかにマシな結論だ。猫は、ここから出られるとは思いもしないような小さな穴から出入りすることが出来る。兎や鼠もそうだ。……しかし牧野さんは、ネットは目の細かい物を使っていると言っていた。目の細かさに言及したのは、稚鯉が通り抜けられるようなネットは使っていないという含みを持たせているのだろう。いわば密室だ。

鯉は盗まれたのか、逃げ出したのか……。ベッドの上であれこれ考えるうち、眠気が襲ってくる。明日も早いし、用件が済んだら南はかま市までとんぼ返りしなくてはならない。駅の駐車場からインプレッサを出して、簑石まで一時間弱。きつい日程だと思ううち、いつしか眠りに落ちていた。

夢を見た。

水田の一角、ネットで四角く囲われた狭い場所に、幾十匹もの稚鯉が泳いでいる。稚鯉たちは、この環境が不満である。しかし四囲のネットは堅牢でとても破ることはできず、下をくぐることも出来そうにない。稚鯉たちは不満を募らせ、なんとか現状を打破する策はないものか、せめて人間に一泡吹かせることは出来ないかと考えている。

ある一匹の鯉が、こんなことを言い始める。

「鯉は天に昇って龍にもなるものだというのに、こんなところで育つのは残念だ。ここは一つ、細工をして人間を驚かせてやろうではないか」

それはいいが細工というのはどんな細工だと仲間に訊かれると、その鯉は声をひそめて計画を語った。

翌日、牧野さんが餌をやるために近づいてくると、鯉たちはかねての打ち合わせ通りにと頷きあった。

「それ！」

という合図と共に、三割ほどの稚鯉が身を翻して、いっせいに泥に潜る。鯉が減っていることに気づいた牧野さんは慌てふためき、目を丸くして驚く。やがて牧野さんが首を傾げて戻っていくと鯉たちは泥から顔を出し、してやったりと快哉《かいさい》を叫ぶのだった——。

アラームで目が覚めて、夢を思い出し、思わず片手で顔を覆う。夢ぐらいは仕事と関係のないものを見たい。だいたい泥に潜ったというのは夢にしてもひどすぎる、それぐらいなら、共食いしたとでも考えた方がいい。

「共食い？」

自分の考えに驚き、思わず声を洩らしてしまった。そうか、共食いか。水田と鯉というシチュエーションに惑わされていたか、あるいはやはり少し疲れていたのかも知れない。水槽で飼っていた熱帯魚がいつの間にか減っていたら、真っ先に疑うのは共食いだ。もしかしたら鯉は共食いするのだろうか。すぐに検索しようと携帯電話を手にする。

「……いや」

目覚めて一分、まだベッドから出てもいないのに、仕事を始めなくてもいいだろう。まずは洗顔、次に朝食、仕事はそれからでも遅くない。携帯電話はサイドテーブルに置いて、のっそりと起き上がった。

ビジネスホテルの朝食はがらんとした食堂で食べる簡素なものだったが、米と味噌汁が旨かった。この二つが旨ければたいてい満足する。コーヒーも頼めたので部屋に戻ると、朝のニュースを見ながら一服し、さて、では仕事に行くかと気合いを入れて部屋に戻ると、サイドテーブルの上で携帯電話が振動していた。まだ八時にもなっていない、こんな時刻にかかってくる電話の用件がろくなものであるはずもない。慌てて手に取ると、発信者は牧野さんだった。不吉な想像が一瞬でいくつもよぎっていく。

「……はい。万願寺です」

『万願寺さん？　ごめんね、朝早く。でも俺、もうどうしていいかわかんなくて。貯金注ぎ込んだんだよ、賭けてたんだよ、俺』

牧野さんは泣いていた。

「もしもし。どうしたんですか、何があったんですか」

途端、声が爆発した。

『いなくなっちまったよ。一匹もいねえんだよ。鯉、全滅だよ！』

それから先の牧野さんの言うことは、もう言葉になっていなかった。

5

新潟での用事は、拍子抜けするほどあっさり終わった。これまで頑として家を貸そうとしなかった地権者が、開口一番えびす顔で「ネットで見たから」と言うと、あとはろくに説明を聞きもせず同意書に判をついてくれたのだ。おかげで、予定よりも一本早い特急に間に合った。駅の窓口で指定席券を切り替えて、売店で駅弁を見つくろう時間さえあった。

特急に乗り込み、海の幸を盛り込んだ弁当を食べながら時々車窓の外を見たけれど、景色は頭に入って来ない。ずっと、全滅したという鯉のことを考えていた。

牧野さんの嘆き様を聞く限り、全滅というのは物のたとえではないだろう。本当に文字通り、一匹も残らなかったのだ。となると、共食いの可能性はなくなる。言うまでもないことながら、共食いをして数が減ったのなら少なくとも最後の一匹は残るはずだからだ。こうなると、牧野さんの言い分が当たっている可能性が高くなってくる——誰かが、稚鯉を盗んだのではないか。

出入口の鍵は、自転車のチェーンロックを流用したもので、暗証番号が必要なタイプだと言っていた。たぶんダイアル錠だろう。自転車用のダイアル錠なら多くて四桁、少なければ二桁というものもある。四桁ならある程度堅牢だが、二桁や三桁のものなら解錠にはさほど手間取らない。悪意のある人間が腰を据えて開けようと思えば、開けられてしまうものだ。

簑石と旧間野市の市街地は、車で四十分ほど離れている。両者を繋ぐ山道は幅が狭く、街灯も少なくて、夜はあまり走りたくない道だ。それでも稼業なら時間をかけて盗みに来ることもあるだろうが、たいして金銭的な価値のない稚鯉を狙って遠路はるばるやって来る泥棒というのも考えにくい。となると、人間関係のもつれから簑石移住者の誰かが嫌がらせに盗んだという説が、俄然《がぜん》信憑性を増してくる——。そんなことは、考えたくなかった。

何か、ほかの考え方はないだろうか。通り抜けられないネットで囲われ、出入口には鍵の掛かった空間から鯉が消えた理由に説明がつかないだろうか……。

考え続けることで脳が疲れてしまったのか、それとも強行軍の疲れのせいか、弁当を食べ終えると急に強い眠気に襲われて、気がついたのは南はかま市まであと五分という地点だった。


駅の改札を出たところで、いまから行くと伝えるため牧野さんに電話をかけたが、誰も出なかった。あまりいい予感はしない。

続けて、出張から戻って来た報告のため甦り課に電話をかける。こちらもだいぶ待たされて、ようやく聞こえてきたのは西野課長の不機嫌そうな声だった。

『はい。南はかま市間野出張所、甦り課』

「課長。万願寺です」

途端、課長の声がふにゃりと柔らかくなった。

『なんだ、万願寺くんか。出張お疲れさま。いまどこ？』

「駅です。課長、牧野さんの話は聞きましたか」

『聞いたよ。泥棒だってね、怖い話だ』

「まだ決まったわけじゃないです。それで、いまから簑石に向かおうと思うんですが」

少し、返事までに間があった。

『ああ、行ってきて。ただ、いったん出張所に寄って、観山くんを連れていってくれるかな』

「観山をですか」

時刻は午後三時で、観山が手がけていた議会対応の書類は出来ていてもおかしくない。けれど、議会の開会を間近に控えたこの時期、課員が二人とも出払うのは少し心配だという気もする。

……いや、それは建前か。夢が破れた牧野さんに会いに行くという気の重い仕事に、まだ新人の観山を付き合わせたくないだけだ。

『そ。本人には仕度させておくから。一時間後くらいかな？』

個人的な思いはさておき、課長命令なら拒む道はない。

「わかりました。もう少し早く行けると思います」

『はーい。安全運転でよろしくね』

駐車場から愛車を出し、指示に従って安全運転を心がけるが、市の公用車とは加速が違う。四十五分で間野出張所に着くと、観山は小さな鞄をひとつ持って玄関前に待っていた。車を止めると駆け寄ってきて、ウインドウをノックする。開けると、

「万願寺さん。この車で行きますか、それとも公用車に乗り換えますか？」

と訊いてきた。たしかに、公務員が仕事中にスポーツカーに乗っているというのは恰

好の苦情の種で、本来なら乗り換えた方がいい。しかし、少し考えて、

「このまま行く。乗ってくれ」

と促す。牧野さんが電話に出なかったことが気になって、少しでも早く行きたかった。

観山はどうしてと訊きもせずに頷いて、するりと助手席に乗り込んでくる。

「あ、よかった。煙草くさくないですね」

「吸わないからな」

「あたし、別に誰が吸っても気にならないんですけど、車の中がにおうのは苦手です」

「同感」

観山がシートベルトを締めるのを確認して、アクセルを踏み込む。駐車場を出て市街地を抜け、簑石へと続く〝巾着の口〟へと入っていく。仕事で通い慣れた道を自分の車で、しかも勤務時間中に走るのは、なんだか妙な感じだ。

加速感に慣れないのか、観山はアシストグリップを握りっぱなしで体を硬くしている。

少しスピードをゆるめて、訊いてみた。

「それで……どう思う」

観山が首を巡らしてこちらを見る。

「どうって、何がですか」

「もちろん、牧野さんの鯉のことだ。全滅したそうだ」

「全滅？」

素《す》っ頓狂《とんきよう》な声が返ってきた。どうやら知らなかったらしい。誰にも報告していなかったから、考えてみれば当たり前か。

「牧野さんはそう言ってた。泥棒にやられたと信じ切ってる」

ぎこちない動きで、観山は首を正面に戻した。

「そんなの盗むかなあ。鯉って言っても、まだ養殖中の稚魚なんですよね？　一匹何百万の錦鯉だったらわかりますけど……それとも、高いものなんですか？」

「知らないが……それほど高くはないだろう。というか、高いとしても盗んだ稚魚を売りさばけるとは思えない」

「ですよね。じゃあ泥棒じゃないですよ。鯉を育ててた場所、施設って言えばいいのかな、そこは無事だったんですか」

「ネットで囲って、鍵を取りつけていたそうだ。そのネットは無傷だったと言っていた」

「あれ？」

観山は首を傾げる。

「じゃあ、恨みとかでもないのか」

一瞬、話について行けなかった。しかし言われてみればもっともだ。もし、牧野さんに恨みを持つ誰かが嫌がらせをするつもりだったのなら、鯉だけを丁寧に盗んだりせず、養鯉用の区画を壊してしまった方が効果的だ。ネットを切って鯉を逃がしてしまうというのもいいだろうし、過激にやるなら、ネットはずたずたに切った上、何か毒でも放り込んでもいい。けれど実際にはネットは無傷で、鯉の死骸も見つかっていない。鯉だけを忽然と消すなどという嫌がらせがあり得るだろうか。

「……たしかに」

「え？　万願寺さん、何か言いました？」

「たしかにそうだな、と言ったんだ」

車は〝巾着の口〟を抜け、簑石に入る。

共食いしたのではなく、盗まれたのでもなく、嫌がらせに持ち去られたのでもないとしたら、稚鯉は浅い池からどこに消えたのだろうか？

牧野さんは、家にいなかった。やはり電話にも出ない。牧野さんに割り当てられた一戸建てからは光も音も洩れて来ず、家の中にはいないのではと思われた。そう思って家の周りを見てみると、車がない。どうやら牧野さんは出かけたようだ。

「万願寺さん」

と、観山があらぬ方を見ながら言った。

「もしかして、あれがお話に聞いたネットじゃないですか」

視線の先を追えば、やや暮れかけている簑石の一隅、百メートルほど先の水田に緑のネットが張られているのが見える。小さな水田に水を張って、その一部をネットで囲っているようだ。聞いた通りだ、あれが牧野さんのささやかな養鯉場に違いない。

「それで……あたしの見間違いでなければなんですが……なんだか、すごく怖いことになってるような」

「怖いこと？」

目を凝らすが、どうやら観山の方が視力がいいらしく、よく見えない。

「……行ってみませんか」

そう促され、どちらからともなく歩き出す。

初夏らしい生き生きとした新緑が、簑石を囲む里山をいろどっている。どこからか雉《きじ》鳩《ばと》や蛙の鳴き声が聞こえてくる。歩けば歩いただけ、牧野さんのネットの様子がはっきり見えてくる。そして、観山が言う「怖いこと」の正体も、次第にわかってきた。

「たしかに、あれは怖い」

そう呟くと、観山は無言で頷いた。

牧野さんが張ったのだろうネットは、水田の一角を四角く囲っていた。銀色のポールが水田に突き立てられ、目の細かい緑色のネットはたるみなく張られている。隙間はないと言っていた牧野さんの言葉は本当だった。素朴な作りだけれど、一人で作り上げるのはよほどたいへんだっただろう。しかし……。

覆いがない。ネットは四方を囲んでいるが、上が空いている。

こんな馬鹿なことがあるだろうか。魚を育てようというのに、上を覆わないなんて。牧野さんはいったい何を……こんなの、これじゃあ！

「餌場ですね、まるで」

観山の言葉に、今度はこちらが黙って頷く番だった。

全身から力が抜けていく。牧野さんはインターネットで鯉の育て方を調べたと言っていた。たぶんそのサイトは、屋内で育てることを前提としていたのだろう。だから、牧野さんは知らなかったのだ。魚は鳥に狙われるという、自然の大原則を。このあたりならたぶん青鷺《あおさぎ》だろう。

どうして鯉が消えたのか、いくら考えても答えが出ないはずだ、まったく鳥害対策をしていないとは、まさか想像できなかった。

「……鳥を防ぐつもりがないなら、あのネット、何のために立てたんでしょう」

その答えはわかる気がした。

「泥棒対策だろうな……」

牧野さんは、鯉を狙う存在として人間しか想定していなかったのだろう。この世に、鳥や獣がいることを忘れていたのだ。

近くで烏《からす》が鳴いた。観山とふたり、牧野さんの夢の跡を見つめるうち、日が傾いていった。


牧野さんは、甦り課に電話を入れていた。西野課長曰《いわ》く、

「消え入りそうな声で、退去の手続きをしたいと言っていたよ」

だそうだ。

家は再び空き家になり、水田にはポールとネットが長く残されることになった。西野課長は農地法上問題があると言って渋い顔をしていたが、片づけろという指示は出さなかった。ポールとネットの所有権は牧野さんにあり、強制撤去は手続きが面倒だからだ。

課長は、いつかは牧野さんが戻って来て彼の養鯉場を片づけてくれると、いまでも信じているらしい。

第三章　重い本

1

本の壁が四方を取り囲んでいる。玄関に近い一方だけはひとが通れるように隙間を作ってあるが、他の三方は子供の背丈ほども積み上げられている。本といっても、装幀《そうてい》さ

れたいわゆる本らしい本は全体の七割ほどで、残りの三割は紙を紐で綴じたり、甚《はなは》だしくはクリップでまとめただけだったりする。あれはなんですかと訊くと、

「稀覯《きこう》書のコピーや、あとは、わかりやすく言えば古文書の類ですね」

と返ってきた。

南はかま市Iターン支援推進プロジェクトには、いろいろと毛色が変わったひとも応募してきた。その中でも、この本の壁の持ち主、久保寺治《おさむ》さんの経歴は一際目を惹くものだ。

久保寺さんは歴史研究家で、本を何冊も出している。『神意の時代　くじびき将軍の生涯』『神宝奪還　赤松家の再興』『祠堂銭《しどうせん》　中世の信仰と金融』『どいっき！』などで、移住者の本なら読んでおこうと思って二冊ほど読んだところ、内容のよしあしはわから

ないけれど、平易で慎重な書き方に人柄が表われているようだった。久保寺さんはちょうど五十歳で、短い髪にはまばらに白いものが混じり、骨が浮き出るほど顔が痩せているが、目は爛々として子供のようだ。

「すごい量ですね。これ、全部読んでいるんですか？」

本の壁を眺めまわし、観山遊香が溜め息混じりに言う。久保寺さんは苦笑いした。

「いや……半分も読んでないですね」

「えっ、じゃあなんのために持ってるんですか」

いつもの事ながらあまりに率直な物言いに、隣で聞いていてもはらはらする。久保寺さんは嫌な顔一つせず、

「手に入れないと、二度と巡り会えないことが多いからです」

と言う。

「そんなものですか」

聞いているのかいないのか、観山は四囲を落ち着きなく見まわすばかりで、生返事をした。

昨日、久保寺さんから甦り課に電話があって家に問題があると言われたので、さっそくおっとり刀で駆けつけた。久保寺さんの家は谷川の近くに建ち、簑石でも有数の広さを持つ平屋建てだ。この部屋は土間から上がった板の間で、部屋の真ん中には囲炉裏が

切られている。三人で囲炉裏を囲んで正座し、久保寺さんに急ぐ素振りがないので、まずは部屋に山と積まれた本を見物していた。

囲炉裏は長いあいだ使われていないはずだが、灰には火箸が刺さり、天井からは自在《じざい》鉤《かぎ》が下がっていて、いつでも火をおこせそうだ。もっとも、この部屋に本が置かれる限り、実際に囲炉裏に火が入ることはないだろう。座って十分もしないうちに足が痺れて膝を崩してしまったが、一方いつも万事いい加減な観山は背すじを伸ばして座る姿が美しく、こんな取り柄があったのかと妙にくやしい思いをさせられている。

なおも本の壁を見上げては嘆息する観山に、久保寺さんは微笑んで言った。

「それに、整理が悪いだけで、それほど多いわけではありません。所詮アマチュアですから」

「アマチュア？」

と、つい口を挟んでしまう。

「久保寺さんはちゃんとした実績をお持ちの、プロだと思っていましたが」

「いえ。こういう世界では、大学に残ったひとがプロです。私は在野ですから、まあ、アマチュアということになります」

そういうものか。

「それにしても、簑石とは面白い地名です。万願寺さん、由来はご存じですか」

「いえ……」

簑石の由来など、考えたこともなかった。久保寺さんは好々爺然《こうこうや》として微笑みながら、打ち明け話のように話す。

「これは、弘法大師の伝説に基づく地名です。むかし、弘法大師が全国を行脚している時、この土地を訪れた。この地の山紫水明をしばし愛で、旅を再開した弘法大師は、まとっていた簑をこの土地に忘れていった。その簑が石と化したため、この地は簑石と呼ばれるようになった……そういう話があります。それからも仏教とは縁深い土地だったようで、歴史博物館には円空仏《えんくうぶつ》のレプリカもありますよ。簑石に伝わる品の複製だそうで」

「初耳です」

頭を下げる。

「いいことを教わりました。ありがとうございます」

久保寺さんは小さく手を振った。

「いえ、実は付け焼き刃でしてね。ここの中央図書館で最近読んだばかりです」

図書館も予算が厳しいと聞いているが、使ってもらえてよかった。久保寺さんの話に興味を惹かれ、訊く。

「それで、その簑石はいまでも残っているんですか」

「昭和までは残っていたそうですよ。昭和三十四年の台風で大水に流され、割れてしまったそうです」

「……不吉なような話ですね」

「まあ、簑石村は後に滅びたわけですから、実際に凶兆だったのかもしれません」

久保寺さんは笑顔のまま、甦り課にとっては笑うに笑えない冗談を言った。

ふと、本の壁の向こうから甲高い声が聞こえてくる。

「おじちゃん、読んだ！　次な！」

襖《ふすま》で隔てられた隣の部屋に、誰かいるようだ。この家に、ほかの誰かがいるとは思っていなかった。久保寺さんは声の方を振り返って目尻を下げると、

「おう、いま行くよ」

と声を張り上げ、こちらに頭を下げてくる。

「すみません。少し外します」

「来客中でしたか」

「客というのも、どうですか……。近所の子供になつかれましてね。子供に本を薦めるなど考えたこともなかったが、これはこれで、なかなか面白いものです」

仕事柄、簑石の住人は全員把握している。久保寺さんの家に来て本を読みそうな子供というと、一人しか思いつかなかった。

「立石さんのお子さんですか」

久保寺さんはにこにこと頷いた。彼が席を外している間、観山と小声で言葉を交わす。

「……いい話だな。住人同士の交流が始まってる」

南はかま市Iターン支援推進プロジェクトでは、全国から移住者を募った。そのおかげで移住者の数は確保できたが移住者同士は出身地も年齢層もばらばらで、お互いの接点がなさすぎるという問題が生じていた。実際に移住しても住人同士はやはりどこかぎくしゃくとして、広く考えれば人間関係の摩擦が原因だと言えそうな事件も、すでに何件か起きている。そんな中、久保寺さんに子供がなついたというのはいい知らせだ。

しかし、観山は首を傾げた。

「どうなんでしょうね。立石さんの子供って、速人《はやと》くんですよね。まだ小学校にも入ってないでしょう」

「だな。五歳のはずだ」

「そんな子供が読む本、ここにあるのかなあ」

手近に積まれていた『比較制度分析概論（I）』の背表紙を人差し指でなぞっている。

言われてみれば、もっともな疑問だ。

「なあに、絵本ですよ」

と言いながら、久保寺さんが戻って来た。聞かれていたらしい。

「専門というわけではないが、私も好きなもので、妖怪画や絵本を集めています。あの子はまだほとんど字が読めませんから、読むというよりも、見ているだけのようですが。……まあ、私も最近は少し、絵本を仕入れました」

「それは、速人くんのためですか」

久保寺さんは恥ずかしそうに、こくりと頷いた。

「……あの子はこの先、どんな本を読んでいくんでしょうな。無理に読ませる気はないが、薦める本はつい考えます。私に子供がいたら、こんな楽しみもあったんですな」

もしかしたら将来、久保寺さんの薫陶《くんとう》を受けた速人くんが、簑石の出世頭になる日が来るのかも知れない。その時まで自分が甦り課にいるかどうかはわからないけれど。というか、出来ればもう少し日の当たる部署でその日を迎えたいものだけれど。

会話が途切れ、足の痺れを我慢して、居住まいを正す。久保寺さんが一つ咳払いをする。話を切り出したのは、久保寺さんの方だった。

「それで、来て頂いたのは他でもありませんで、家のことです」

「はい」

「だいぶ、老朽化が進んでいるようです」

それから久保寺さんが家の問題点を挙げはじめたので、それをメモに取っていった。

久保寺さんはさすがに記憶力がいいらしく、どこにどんな問題点があって、それに気づいたのはどんな状況だったかを、何も見ずに話していく。

雨漏りや壁の反り返り、床の沈み込み、水まわりの異臭など、たしかにどれも気になるだろうし放置はできないものばかりだ。甦り課は移住者の募集に当たって、住居の質については最低限の保証をしている。ご自分で地権者と交渉して下さいとは言えないし、言う気もない。とはいえ実際問題として、今年度はもうほとんど予算が残っていない。心苦しいが、

「少し様子を見て……」

としか言えない。当然ながら、久保寺さんは至って不満そうだったが、声を荒らげるようなことはせず、ただ表情が僅かに曇っただけだった。これほど我慢強いひとに我慢を強いなければならないことにうんざりし、なんの慰めにもならないと承知しながら、言葉を続ける。

「この家は、集落の中でも最初に無人になった家なんです。それだけに、傷みも大きいのかと思います」

小さく溜め息をつき、暗い声で久保寺さんが言う。

「事情は聞いています。村八分と言えば大袈裟だが、つまはじきにされていたひとが住んでいたそうですね」

この家については、空き家になってからの年数や地権者の所在地を資料で把握してい

るだけだ。以前ここに住んでいた住人の暮らしぶりについては、何も知らない。

「詳しくは知りませんが、そうだったんですか」

久保寺さんの顔つきが引き締まった。こちらの不勉強に今度こそ怒ったのかと思ったが、そうではなかった。その声に張りが出る。

「はい。中杉《なかすぎ》さんといいまして、どうやら太平洋戦争末期に、この村が危ない目に遭うはずがないというおおかたの意見に反して一人だけ、避難の準備をしていたそうです。そのせいで戦後も長く白眼視されていたらしい。……興味深い話です」

「そんなことがあったんですか」

感嘆すると、久保寺さんはにこりと笑った。

「なに、これはそちらの課長さんの受け売りです。私も、詳しいことを知っているわけではありません」

西野課長がそんな話をしたということに、少なからずショックを受けてしまう。あのひとが村の過去の話まで把握しているとは、まったく思っていなかったからだ。課長は、とりあえずの仕事はするが、簑石地区そのものに興味を持っているようには見えない。

速人くんが、何やら喜んでいる声がする。久保寺さんは声の方に目を向け、しみじみと言った。

「一昔前なら、こんな本を担ぎ込んで益体《やくたい》もないことを書き散らす私のような者は、それこそつまはじきにされていたかもしれない。それがあに図らんや、本の小父《おじ》さんと呼ばれるのですから、わからないものです。ここに住む機会を得られたことは、嬉しいと思っているのですよ」

移住者からは、感謝の言葉よりも罵声を浴びせられることの方が多い。久保寺さんの言葉に、胸が詰まる思いがした。

「そう言っていただけて嬉しいです」

「ですから、家はなんとか直していただきたいですな。雨漏りだけでも、早めに」

「ええ、はい、その件は少し様子を見て……」

2

南はかま市は標高が高く、避暑にも向いていると観光課は主張する。

しかし当然ながら七月は暑い。甦り課に割り当てられた部屋は西向きで、ついでに空調もいまひとつ調子がよくなくて、午後になると湿気で書類が反り返るのではと思うほど蒸し暑くなる。いちおう市役所職員としてジャケットは持ってきているが着られたものではなく、椅子にかけたまま、半袖のシャツで仕事をしている。汗がしたたるので、ノートパソコンに落ちないよう背を反らせて作業を続けていたら、首と肩と目がいっぺんに痛み出した。

観山は机に上半身を投げ出して、数十秒おきに「暑い……」と呟いている。いま彼女は商工会議所から連絡が折り返されるのを待っていて、他の仕事に手を付けられない状態だということは知っているが、それにしてもあの気の抜けようは見るだに腹が立つ。それでもまだ西野課長よりはましだ。課長は「ちょっとタバコ」と席を立って以降、もう一時間近く戻ってこない。喫煙室は涼しいのだ。

「万願寺さんは……」

と、観山が間延びした声で訊いてくる。

「ビールとか飲まないんですか」

「なんだ、いきなり」

「暑いからビール飲みたいって思って」

手持ち無沙汰だからといって、こちらの仕事を邪魔しないでほしいものだが、ちょうど目薬でも差そうかと思っていたところだった。キーボードを打つ手を止めて、眉根を揉む。

「仕事が終わって、家に帰ったら飲むよ」

「ビール飲みたいなあ。何であたし、こんな仕事してるんだろ」

ひとに質問をしておいて、これである。物を言う気もなくして、机の上の目薬に手を伸ばす。キャップを外して上を向き、一滴を目に落とそうとする、その時に電話が鳴った。手元がぶれて、目薬は睫毛《まつげ》に弾かれてしまう。

「あ、あ」

この状態で下を向いたら、目薬が滴ってしまう。机の上には、汚れてはまずい提出用の資料もあるのだ。上を向いたままティッシュを探し、手が机をさ迷う。

電話は、観山が取った。

「はい。南はかま市間野出張所、甦り課です」

気心の知れた商工会議所の人間からの電話だと思ったのか、電話に出る時も観山の声はのんびりしている。しかし、それが一転した。

「え、あ、はい。ちょっとお待ちください」

視界の隅で、観山が目配せしてくるのが見える。何かあったらしい。ティッシュは諦めて顔を戻す。差し損ねた目薬が、机の上に点々と落ちる。

「はい、どうぞ」

観山は電話の音声を、スピーカーから出るよう切り替えた。電話相手の声が聞こえてくる。若い女性の声だった。

『あの、息子が帰ってこないんです。昼には帰るように言ったのに、まだ……』

「どこに行ったか、心あたりはありますか」

『いつもの、本の小父さんのところに行くと言っていました』

どうやら電話の相手は、立石さんのようだ。息子というのは速人くんだろう。時計を見ると、午後四時を過ぎたところだ。「昼に帰る」が十二時のことを指しているのだとすれば、たしかに、心配になる。

「本の小父さんというと、久保寺さんですね。久保寺さんはいないんですか？」

『それが、お留守のようなんです』

観山がちらりとこちらを見た。口の動きで「けいさつ」と伝える。

「警察には連絡しましたか？」

『いえ、まだです。ちょっと遠くまで遊びに行っているだけかもしれませんし、おおごとにしたくなくて……。捜しに行けばすぐ見つかるのかもしれませんが、わたくしども、まだこのあたりのことは知らなくて、どこから捜せばいいのか見当もつかないんです。こんなことをお願いしていいのかわかりませんが、もうどうしたらいいのか……』

人捜しは、市役所職員の仕事ではない。甦り課は移住者の便宜を図ることが役目だが、迷子捜しは警察の仕事だ。ただでさえ意に沿わない部署に配属されてくさくさすることも多いのに、これ以上変な仕事が増えてはたまらない。

そう思いながら立ち上がり、椅子にかけていたジャケットをつかむ。簑石は荒廃し、危険な場所も多い。山々も谷川もガラスが割れた空き家も、充分命取りになりうる。ポケットの携帯電話を確認しつつ、観山に言う。

「すぐ行きますと伝えてくれ」

鞄を手に取ったところで、部屋のドアが開き、冷房が不充分な部屋に熱気が流れ込んできた。西野課長はこちらを見て、誤魔化すような笑顔を作る。

「いやあ悪いねえ、喫煙室が混んでいてね」

しかしさすがに、室内の雰囲気に気づいたらしい。とほんとした顔で訊いてくる。

「何かあったの？」

時間が惜しい。鞄を開けて中身を確認しながら、

「立石さんのお子さんが迷子になりました。久保寺さんの家に遊びに行って、昼には戻るはずなのにまだ戻らず、久保寺さんは留守だそうです。立石さんは通報を希望していません」

「ははあ」

さすがに、課長は眉を寄せた。

「行ってくれる？」

「行きます」

「頼むね。何かあったらすぐ連絡して。警察にも消防にも、いつでも連絡できるようにしておくから。あと、出がけにエントランスの自販機でスポーツドリンク買っていっ

て」

そうか、熱中症のおそれもあるのか。これだけ暑いのに忘れていた。

課長は、まだ受話器を握ったままの観山にも言う。

「観山くん。君も行って。電話待ちはやっとくから」

「あ、はい」

課長の声を受話器が拾ったらしい。スピーカーフォンから、

『ありがとうございます！　本当に、すみません！』

と、涙混じりの声が聞こえてきた。


公用車の利用手続きをしている場合ではなかった。自分のインプレッサに乗り込み、観山も乗せる。観山はスポーツドリンクを三本抱えて助手席に飛び込んできた。

出張所から簑石までは、切り立った崖が左右に迫る細い道を抜けていくしかない。気は急くが、公務中なので制限速度は厳守する。それでも、カーブからの立ち上がりの加速が違うので、公用車よりはよほど速いだろう。車の中で観山が言った。

「立石さんの旦那さんって、もう仕事見つけたんですよね。プログラマでしたっけ」

簑石に移り住んだ人々のプロフィールは一通りまとめてあるし、移住後の就職先も自己申告してもらっている。立石さんの旦那さんはたしか、

「システムエンジニアだったはず」

「それってどう違うんですか」

「システムエンジニアに訊けばいいんじゃないか。舌噛むぞ」

簑石に近づくにつれて道路の状態は悪化し、谷間を抜ける細い道は蛇行しはじめ、インプレッサは右に左にと大きく揺れる。観山は車酔いはしないタイプだが、振りまわされるのも嫌だったらしくアシストグリップを掴《つか》んで黙りこむ。

カーブが多い地帯を抜けると、観山は何事もなかったかのように、

「じゃあ、いまは奥さんと速人くんだけかな」

と話を続けた。旦那さんの新しい職場は市街中心部に近いはずなので、平日の今日は、たしかに家にいない可能性が高い。

「……速人くん、元気いいからなあ。どこ行くかわかんないな」

後半には同意する。子供はどこに行くかわからない。しかし前半には、付け加えるべきことがある。

「もともと、元気じゃなかったんだぞ」

「あれ、そうなんですか」

「移住者のデータは読み込んでおけって言ってるだろ。相手は人間だぞ」

いつものやり取りだ。場合が場合だけに、観山は「はい、気をつけます」と引き締ま

った答えを返す。

立石家は旦那さんが善己《よしみ》、奥さんが秋江《あきえ》という。善己さんは東京でシステムエンジニアのチームリーダーとして、激務ながら比較的高給を取っていた。秋江さんはスーパーマーケットのグロサリー担当で、パートタイムで働いていた。息子の速人くんが生まれたのは六年前、その時のことについて善己さんは「こういう種類の喜びというか、幸せがあるんだってこと、知りませんでした」と語ってくれた。

そんな立石家が南はかま市の募集に応じ、簑石への移住を決めたのは、速人くんの健康不安が主な原因だった。速人くんは皮膚が赤く腫れたり高熱を出したりすることが多く、何度も入院していたという。体調を崩す原因はわからない一方で、祖父母の家がある地方都市に行くと楽そうな顔をすることが多かったそうで、次第に東京の環境が良くないのではと考えるようになった。

移住者との面接の時、善己さんはさばさばした顔で、

「仕事は、そりゃあ東京の方がスムーズです。でも子供の全身が腫れ上がるのと引き換えに、仕事をスムーズにしたいとは思いませんよ」

と言っていた。

把握している限り、簑石に転居した後で速人くんが大きく体調を崩したことはない。転地療法が効いたのかもしれないし、成長に伴って幼児の頃の症状が出なくなっていっ

たのかもしれない。いずれにせよ立石家は、簑石への移住が最も成功した例だと言える。

そうしたことを話すと、観山は窓の外を見ながらぼんやり、

「じゃあ、いまはすっごく心配してますよね」

と言った。

出張所から簑石までふだんは四十分以上かかるが、インプレッサは隘路《あいろ》を三十七分で駆け抜けた。車を立石家の正面に着けると、エンジン音を聞きつけたのか、すぐに玄関が開いて立石秋江さんが飛び出てくる。部屋着のままらしく、少し襟が伸びた灰色の半袖シャツに薄桃色のパンツという姿だ。エンジンを停める前に頭を下げてきたので、こちらもハンドルを握ったまま会釈を返した。

車を降り、まず言い訳する。

「急ぎでしたので、速い車で来ました」

立石さんは意に介するふうもなく、

「ありがとうございます。ご足労をおかけして」

と、再び深々と頭を下げる。電話では取り乱している印象を受けたが、実際に会うとそうでもない。もちろん、冷静であろうと自分に言い聞かせているのかもしれない。

「速人くんは帰ってきましたか」

もう見つかったのなら無駄足を踏んだことになるが、それならいちばん結構なことだ。

そう思ったが、立石さんは首を横に振った。

「いえ」

「そうですか……。だいぶ、捜されましたか」

「それが、家を空けている間に帰ってきたらと思うと、あまり遠くまで捜しに行けなくて、ずっとこの辺りをうろうろしています」

「わかりました。できるだけのことはします。ただ、われわれは警察ではないので、出来ることには限りがあります。警察や消防に通報しても、日が沈んでしまえば本格的な捜索は出来ません。やはり通報した方がいいと思われたら、お早めになさった方がいいかもしれません」

立石さんの目が不安そうに泳いだが、答える声ははっきりしていた。

「いえ。少し様子を見たいと思います。電話で相談したんですが、夫もそう言っていました」

おおごとにしたくないという気持ちもわかる。通報するかしないかは、本人の意思に任せることにする。

「夫もこちらに向かっています。ですが、もう少し時間がかかると思います」

「わかりました。では、われわれだけでも先に始めますね」

観山が横から訊く。

「速人くんは、久保寺さんの家に向かったんですよね」

「はい」

「見送りましたか？」

立石さんが頷く。

「見張っていたわけではないですが、もの干し場のある二階のベランダからは久保寺さんの家が見えます。速人が久保寺さんの家に向かう一本道を歩いて行くところは、はっきり見ています。洗濯物を干していたのでずっと注意していたわけではないですが、同じ道を戻ってきたら、きっと気づいたと思います」

「でも、速人くんは戻ってこなかった」

「はい」

三人が揃って、久保寺さんの家の方に首を巡らせる。

立石さん宅と久保寺さん宅の間は、せいぜい一車線分ほどの幅しかない舗装道路で結ばれている。道路の両側はかつて水田が広がっていたため一段低くなっており、夏の盛りのいまは、色の濃い雑草が隈なく生い茂っている。

簑石は大雑把に言って南北に長い卵の形をしていて、立石家はやや北東寄りに位置している。久保寺さんの家の位置はさらに北東で、簑石の端にあると言っていい。その先は高さ数メートルの崖になっていて、崖の下には川が流れている。

崖と川。ふと嫌な予感を覚えるが、現地を見てみないことには何も判断すべきではないだろう。

「行ってみます。速人くんはどんな服を着ていましたか」

訊かれることを予期していたのだろう。立石さんは思い出す時間をかけなかった。

「青い無地の半袖シャツに、白のハーフパンツでした」

「足元は」

「足元？」

怪訝そうに戸惑い、それでも立石さんははっきりと答える。

「緑のサンダルです」

「わかりました。ええと、速人くんは携帯電話を持っていますか？」

痛恨の念に駆られたのか、立石さんの表情が一瞬歪《ゆが》む。

「いいえ、持たせていません。持たせていればこんなことには……」

とは言うが、速人くんにはまだ早いと判断するのも無理はない。そう伝えようかとも思ったが、やめておいた。

最後にもう一つ、あまり訊きたくはないけれど、確認しなければならないことがある。

「それと……速人くんは、発作を伴うような病気をしていますか」

「発作、ですか」

「小児喘息《ぜんそく》とか」

個人の病歴を訊くことは基本的に失礼であり、市民を怒らせかねないリスキーな行為でもある。しかし、もし発作で動けなくなっているのなら一刻を争う場合があり、発作止めの薬を持って捜した方がいいと考えた。幸い、立石さんは嫌な顔をしなかった。

「いえ。それは大丈夫です。体調を崩すことは多かったですが、動けなくなるような大きな発作が出たことはありません」

「わかりました。お訊きしたいことはこれだけです。立石さんは自宅にいらしてください」

懐から名刺を出し、立石さんに渡す。

「これ、私の携帯電話番号が書いてありますから、何かあったらご連絡ください」

立石さんははっとした表情になった。

「そうですね。では、わたしの番号もお伝えします」

「お願いします」

観山も名刺を出し、電話番号を三人で共有する。

立石さん宅から久保寺さん宅までは二百メートルほど離れている。車で行くのは大袈裟とも思える距離だが、何かあった時に車は近くにあった方がいい。インプレッサに乗り込もうとドアノブに手を掛けたところで、観山が訊いてきた。

「手分けしますか？　一緒に行きますか？」

少し考える。後で手分けするかもしれないが、いまは久保寺さん宅周辺を捜すのが先決だろう。

「一緒に来てくれ」

頭を下げる立石さんを後に、運転席に乗り込んでエンジンをかける。低い振動が全身に伝わってくる。

かつて水田だった草地は、地面が見えないほどに雑草が繁茂している。日光を奪い合って上へ上へと伸びた草は、見た感じ一メートルに少し足りないくらいの高さまでは伸びているようだ。仮に草地のどこかに速人くんが倒れていたら、ざっと見たくらいではとても見つけられないだろう。それでもいちおう、人影がないか注意しながら車を走らせる。

久保寺さんの家の前は、車まわしのように大きく空き地が作ってある。そこにインプレッサを頭から突っ込ませて駐める。

「やっぱこの家、古いですよね」

車を降り、観山が独り言のように言う。同感だった。

久保寺さんに紹介したこの家は平屋で、いつ建てられたのかはっきりしないほどに古く、かつて教育委員会が文化財に指定できないか検討したことさえある。その時の報告書を要約すると、古いことは古いがせいぜい築八十年というところで、歴史的な価値が出るほどには古くなく、建築としても特に見るべきところのないふつうの家で、部分的な改築がなされた場所も多く文化財指定の要件は満たさないとのことだった。

玄関はアルミの引き戸で、玄関脇にはドアチャイムも付いている。まずはそのチャイムを押し、しばらく待つ。

十数秒後、観山が言った。

「……やっぱり、留守ですかね。確認する方法があればいいんですが」

「そうだな。確認してみるか」

携帯電話を出して、久保寺さんの電話番号を呼び出す。観山が露骨なあきれ顔になった。

「久保寺さんの電話番号、登録していたんですか」

「当たり前だろう」

把握しているのは世帯代表者の連絡先だけなので、立石秋江さんの電話番号までは知らなかったが、久保寺さんの電話番号はもちろん教えてもらっている。

「連絡が取れるなら、もっと早く教えてくれてもいいでしょう」

「当然知ってると思ってた」

電話をかけると、久保寺さんは数秒で出た。雑踏の中にいるのか、がやがやと雑音が聞こえる。久保寺さんの家に向かった速人くんがいなくなったという事情を話すと、久保寺さんは『あの子！』と悲痛な声を上げた。

聞けば、久保寺さんは仕事の打ち合わせで名古屋まで行っているという。帰宅は明後日の予定で、家は戸締まりをして、電気のブレーカーまで落としたそうだ。留守中の家に速人くんが入り込んだ可能性もあるので、重ねて訊く。

「鍵をどこかに隠したりはしていませんか。鉢植えの下とか、郵便受けとか」

『……いえ、鍵は自分で持っています。子供が入ることは出来ないはずです』

少し間があって、

『ですが、戸締まりが完璧だったかどうか……。大人は出入りできないような小さな窓でも、子供は平気でくぐったりしますので』

「速人くんは、そういうことをしそうな子ですか」

『どうでしょう。体は弱いようですが、あの年頃の子は探検が好きなものです。それに、私が散歩や買い物に出ている間も勝手に上がって本を読んでいいと言ってありますから、なんとか入ろうとするかもしれません』

ふと気になった。

「貴重な資料もおありでしょうに、大丈夫なんですか」

するど、電話の声が少し柔らかいものに変わった。

『部屋数は充分にありましたから、速人くんが入ってもいい部屋というのを用意しました。子供が面白がりそうで、再入手も容易な本が置いてあります。私はビブリオマニアではなく、単に資料として集めているだけですから、本の状態に神経質になったりはしません』

「速人くんも、喜んだでしょうね」

『どうでしょうか。読んだ、次、と言うばかりです』

細かな見落としはあるだろうけれど、だいたいのことは訊いたと思う。

「こちらでも出入口がないか、よく探してみます」

『何か出来ることがあれば、いつでも電話してください。電源は入れたままにしておきます』

「わかりました。突然すみませんでした。では失礼します」

通話を終えようと携帯電話を耳から離すと、引き留めるような声が聞こえてきた。

『あ、あの！』

「はい」

『速人くんが見つかったら、すぐ教えてください。やはり心配なので』

電話を介した遠い声だけれど、久保寺さんの声からは真情が伝わってくる。「本の小父さん」と慕ってくれる子供のことが、心配でないわけがない。

「……わかりました。必ず、伝えます」

と伝え、電話を切る。

隣で聞いていた観山は、通話内容をおおよそ察していた。

「久保寺さん、戸締まりしたって言ってました?」

「ああ」

携帯電話をポケットに入れつつ、改めて平屋の久保寺さん宅を見る。本当に、この家に速人くんが入り込んでいるということがあるだろうか。

速人くんは絵本を目当てに、この家に向かった。そこまでは立石さんが見届けている。久保寺さんが留守で、家に入ることが出来なかった時、速人くんはどうしただろう。選び得るルートを考えるため、改めて周囲を見まわす。

立石さん宅から伸びている一本道は、久保寺さん宅に突き当たって右に曲がる。緩やかなカーブを描く道の先には、移住者が住んでいる別の民家がある。道はここで何本かに分かれ、あとは畦道《あぜみち》も含めれば、簑石地区のどこにでも行ける。つまり、そこから先は捜す当てがなくなるということだ。

道の先の民家を見据える。

「あの家は……」

「好川さんの家です」

「そうだな」

夫婦で移住してきた好川さんは、共に五十代の後半。旦那さんが五十歳を過ぎて始めた渓流釣りにのめり込んでしまい、働いていた電機メーカーを早期退職募集に応じて辞め、渋る奥さんを無理矢理引っ張るようにして簑石に移住してきた。旦那さんは今日はイワナ明日はアマゴと釣り三昧の生活を送り、奥さんは自分で車を運転して市街地のカルチャースクールに通っている。とはいえ、毎日必ず留守にするとも限らない。

「もし好川さんが家にいたら、速人くんを見ているかもしれない」

速人くんが留守の久保寺さん宅を離れる際、舗装された道を通って移動していたとすれば、立石さん宅か好川さん宅どちらかの前を通るはずだ。しかし、観山は首を傾げた。

「万願寺さん。速人くんは道路以外の場所を通ってどこかに行ったとは思いませんか」

「道路以外っていうのは、この荒れ田のことか？」

草地を指さすと、自信なげな頷きが返ってくる。

「まあ……そうですね。ここを突っ切ればどこにでも行けます」

それも考えなかったわけではない。しかし、

「速人くんは半袖とハーフパンツで、おまけにサンダル履きだったそうだ」

「そう言っていましたね」

「肌を露出した恰好で草地を突っ切るのは難しい。この季節は草が硬いからなおさらだ。伸びた草が当たれば痛いし、肌が切れることもある。子供の冒険心で一度は突っ込んだとしても、すぐに戻って来ただろうと思う」

まじまじと見られた。

「……なんだ」

「なんていうか、経験したみたいに語るから」

「経験したよ。子供は、人跡未踏の草地や秘密の抜け穴が好きなもんだ」

さておき、速人くんが久保寺さん宅に行こうとしていたことは明らかなのだから、この家の周囲は捜す必要がある。一方、好川さんにも話を聞いたほうがよさそうだ。ここで手分けする。

車を使おうかと思ったが、好川さん宅への行き来のあいだに何か見つかるかもしれないので、ここは歩いて行く方がいい。それならどちらが聞き込み担当でも同じなので、ここは人当たりのいい観山に任せることにする。

「何かわかったら連絡します」

と言って、観山は好川さん宅に向けて歩き出す。

改めて久保寺さん宅に向き直る。簑石には作りは粗末でも大きな家が多く、久保寺さん宅もかなり大きい。家の外周のどこかに、久保寺さんが施錠し忘れた出入口があるかもしれない。まずは、もう一度玄関に近づく。アルミ製のドアに手を掛け、建て付けが悪いわけではなく、たしかに鍵がかかっていることを確認する。中に速人くんがいる可能性を考え、息を吸い込み、

「速人くん！　立石速人くん！」

と、大声で呼びかける。

これだけでは、知らないお兄さんがいきなり名前を呼んできたと怯えて返事をしないかもしれないので、もう少し付け加える。

「お母さんが心配しているよ！　出ておいで！」

耳を澄ませるが返事はなく、川のせせらぎと葉ずれが聞こえるばかりで、何の物音もしない。

建物の周囲を時計まわりで歩いていく。

縁側が、雨染みが残る木製の雨戸で閉じられていた。引っ張ってみるとがたがた揺れるが、開く様子はない。大人が本気で押し入ろうと思えば体当たりでも壊れそうな雨戸だが、とりあえずいまは、ここからは入れない。

角をまわり込むと、家と壁面を共有した小屋が建っている。屋根も壁もトタン製で、家よりも明らかに新しい。入口に戸はないが中は薄暗く、少しだけ入ってみると乾いたにおいが鼻をつく。かつては農具小屋だったのだろう。壁に錆びた鎌がかけられ、剝き

出しの地面には、トラクターか何かのものだろうか、まだわだちが残っている。一斗缶やシャベル、何に使うのかわからない長い棒など、落ちているものは多い。しかし母屋に通じる出入口は見当たらない。

さらに角を曲がり、母屋の裏手に出る。

この家は崖のそばに建っているが、崖っぷちぎりぎりというわけではなく、家の外壁から傾斜が始まる地点までは五メートルほどの余裕がある。これなら家のまわりをうろついても誤って落ちることはなさそうだが、それでもいちおう崖下を確認してみる。

崖は、思っていたよりもずっとなだらかだった。段ボールかなにかで橇《そり》を作ったとして、勇気のある子供なら滑り降りられるぐらいの斜度だ。斜面にはところどころに茂みが出来ていて、そこを下ったところに細い川が流れている。両岸にごつごつした岩が転がり、蛇行した川の流れは見るからに速い。対岸はほぼ垂直に切り立っているので、こちら側の崖がなだらかなのは、むかしの土地改良の結果なのかもしれない。速人くんの姿はなかった。

谷川の流れをじっと睨み、ひとり呟く。

「……川沿いの移動も難しそうだな」

川の両岸は険しく、未就学児から見れば、自らの背丈の倍以上もある岩が連なっている。仮に速人くんが無謀な冒険心を発揮しても、サンダル履きでは遠くまでは行けそうにない。

建物のチェックに戻る。裏手にはまず勝手口と、トイレか風呂のものだろう小窓がいくつかあった。勝手口のドアはアルミ製の開き戸で、ドアノブを捻ってもがちりと硬い音がするばかりだ。小窓の方は、子供なら何か足がかりがなければ登れない高さにある。それでもいちおう確認するが、こちらも鍵はかかっている。

勝手口の横には、水まわりが並んでいるらしい。風呂場や手洗い場のものかなと思う小窓が続く。そのどれもが高い位置にあり、鍵もしっかりかかっている。

また角をまわり込む。

そこには、かつては池だったのだろう窪みと、雑草に覆われた小さな山があった。池を掘り、掘った土をそのまま積んでいったように見える。

「……いや」

見ているうちに違和感が湧いてきた。この山、池の深さに比べてずいぶん高くないだろうか。

引っかかるが、いまは出入口のチェックを進める。

こちら側には居室が並んでいるらしく、腰高窓が何枚か続いている。一枚一枚手を掛けて確認するが、久保寺さんの戸締まりはしっかりしていて、どれも鍵がかかっている。カーテンも閉められていて、中の様子を見ることは出来ない。カーテンの布地は外から見ても古いものだとわかるので、このカーテンは前の住人が残していったものかもしれない。

これで、建物の四辺は全て確認した。ドアや窓は多かったが、どれ一つとして開いているものはない。もちろん、もともと開いていたドアから速人くんが入り込み、内側から鍵を掛けたという可能性も皆無ではない。しかしそれなら、呼びかければ答えがありそうなものだ。久保寺さん自身はしっかり戸締まりをしたと言っているのだから、やはり、この家の戸締まりは完璧だと考えた方がいいだろう。

玄関まで戻って道を見れば、ちょうど観山も戻ってくるところだった。どういう意味なのか、観山は両腕を挙げ、頭上で大きく丸を作っている。速人くんが見つかったのかと思ったが、それにしては表情が暗い。小走りに近寄ってきて、弾む息で、

「見てないそうです」

と言った。

「好川さんが速人くんを見てない、ってことだな」

「そうです」

「さっきのマルはなんだ」

「ああ。好川さんに会えました、のマルです」

ややこしい。

簑石には視界を遮るような建築物はなく、四囲の山々を除けば地形も大きな起伏はない。真夏のぎらつく日差しに照らされる簑石を遠くまで見通し、込み上げる溜め息を押し殺す。

「となると、手がかりなしか……」

するると観山は小首を傾げ、それから慌てたように手を横に振った。

「いえ、違います。万願寺さん何か勘違いしてます」

「何かって、なんだ」

好川さん宅の方を手で示し、勢い込んで観山が言う。

「あの家の縁側で、好川の奥さんが午後一杯、写生をしてました。家の前の道はずっと見ていたけれど、速人くんは見ていないっていう意味です。手がかりなしじゃありません、大きな手がかりです」

「……そういうことか」

たしかに、そうなると話が違ってくる。速人くんの服装では、以前は水田だった草地を踏み越えて行くことは難しい。道沿いに歩いたのだとすると、立石さんの家か、好川さんの家か、どちらかの前を通らなくてはどこにも行けない。

立石さんは、速人くんが久保寺さん宅に向かうところを見て、戻るところは見ていない。そして好川さんが家の前を注視していたにもかかわらず速人くんを見ていないとすると、あの子がいると思われる場所は、久保寺さん宅周辺に限られてくる。つまり、このへんにいるはずなのだ。

「久保寺さんの家の裏手は、崖なんですよね。もしかして、ってことはありませんか」

さすがに観山の声も緊迫している。

「いや。崖といえば崖なんだが、かなり緩やかなんだ。転げ落ちるほどの斜面じゃないし、もし落ちても、充分に登ってこられる」

「となると、川に流されたとか」

「どうかな……。位置からして、意図的に入ろうとしないと川には入れないぞ」

速人くんはもともと、久保寺さんの家で本を見せてもらうと言って、昼には戻る約束で家を出た。久保寺さんは留守だったが、留守なら勝手に上がり込んでいいと言われていた。この状況で、久保寺さん宅の裏手の斜面を下って谷川まで行き、水に入り込んで流されるということがあり得るかどうか。

だが、万が一本当に川に流されていたら、あるいは熱中症で草地に倒れ伏しているのだとしたら、事は一刻を争う。この先の判断は軽々に下すべきではないだろう。

「観山。立石さんに電話して、わかっている状況を伝えてくれ。警察を呼ぶかどうか、もう一度判断してもらう」

「わかりました。万願寺さんは？」

「俺は……ちょっと、気になることがある」

そう答えたが、自分が何を気にしているのか、実はわかっていなかった。言葉を口にして初めて、疑問に気づく。

久保寺さん宅には、本当に他の出入口がなかったのだろうか？

携帯電話を取りだした観山から離れ、久保寺さん宅を、今度は反時計まわりにまわり込む。

そこには干上がった池と、雑草の生えた土の山がある。これまでの人生の中で、シャベルで穴を掘った経験が豊富だったとは言えない。だからはっきりとは言えないが、やはり、この山は高すぎると思う。明らかに、池の体積よりも山の体積の方が大きい。裾野が広いから高さこそ一メートル足らずだが、土の量は軽トラック一台分よりなお多いように思える。

では、この土はどこから来たのか？　どこかを掘ったのだろうが、それはどこなのか。

考えられる可能性は、ゴミ捨て場だ。

現在ほどゴミ収集のネットワークが発達していなかった頃は、家庭ゴミを自宅で処分する家も多かった。燃えるゴミを庭先で野焼きしたり、個人所有の小規模な焼却炉で燃やしたりしていた。個人での焼却に厳しい目が向けられるようになってきたのは比較的近年で、プラスチックを燃やすことでダイオキシンが発生すると話題になってからのことだと記憶している。

そして、焼却の他に、ゴミを埋めてしまう家も多かった。腐敗して分解されるゴミなら、地面に埋めても問題ないだろうという理屈ゆえなのだろう。また、焼却によって出る燃えかすや灰を埋めることもあった。土の山は、そうしたゴミ捨て用の穴を掘って出た土を捨てた跡なのではないか？

干上がった池を睨む。

「だとするとこの池がわからない」

この池には、なんというか、取ってつけたような感じがある。玄関も農具小屋も勝手口もない、庭として整備されているわけでもないところに、ぽつねんと池だけがあるのはなぜか。

見るひとに「あの山は、池を掘った土を捨てて出来たのだ」と納得させるため、いわばカモフラージュではないか……そう考えるのは、穿《うが》ちすぎだろうか。

もしかしたら、という予感があった。なぜ池が掘られたのか、なぜ山ができたのか、そして、速人くんはいまどこにいるのか、その全てが繋がっているのではないか。

この推測を裏付けられる人物に、心あたりがある。携帯電話を取りだす。

ドスの利いた声が、露骨に不機嫌さを表わす。

『はい、南はかま市間野出張所甦り課』

「課長。万願寺です」

名乗ると、西野課長の声はたちまち和らいだ。

『なんだ、君か。びっくりしたなあ、もう』

どう驚けば、あんな電話相手を脅すような声が出てしまうというのか。しかしいまは、上司の電話の態度を問題にしている場合ではない。どう話を切り出すか迷ううちに、課長の方から訊かれた。

『どう、子供は見つかった？』

「まだです。どうも、良くない状況です。速人くんが道を歩いていたなら立石さんか好川さんが目撃しているはずなのに、どちらも見てないそうなんです」

『そりゃあ……まずいなあ』

声が真剣みを帯びる。

『草地に倒れてたら、なかなか見つけられない。消防団にお願いする？』

「判断は立石さんに任せています。いま、観山が連絡中です」

『そうか。話はしてあるから、いつでも動いてもらえるよ』

ぎしり、と椅子が軋む音が聞こえる。甦り課の椅子はどれも、体重を預けると悲鳴のような音を立てるのだ。

『……で、これは報告の電話？』

「いえ。実は一つ、お訊きしたいことがありまして」

『ぼくに？　子供のことはわかんないよ。自分の子供のこともわかんないのに』

「訊きたいのは、久保寺さんの家の、前の住人のことです」

再び、そしてさっきよりも大きく、椅子が軋んだ。

『中杉さんだね。とっくに亡くなってる。さみしい最期だったな。それが何か関係あるの？』

「速人くんは、なんとかして久保寺さんの家に入ろうとしたんじゃないかと思うんです。久保寺さんから留守なら勝手に入ってもいいと言われていたそうですし、他の場所に行ったと考える理由がありません」

『ああ、まあ、ねえ』

子供のことはわからないという言葉は嘘ではなさそうで、課長の返事はいかにも投げやりだ。構わず続ける。

「それで思い出したのが、久保寺さんの言っていたことです。この家の前の持ち主、中杉さんは、村の中でつまはじきにされていたそうですね」

『万願寺くん、そんなこと聞いたの』

それがどうしたと言わんばかりだけれど、課長は答えてくれた。

『まあつまはじきってのは言い過ぎだけど、なんか冷たい雰囲気はあったみたいだね』

「久保寺さんは、中杉さんは戦争中に避難の準備をしたことで顰蹙《ひんしゅく》を買ったと言っていました。そして、それを教えてくれたのは課長だとも」

少し沈黙があった。

ややあって、課長らしいはぐらかすような口ぶりが聞こえてくる。

『そんなことも話したかねえ。で、それがどうかしたの？』

ここからが本題だ。携帯電話を握る手に力が入る。

「その避難の準備って、どんなことだったんですか」

『変なこと訊くね』

課長は咳払いをした。

『そんな昔の話より、いまは子供を捜した方がいいんじゃないのかな』

「速人くんを捜すためです」

『考えがあるみたいだね。言ってごらん』

干上がった池とうずたかい山を交互に見る。穴を掘ったことを偽装するために池が作られたとして、その穴の目的は何か。

中杉さんは太平洋戦争中に、簑石が危ない目に遭うはずがないという雰囲気の中、一人だけ避難の準備を進めていたという。避難の準備とは、具体的にはどういう行動だったのか。

この二つは結びつくような気がする。

唾を飲んで、訊く。

「……中杉さんは、防空壕《ぼうくうごう》を掘ったんじゃないですか」

簑石村は、空襲の標的になるような村ではなかった。だから村人たちは特段の備えをしなかった。備えをしないこと自体が安全という共通了解が維持されている場合、備えることは秩序への反抗と見なされる。砂防対策の説明会を開くと、この辺りでは土砂災害など起きたことがないからやめてくれ、と反発されたりするものだ。火災報知器が鳴った時にいち早く逃げ出したひとが嘲笑されるのも同じ心理だろう。まして戦争中という特殊な状態では、おそらく、同調圧力はいっそう強まった。

しかし中杉さんは、万が一に備えてひそかに防空壕を掘り、それが知られたことでつまはじきにされたのではないか。

電話の向こうで、課長が唸る。

『万願寺くんは、ちょっと頭が堅いかなと思っていたんだけどね』

「課長」

『いや、ぼくだって詳しいことは知らないよ。でも、その通り。一人だけこっそり防空壕を掘ったことがばれたんだって聞いてる』

やっぱりそうだ。

中杉さんは人目に付かないように防空壕を掘った。しかし簑石は狭く、外に防空壕を掘ればすぐに見つかってしまう。では、どこに掘ったか――建物の中しかあり得ない。農具小屋は明らかに新しく、戦後に増設されたものだろう。ならば、防空壕は母屋の中にあったと考えるべきだ。

「その防空壕、家の中から外へと通じていたりしませんかね」

『だから知らないってば』

溜め息が聞こえる。

『……でもまあ、普通に考えたら、通じてるよね。防空壕なんて、家に爆弾が落ちる前提で作るんだから、外に通じてなかったら家の瓦礫《がれき》に閉じ込められちゃう』

「その出口があるとしたら、どこでしょう」

『万願寺くん。もしかして、子供が防空壕を通って久保寺さんの家に入ったって考えてるの？』

即座に答える。

「はい」

久保寺さんが防空壕のことを速人くんに話していれば、速人くんは興味を持っただろう。なにせ、子供は秘密の抜け穴が好きなものだ。久保寺さんが出口の場所を教えたかもしれないし、あるいは速人くんが自分で見つけたかもしれない。

『なるほどねえ……。ままならないね』

「何がですか」

『いや、なんとなくね。とにかく、ぼくは防空壕の出口は知らないよ。ただ、トンネルは他人から見えないように掘ったはずだよね』

課長は一般論を言っただけなのだろう。けれど、その言葉でぴんと来た。たしかに中杉さんは防空壕の出口も人目を避けて作ったはずだ。

となると、あそこしかない。

「ありがとうございます。また連絡します」

一方的に電話を切って、走り出す。

母屋の裏手にまわり込み、谷川へと続く崖を慎重に下っていく。落差はそれなりにあるが、傾斜は緩やかなので危険は感じない。

やがてごつごつした岩が転がる河原に立ち、いま降りてきた傾斜を振り返る。現久保寺さん宅の床下に防空壕を掘ったとして、人目に付かないところに出口を設けようと思ったら、最善の手段は横に掘ることだ。川に向けて掘っていけば、崖の中腹にトンネルを開通させられる。

傾斜の途中に開口部があっても、上からは見つけづらいものだ。しかし下ってしまえば見つけやすいはず。崖の法面《のりめん》にじっと目を凝らす。

「……あった」

久保寺さん宅から四、五メートル下ったあたりに、茂みに半ば覆われてしまってはいるが、妙に不自然な窪みがあるのを見つけた。斜面に手を突いてそこまで登っていくと、窪みの奥に子供の背丈ほどの古びたドアがある。しかもそのドアはわずかに開いていて、黒々としたトンネルの奥を垣間見せてもいた。当たりだ、見つけた。ここで間違いない。

「万願寺さーん！」

観山が呼ぶ声が聞こえる。彼女に何も言わずに来てしまった。声を張り上げる。

「こっちだ！」

しばらく声を掛け合って観山を誘導する。顔を合わせると、観山はあきれ顔になった。

「そんなところで何をしてるんですか」

「立石さんはなんて言ってた」

「警察呼ぶかどうか、旦那さんに相談してから決めるそうです。で、何してるんですか」

手招きをしながら言う。

「秘密の抜け穴だよ。たぶん、久保寺さんの家に通じてる」

「え、うそ！」

素っ頓狂な声を上げると、観山は滑るように斜面を降りてきた。勢い余って落ちていきそうだったので思わず手を伸ばすと、手首をはっしと摑まれた。照れ笑いをしながら体勢を立て直した観山は斜面に穿たれた穴と、その先のドアを目にして、信じられないといった顔になった。

「なんですか、これ。どうしてこんなものが」

「防空壕だよ」

「防空壕？　どういうことですか」

「説明は後でする。行くぞ」

長年誰も手入れをしなかったのだろう、ドアもドア枠も蝶番《ちょうつがい》も朽ちかけている。ノブはないが、指先を引っかけて軽く引くだけで開いた。

傾きかけた太陽の光が、トンネルに差し込んでいく。横幅は充分にあるが天井は低く、二人とも前屈みにならなくては入れなかった。数メートル先にもう一つドアがあり、こちらは風雪に晒《さら》されなかったためか、目立った傷みはないようだ。鍵はかかっていない。

後ろから観山が訊いてくる。

「ここに速人くんがいるんですか？」

「わからない」

いて欲しいと思っている。このドアを開ければ、たぶんわかる。

二枚目のドアを引いて開ける。

天井が少し高くなったけれど、まだどちらも背を伸ばせるほどではない。外の明かりはほとんど届かず、夏の陽光を浴び続けた目をいくら細めても何も見えない。ただなんとなく、通路ではなく部屋なのだろうなということだけはわかる。

さすがに懐中電灯は持ち歩いていない。どちらからともなく携帯電話を取り出し、同時に掲げた。薄ぼんやりとした光を四方へと当てていく。

そこは何もない空間だったが、床と壁には板材が貼られていて、部屋らしい体裁は整っていた。西野課長も久保寺さんも、中杉さんは一人だけ避難の準備をしたと言っていたが、それは本当に一人という意味ではなく、家族はいたのだろう。部屋はひとりで避難するには広く、だいたい四畳半と同じぐらいではないかと思われた。これだけの空間をすべて人力で掘ったというのは、ほとんど信じられない。中杉さんの、戦争への危機感を間近に感じて、息が詰まりそうだ。

「万願寺さん、あれ」

闇の中で観山が指さす。その先を見ると、弱々しい明かりに何かが照らされている。床に散乱し積み上がった、大量の本だ。近くには何故か箒も落ちている。

「前の持ち主の本か？」

「いえ……違うと思います。見てください。梯子《はしご》があります」

崩れた本の中から、梯子が延びている。これは、いざというときの避難用だろう。つまり梯子の先は母屋に違いない。

本を踏まないよう梯子に近づいて、見上げる。短い縦穴の先で、大きな裂け目が口を開けていた。どうやら、母屋の床が割れて裂けたようだ。光が差し込み、埃が舞うのが見える。

「じゃあ、この本は」

観山が頷く気配がした。

「久保寺さんの蔵書でしょう。本の重みで床が抜けたんです」

ふだん防空壕の出入口は、床板で隠されていたのだろう。出入口の真上には床を補強するための柱や根太《ねだ》を置くことができないので、強度はぐんと下がるはずだ。そういえば久保寺さんは家の傷みについて苦情を言う時、床が沈み込む場所があると言っていた。あれは真下に防空壕があるせいだったのかもしれない。

「気の毒に……」

出張から帰ってきたら蔵書が床を突き破り地下まで落ちていた時の心情は、いかばかりだろう。あのひとのいい久保寺さんがどんなに驚くかと思うと、いっそこのまま資料を地下に埋め、全てを隠してやりたい衝動に駆られる。

「速人くんは、家の中に入ったのか」

呟いて、梯子に片足をかける。

その時だった。観山が鋭い声を飛ばした。

「万願寺さん！　足元！」

「んっ」

その言葉に上げかけた足を空中で止め、ゆっくりと元の位置へと戻していく。足元に目を落とすと、本に埋もれて何やら白いものが見えた。その白いものは細長く、三本か四本並んで落ちている。

いや、違う。

これは指だ！

二人の携帯電話が、同時に本の山に向けられる。本の山の下を照らすと、いた。子供だ。立石速人くんだ。速人くんは本の下敷きになって、ぴくりとも動かない。全身がぞっと震えた。しゃがみ込み、速人くんの首元に指を当てる。

最初は何も感じなかった。強く押さえすぎたのかもしれない。一つ深呼吸してかびくさい空気を吸い込み、改めて、首元の脈を測る。

……動いている。脈がある。生きている。

ほとんど意識することもなく、咄嗟に叫んでいた。

「観山、立石さんに連絡を！　救急車は俺が呼ぶ！」

4

一一九番通報から簑石に救急車が到着するまで、これまでの経験上、四十分はかかる。今回は何らかの悪条件が重なったのか五十分を要し、特殊な場所から速人くんを運び出すまでには、さらに二十分かかった。

速人くんは頭を強く打っていたが、命に別状はなかった。ただ、後遺症があったかどうか、立石夫妻は教えてはくれなかった。

後日、立石善己さんが甦り課を訪れた。やり場のない怒りを抱えているだろうに善己さんは声を荒らげることもなく、ほとんど事務的に言った。

「危ない場所に入り込んだのは、うちの息子の責任です。それを止められなかったのは、私ども夫婦の責任だ。……ただ、病院に運ばれるまでに二時間以上かかったのは、子供のせいでも私どものせいでもない。いろいろ良くしていただいてありがたいと思っていますが、やはり、救急に二時間かかる場所では恐ろしくて速人を育てられません。ありがとうございました」

　もうひとりの当事者、久保寺さんは、見るだに哀れだった。自分の本で床が抜けたこと、その本が速人くんを巻き添えにしたことを知ると彼は堅く口を閉ざし、珍しいニュースに押し寄せた新聞やテレビの取材にも一切口を開かなかった。もともと頬はこけていたのに限度を超えて痩せていき、顔つきは凄いまでに悲愴《ひそう》なものになった。

　慰めの材料もないわけではなく、たとえば警察の調べで、床は本の重みで自然に破れたわけではないらしいとわかった。防空壕を見つけ、なんとか母屋に入ろうとした速人くんが手近にあった箒で床を下から突いたことが、崩落の直接の原因だったらしい。

　しかし甦り課は、その捜査結果を直接久保寺さんに伝えることはできなかった。彼は、

『申し訳ない　一言もない』

という書き置きを残し、簑石を去ったからだ。

　かつて中杉さんが住み、久保寺さんが住んでいた家は、再び無人に戻った。手つかずで残されていた大量の重い本を遺失物として警察に届けるか、久保寺さんの帰還を信じて甦り課で管理するか、それとも住むひともない家で朽ちるに任せるのか——西野課長は、判断を先送りし続けている。

第四章　黒い網

1

夏の名残がようやく遠のき、風が涼しさと冷たさの両方を兼ねるようになってきた。高台から簑石を見下ろせば、枯れた色が目立つ眼下の景色にも、よく見れば、真新しい車の白色や、道路を行くひとのシャツのピンク色が混じっている。元の住人が誰一人住んでいなくても、この場所は簑石と呼べるだろうか？　土地の名前は、そこに住んでいる人間と結びついているべきではないか——そう考える人間が出てくることは予想しておいた方がいい。南はかま市Iターン支援推進プロジェクトは幾多の不運に見舞われ、多くの移住者が簑石を去ったが、それでもひとがいれば土地には活気が生じる。残る移住者が簑石に根づいてくれれば、プロジェクトの第二期の募集もかけられる。そうして新しいひとが入り続ければ、いずれ土地の名前を変えるように提案されるかもしれない。

そうなったら、また仕事が増えるだろう。

「賑やかになってきましたね」

観山が手庇《てびさし》で西日を遮りながら、笑みを含んだ声で言った。

採用から一年半、そろそろ新人気分が抜けてきてもいい頃だが、まだどこかに学生気分が残っている。今日も、水色の制服こそきちんと着ているものの、ポニーテールを束ねるゴムには手鞠のような飾りがついている。公務員らしくないアクセサリは余計なクレームの元になるのではと思うと少し気が重くなるが、その公務員らしくないところが親しみやすいのか、移住者たちのあいだで観山の評判は上々だ。世の中、何が災いするかわからないように、何が幸いするのかもわからない。

「……さあ、仕事だ」

いつまでも簑石を眺めてはいられない。仕事はいつも山積みだ。

「はあい」

この高台に上ったのは、簑石を一望するためではない。高台の山手側にはコンクリートの壁があって、移住者の一人が、あのコンクリート壁は土砂崩れを修復した跡ではないかと訊いてきたのだ。

市町村合併のごたごたの結果、簑石の公共工事の記録は混乱している。土木課いわく、どこかにはあるのだろうが、電子化されていない昔のものは、すぐには見つからないそうだ。とにかく一度現場を見てみようということで来たのだが、これは一目瞭然、たしかに土砂崩れの痕跡に違いない。幅十メートル以上にわたってコンクリートで固められている斜面を、写真に撮っていく。これだけの工事なら当時の担当者を辿るのも楽だろう。

「よし、行くか」

観山に声をかける。観山はまた「はあい」と生返事をして、公用車の助手席にのろのろと乗り込んでいく。運転席に乗り込んでエンジンをかけたところで、観山が言った。

「絵に描いたような雑用でしたね」

「新居の裏手に土砂崩れの跡があれば、不安になる気持ちもわかる。それを解消するのは大事な仕事だ」

「絵に描いたような建前。万願寺さんって大人ですよね」

「公務員だよ」

「実はあたしもです」

苦情処理を嫌がっていては公務員は勤まらない……と、そんな言葉が頭に浮かぶが、それは飲み込んだ。苦情処理はたしかに仕事のうちではあるけれど、その仕事が好きな公務員はいない。新人の観山ならなおのことで、先輩として叱るよりも同僚として相哀れんでしまう。

「ただ、今回はましな雑用だったかな、と」

「お前は高みの見物してただけだろう」

「やだな。高台から見物してましたけど、高みの見物はしてません」

こんなことで、不覚にも少し上手いと思ってしまった。疲れているのかもしれない。強いて口元を引き締めたのをどう思ったのか、観山はにこりと笑った。

高台につながる道は、車一台分の幅しかない。角度も急なのでアクセルを踏むどころではなく、ブレーキを踏みながら下っていく。

その坂道を下って百メートルほどの家に、滝山さんが一人で移住してきている。高台の調査を頼んできたのが、この滝山さんだ。われわれが下りてくるのに気づいたのか、庭先まで出迎えてくれた。

滝山正治《まさはる》さんは札幌の出身だ。大学卒業後、一年の就職浪人の末に電器屋に入社したが、過重なノルマにたちまち体を壊して退職した。二十四歳、独身。ひょろりとした体型と俯き気味に喋る話し方とで頼りない印象があるけれど、誠実そうでなんとなく信頼したくなる人だ。

迎えてくれたのは、一刻も早く調査結果を知りたいからだろう。車から下りたわれわれに、滝山さんは、ひどく申し訳なさそうに頭を下げた。

「すいません。わざわざ来て頂いて」

「いいえ、これが仕事ですから」

「で、どうでしょう。見た感じ、やっぱり土砂崩れだと思うんですが」

間違いないだろう。が、安易に頷くことはできない。滝山さんは温厚なひとだが、「そうですね土砂崩れですね」と言ってしまえば、いくらなんでも「どうしてそんな物件を紹介したんだ！」と怒り出してしまうだろう。ここは上手く言わなければならない。

「わたくしどもでは判断がつかないので、現場の写真を撮りました。土木課に改めて過去の工事歴を問い合わせてみます。そして、これが防災課が出しているハザードマップです」

鞄から出したハザードマップは赤と青に塗り分けられていて、それぞれの色で危険の種類を、色の濃さで危険度を示している。簑石は全体がピンク色だ。

「ご覧の通り、このあたりが特に危険地域になっている。ことはありませんでした」

「そうですか……。あの、これは簑石全体が危険という

「いえ、河川や山地があれば、具体的な危険性にかかわらずこの色になります」

「はあ」

砂防計画が完了すればハザードマップの色は青寄りに塗り替えられるが、予算不足のため工事は市全域で盛大に遅れている。——簑石だけが特に遅れているわけではない。

「防災課にも確認を取ってみます。また何かありましたらご連絡ください」

「はい、お疲れさまです」

深々と頭を下げられて、さすがに罪悪感が湧いた。滝山さんを騙しているわけではないけれど、誠実な対応をしたとも言い難い。しかしこれ以上、出来ることはないのだ。車を出してバックミラーを見ると、滝山さんがとぼとぼと家に戻っていくところが映っていた。観山が訊いてくる。

「滝山さん、納得したでしょうか」

「するわけないだろうな」

「ですよね」

今日の仕事はただ時間を稼ぎ、他の部署を巻き込んで、滝山さんが向けてくるかもしれない矛先を逸らそうとしただけだ。滝山宅の裏山に土砂崩れの跡があるという事実は変えようがない。そうした重要事項は、賃貸契約にあたって市が業務を委託した不動産会社から告知されたと思っていたが、滝山さんはどうやらそれを聞いていないらしい。おそらく家と崖の距離が離れているため、法的には告知の必要がなかったのだろう。法的義務と生活上の安心感が別物なのは、仕方のないことだ。

「まあ、いまは不安だろうけど、そのうち『うちに限ってまさか』と思うようになる」

「気持ちの問題ならいいんですけどね。もし本当に土砂崩れが起きたら……」

嫌なことを言う。

「……砂防の予算には限りがあるし、人間は自然には勝てないからな。どうしようもな

一緒に流れていくだろう。そしてそのときは、南はかま市Iターン支援推進プロジェクトも甦り課も、土砂と一緒に流れていくだろう。


「ところで」

いきなり、観山が言う。

「この道でいいんですか」

舌打ちが出た。

簑石に出入りする道は一本しかないが、村の中ではそれなりに道が入り組んでいる。まばらに散らばった家々を、細い道で無造作に繋いでいった結果だろう。滝山さんのことに気を取られ、つい無意識に広めの道を選んでしまった。だがこの道は厄介なのだ。何事も起きないことを祈りつつ、アクセルを踏む。

だが、祈りは届かなかった。行く手右側に立つ民家の勝手口が跳ね開けられ、道路の真ん中に女性が飛び出すと、両手を大きく広げ、立ちふさがった。溜め息混じりに、

「もっと早く言ってくれよ」

と八つ当たりすると、観山は消え入るような声で言った。

「……すみません」

観山のせいではない。完全にうっかりしていた。車を駐めると、たちまち罵声が飛ん

できた。

「またあなたたちですか！　何度言えばわかるんですか。本当に、頭悪いんじゃないですか？」

河崎由美子《ゆみこ》さんだ。二十九歳のはずだが、猛烈に吊り上がった目と眉間の深い皺のせいで、年齢より上に見えてしまう。

「すみません。急いでいたものですから」

「そりゃあ公道ですから、通るなとは言いませんよ。そんなことわたしに言えるわけないじゃないですか。でもね、配慮をしてくださいと言っているんです。そんなに難しいことを言っていますか？　こっちではなく、あっちの道を通ってくださいと言っているだけです。ずいぶん譲歩したつもりですけど、そちらにまるで常識がないんじゃ、話になりませんよ」

「本当に申し訳ありません」

「別に謝ってほしくなんかありません。でもね、それにしたって、ひとに謝るときに自分は座ったままって、あんまり非常識じゃないですか」

「はい、おっしゃるとおりです」

シートベルトを外し、車から降りようとする。途端、金切り声を上げられた。

「いいから！　さっさと行ってちょうだい！　このことは課長の西野さんに言っておき

ますからね！」

行っていいと言われたので、ベルトを締め直す。河崎さんは車から離れようとしないので、大きくハンドルを切ってから、ゆるゆるとアクセルを踏んでいく。サイドミラーが接触しそうになるが、それでも河崎さんは動かない。これで毛の先ほどでもミラーが当たったら、河崎さんは警察を呼んで日が暮れるまで怒鳴りまくり、挙げ句訴訟に及ぶのではないか。運転にはそれなりに自信があり、どんな隘路《あいろ》も坂道も怖いとは思わないが、これは冷や汗が滲む。

かろうじて切り抜け、仁王立ちの河崎さんの横をすり抜ける。運転席から会釈するが、河崎さんは傲然とこちらを見下ろしたまま、あご一つ動かさない。通り過ぎるとき、これ見よがしに鼻をつまむのが見えた。

声が漏れるのを恐れるように、観山が助手席の窓を閉める。そして、怒りというよりも不思議さが先に立つように訊いてきた。

「あれ、なんですか？」

「なんだろうな」

「なんであの道から行ったら駄目なのか、あたしまだ聞いてないんですけど」

ちらりと助手席に視線を向ける。観山の口元には、むしろ面白がるような笑みがあった。当事者意識がないだけかもしれないが、罵声を笑って受け流せる資質は市職員としてまことに上等だ。

「話してなかったか」

道は、簑石から南はかま市市街地へと向かう一本道に差しかかる。細く曲がりくねっていて、薄暗く、交通量も少ない。アスファルトにひびが入っているのを見ながら、言う。

「河崎さんは、排気ガスは毒だと思っている。だから、家の前を車が通ることを嫌がってる」

「はあ」

気のない返事をして、観山はこれも気のない声で言う。

「まあたしかに、薬じゃないですよね」

「そうだな」

「何か呼吸器系のご病気とか？」

首を横に振る。

「そういう話は聞いてない。……河崎さんは、ガソリンには鉛が入っていて、排気ガスを吸うと鉛中毒になると言っている」

「あ、知ってます。鉛のコップでお酒を飲むと国が滅びるんですよね」

「何の話だ？」

「それで神経質になってるのかあ。行き過ぎだけど、理由はあるってことなのかな」

南はかま市は広大だが公共交通機関網は不充分で、生活する上で自家用車は必須だ。観山もブルーのラパンを持っているが、車そのものについて観山はあまり詳しくないらしい。

「ガソリンに鉛が入っていたのは昔の話だよ。いまは入ってない」

「え、そうなんですか」

「鉛添加が禁止になったのはもう何十年も前、俺が生まれる前の話だぞ。もちろん河崎さんだって生まれてなかった。ガソリンで鉛中毒なんて、そんな話をどこで仕入れたのか不思議なぐらいだよ」

観山は首を傾けた。

「教えてあげればいいのに」

ああ！　知らないことを教えてすべてが解決するなら、市職員はなんと楽な仕事になるだろう。

「教えたよ」

「どうなりました？」

「全部のガソリンに一切鉛が入っていないと言い切れない以上は、入ってると考えるのが当たり前だって言われた」

「ははあ」

道が大きなカーブに差しかかり、観山が体を突っ張って慣性に耐える。曲がりきって道が真っ直ぐになったところで、つまらなそうに言われた。

「万願寺さん。実は宇宙人はもう地球に来ているんですよ」

軽薄なところはあるが、観山は頭の回転が速い。

「来ていないとは言い切れないからな」

「ですね」

冗談を交わしたはずなのに、二人とも、にこりともしなかった。

疲れているのだ。

2

甦り課の通常業務の中には、家庭訪問がある。

定期的に移住者の家々をまわり、不便がないかを聴取するのだ。あまり頻繁では嫌がられるので、とりあえずは二ヶ月に一回と決めている。定住が進めば不要になる仕事だがいまのところ効果も上がっていて、滝山さん宅の裏山に土砂崩れの痕跡があるという話も家庭訪問で聞かされた。

とはいえ、何を聞かされてもたいていは対処できない。道路に穴が開いていると言われても、水門が錆びついていて動かないと言われても、「わかりました。記録しておきます」としか言えず、具体的に何か出来るのは来年度の予算がついてからになる。だから実際は、住人たちのガス抜きをしてまわっているようなものだ。

九月も半ばを過ぎ、うろこ雲が見事だった日、その家庭訪問のため簑石へ向かった。車の中で観山が確認してくる。

「今日は、河崎さんの家も行くんですよね」

「そうだな」

愚痴っぽいひとも多いので、家庭訪問は一軒あたり最大一時間と時間を限っている。午後から始めて食事時を避けると、三軒ぐらいしかまわれない。今日は滝山さん、河崎さん、そして上谷さんをまわる予定だ。

観山はしばらく黙っていたが、峠道を抜けて簑石が見えてくるあたりで呟いた。

「やだな」

自分の表情は動かなかったと思う。けれど内心は、後輩のその一言に思いがけないほど動揺していた。

甦り課に配属されてから観山はずっと、ほとんど無責任とさえ思えるほどに明朗だった。移住者たちの勝手な要求も理不尽な怒声も、にこにこ笑って上手く受け流す。その態度がかえって相手の怒りに火をつけるのではと気を揉んでいたが、いまのところそうしたことは起きていない。そして、観山の不屈の明るさに自分も少し救われていたことに、いま初めて気づいた。

その観山が移住者に会うことそのものを嫌だと言い始めた。これはよくない。何か言わなくてはと焦って、ようやく出て来た言葉は、

「河崎さんなら、ましな方だろう」

だった。これではまったく慰めになっていない。

「ま、そうなんですけどね」

横目で見ると、観山はドアにもたれかかり、窓の外を見ていた。雑木林が流れていく。

「まあ、時間を稼げば充分だ。そのうち異動になる」

「絵に描いたような本音。万願寺さんって大人ですよね」

「公務員だよ」

林を抜け、日が差してくる。遠くの山が色づき始めている。簑石は秋を迎えていた。

道順の関係で、上谷さんから家庭訪問を始める。

上谷さんは独身で三十一歳、簑石に来る前は大阪で学習参考書を売る営業マンをしていたそうだ。本人いわく「激務の割に先の見通しが暗いので」辞めて、簑石に移ってき

た。使う暇もなかったので金は貯まっている。しばらくはそれで食いつなぎ、野菜でも育てながら、いまは小遣い稼ぎ程度にやっているＷＥＢデザインの仕事をおいおい事業化していきたい……ということだった。

いま上谷さんが入居しているのは、赤い屋根の二階建てだ。比較的広い家が多い簑石で、上谷邸は狭い敷地に押し込めるように建てられている。この家を建てたのは入り婿だったそうだ。そんな由来を知っているからか、建物の小ささに肩身の狭さを見るような気がする。

ただ、狭いと言っても簑石の他の民家に比べての話で、一般的に見れば充分に大きな家だ。建物がやや小振りなだけで、前庭はバスでも停められそうなほど広い。ひとり暮らしの上谷さんには、持て余すような物件だろう。

車を駐める。するりと下りた観山が、前庭の片隅に据えられた物体を見上げる。

「万願寺さん。これ、前からありましたっけ」

白いパラボラアンテナだ。衛星放送の受信アンテナより二回りほど大きい。いかにも手作りらしく組まれた鉄パイプで、高く掲げてある。

「あったよ。気づかなかったのか？」

「うーん。前回、あたしは来てないんじゃないかな。来てたら、さすがに気づいたと思います」

言われてみればそうだったかもしれない。家庭訪問は一人でまわることも多い。

「で、これ、何なんですか？」

鉄パイプを撫でながら訊いてくる。

「アマチュア無線のアンテナだ」

上谷さんのアンテナは、直径一メートル半はあるだろう。アンテナ本体は市販品だが、設置は上谷さんが自分でやったと聞いている。テレビの受信設定もおぼつかない身からすると、魔法同然の技術だ。

出し抜けに声を掛けられた。

「こんにちは、万願寺さん。定期訪問ですよね」

上谷さんだ。玄関先に立っている。車を駐めたのになかなか行かなかったので、出迎えに来てくれたらしい。

上谷景都《けいと》さん。若干太り気味で、あまり身なりに気を遣っている印象はない。面接の際はスーツを着ていたが、今日は年季の入った灰色のジャージ姿だ。それでも髭《ひげ》は綺麗に剃られているし、髪も適度に切られて不潔な印象はない。顔色もよく元気そうだが、今日はあまり明るい顔はしていなかった。

「あ、こんにちは。どうもご無沙汰してます。うちの観山は、ご紹介したことがありましたよね」

「はい、以前に一度」

観山が振り返り、挨拶もそこそこにアンテナを指さす。

「これ、すごいですね」

趣味の道具を褒められて喜ぶかと思ったが、上谷さんの表情が曇った。

「それなんですがね……。まあ、どうぞお上がりください」

不穏だ。

ひとり暮らしだけれど、上谷さんの家は割に片づいていた。物は多いけれど整理されている。畳敷きの居間はずいぶん広々としていて、目で数えると十畳あった。

「すみません、まだ座布団を買ってないんです。次までには用意します」

申し訳なさそうに謝られる。おかまいなくと返事して畳に座ると、観山もそっと膝をつき、そのまま正座した。やはり姿勢がいい。

台所に下がった上谷さんが、コップに麦茶を入れて持ってきてくれる。小さな卓袱台《ちゃぶだい》を三人で囲んで、まずは落ち着いた。

「どうですか、最近は」

当たり障りのない質問から話を切り出す。上谷さんは曖昧に笑った。

「だいたい慣れてきました」

「それはよかった。買い物に不便はありませんか」

「まあ、だいたい」

差し向かいで、麦茶を飲む。世間話で打ち解けた雰囲気を作ろうと思ったのだが、観山は麦茶に手も付けず、ずばりと切り込んだ。

「それで、アンテナがどうかしたんですか」

いきなりの本題に、かえって上谷さんの方が戸惑っている。

「……ああ。それなんです」

手に持ったコップをゆっくり卓袱台に戻して、上谷さんは話し始めた。

「万願寺さんには前にお話ししたことがありますが、あれはアマチュア無線のアンテナです。いまだから言いますが、ここへの引っ越しに応募したのも、まわりに高い建物がなくて電波状況がいいだろうと思ったからなんです。……いろいろありましたが、いまではもう、アマチュア無線が生き甲斐のように思っています」

そして上谷さんは、不意に溜め息をついた。

「まあ、理解が得られにくい趣味だってことはわかっていますよ」

「そんなつもりは」

「いえ、世間一般の話です。これでも趣味の王様と言われた時代もあったんですけどね。それに落ち込んでいる訳じゃなくて、ちょっと……」

何か躊躇《ためら》いがあるらしい。口を開くのを待っていると、ほかに誰が聞いているわけでもないのに、上谷さんは少し声を落とした。

「ちょっと、抗議されていまして」

「抗議、ですか」

「大きなアンテナだから、すごい電波が出ているんだろう。体に悪いから撤去してくれと……」

上谷さんの表情が変わった。どんよりと曇った、卑屈な顔に。

「そんなことはないんです。電波が出てるか出てないかと言われたら、それは出ているんですが、だから体に悪いなんて事はないんです。だってそれなら、携帯電話だって何だって駄目ですよね。普段は停めてるんですから、日用品よりも電波は出さないぐらいです。あの……わかってもらえますか?」

それで、おおよそ察しがついた。

アマチュア無線の趣味を気味悪がられたことは、初めてではないのだろう。何度も何度も、周囲の無理解のせいで嫌な思いをしてきたに違いない。こちらを窺って、媚びるような薄笑いを浮かべている顔には、その経験が滲み出ているようだ。それはわかる。気の毒でもある。けれど、市職員の立場からはこう言うしかない。

「でも、気味が悪いと思っているひとがいるのは間違いないんですよね」

上谷さんに驚いた様子はなかった。やっぱりそうか、こいつもそうか、と思っているようですらあった。

「まあ、そうなんですよね」

「何かあったら、またおっしゃってください。なんでも相談に乗りますから」

何かあってからではどうしようもないとわかっていながら、そんなことを言う。そして、仮に本当に何かあったとしたら警察の領分であって、やっぱり甦り課は何も出来ない。自分は何をしているんだろうと思う。

観山が横から訊いた。

「あの、その抗議してるひとって誰ですか」

「それはちょっと……。僕から市役所に相談したってことがわかると、エスカレートしかねませんから」

「えっと、それじゃあ別の話なんですけど、普段は停めてるとか携帯電話みたいなものだって言って説明したら、そのひとは何て言いましたか？」

そのときのことを思い出すように、上谷さんは眉を寄せた。

「はあ。僕のアンテナが安全だって保証がない以上、危険かもしれないから撤去するのが当たり前だって……」

観山と顔を見合わせる。

目が合うだけでお互いが何を思っているかが通じる。「やっぱり」だ。

河崎さんの家は、ここから近い。

もう言うべき言葉もなく、我ながら空虚な慰めを並べ立てて上谷さんの家を辞し、二軒目へ向かう。

「どっちから行くんですか?」

「滝山さんだ。約束してある」

「平日なのに、この時間にいるんですか。仕事は何してるんだろ」

「書類は確認しておいてくれよ。静養中だよ。司書資格を持ってるから、ゆくゆくはそいつを生かしたいと言っていたが……」

ふと言い淀んでしまう。

「何か問題でも?」

「いやまあ……うちの市、司書は全員非正規だからな。門は狭くて仕事はきつく、給料は安い」

「駄目じゃないですか」

「駄目なんだよ」

予算がないのだ。

もうすぐ雨が降りそうな天気だったが、滝山さんは庭に出て、花に水をやっていた。

土をコンクリートブロックで囲んだだけの簡単な花壇に、まばらにパンジーが咲いている。滝山さんは、少し痩せたようだ。声をかける。

「こんにちは」

力のない笑顔が返ってきた。

「ああ、どうも……。おつかれさまです。どうぞ、上がってください」

みしりと軋む廊下を通り、居間に通される。

この家は数回来たが、だんだんと埃じみていくような気がする。障子や襖や電話台のどこがとは言えないにしろ、なんとなく薄汚れているようだ。心身を癒やしながらのひとり暮らしでは、掃除が行き届かないのだろう。お茶は出なかったが、座布団は人数分あった。

「お邪魔してすみません」

と言うと、滝山さんはかぶりを振った。

「いえ、特に予定はありませんから」

言葉を交わすと、よくわかる。なんでもないやりとりではあるが、滝山さんはいつもと比べて少し様子がおかしい。主張の強いひとが多い移住者の中で、滝山さんは少数派に属する穏やかなひとだ。贔屓《ひいき》をするわけではないけれど、落ち着いた生活が送れるよう、問題があるなら解決したい。表面上はあくまでにこやかに、水を向ける。

「ところで、最近何か困ったことはありませんか？　なんでもお力になりますので、どうぞおっしゃってください」

「はあ……」

唸って頭をかく。しかしどうやら、決心がついたようだ。

「じゃあ、聞いてもらえますか」

と切り出してきた。

「実は最近、ご近所から夕食に誘われているんです」

観山が笑った。

「いいことじゃないですか」

「それがですね。ご夫婦なんですが、奥さんの方に呼ばれているんです。ひとり暮らしじゃ、まともなものも食べられないだろうって。それはまあ、そうなんです。僕はほとんど料理できませんし、近くにはスーパーもコンビニもない。買い込んだカップラーメンで済ますことも多いんで、不摂生な食事をしてるのはたしかなんです。でも……」

つい言葉を挟む。

「よく知らないひとの家で食事をするのが気詰まりなのは、よくわかります」

「はい。でも、それはいいんです」

そこで滝山さんはまた言葉を濁し、やがて心なし小声で念押しした。

「あの……。他のひとには言わないでください」

観山が胸を張った。

「もちろんです」

滝山さんは観山をじっと見つめ、溜め息をついて、言った。

「夕食に誘ってくれるのは、決まって、旦那さんが仕事でいないときなんです。出来るなら、海外ドラマのように天を仰いで「オウ……」と言いたかった。

「実際に問題があるとは思わないんですけど、やっぱりちょっと困るでしょう。それであれこれ理由をつけてお断りしてるんですが、最近は本当にしつこくて。焼き魚とかを持ってくることもあるんです。お裾分けだっていうんですが、炭みたいなメザシですよ。いくらなんでも食べたくありません。挙げ句には、ひとの厚意を無にする方が非常識だって責められて……。どうにかなりそうですよ。ねえ万願寺さん、おかしいのは僕の方でしょうか」

言葉が出なかった。

その相手は誰かと訊きたくなったが、それは少し考えればわかることだった。滝山さんはご近所から誘われたと言っていたが、簑石は広く民家は点在している。ご近所と言える距離に立つ家は数えるほどしかなく、その中で夫婦かつ男性が簑石の外で夜間に働く家となると、一軒しかない。……河崎さんだ。

甦り課としては移住者間の自由な人間関係構築に関与はいたしません、などと建前を押し立てたくなる。たしかに大問題で滝山さんにとっては本当に迷惑な話だろうが、これはどうすれば助けてあげられるのか、見当もつかない。行政に携わっていると、すべてのトラブルは人間関係から生じるのだと、幾度も幾度も痛感する。そして市職員という立場から人間関係に介入するすべは、本当に情けないぐらい、何もない。

「その……。元気を出してください」

そんな、意味のないことしか言えない。

「ああ、もうこんな時間ですか。申し訳ない、次の約束も入っているので、これで失礼します。お話は伺いましたから、細かい事情は伏せて、上司ともそれとなく相談しておきます。じゃあ滝山さん、何かあったらご連絡ください」

そして観山を急かし、逃げるように引き上げるしかなかった。

うち捨てられた畑のそばを歩きながら、観山はぶらぶらと手を振っている。吹く風は涼しく、どうかすると肌寒いぐらいだ。秋が深まっている。

「困ったもんですねえ」

観山がそう言うのに、深く頷く。

「困ったもんだ」

口に出さなくてもわかる。河崎さんのことだ。車で乗りつけるとまた騒ぎになるので、少し離れた路肩に車を駐めている。滝山さんの家の前にしばらく置かせてもらおうと思っていたのだけれど、ああいう話題が出てきてしまっては仕方がない。殊更に足取りが重いとは思わないが、ゆっくりと歩く。目の前をトンボが横切っていった。

「……河崎さんの旦那さんって、なにしてるひとでしたっけ」

「タクシーの運転手だ」

「ああ。だから夜に仕事することも多いんですね」

河崎さんの夫は一典《かずのり》という名で、妻よりも六歳年上になる。一言で言って、いいひとだ。二言で言うと、いいひとだが気が弱い、となる。小柄な体を丸めるように歩き、いつも申し訳なさそうな微笑を浮かべている。卑屈さと紙一重の腰の低さで、会ったときに「すみません」と言われなかったことがない。それでも嫌な感じはせず、年を取ると柔和ないいお爺さんになるんだろうな、という印象を受ける。

もっとも普段は奥さんの印象が強烈すぎて、あまり思い出すことはない。

「あれだけ車が嫌いなひとの結婚相手が運転手だなんて、変な感じ」

「何か、あのひとにしかわからない基準があるんだろう。タクシーはガソリンじゃなくてＬＰガスで走ってるし」

河崎さんの家が近づいてくる。

もしかしたら奥さんは不在で、旦那さんだけが家にいるかもしれない。そうだったらきっと、円滑かつ円満な家庭訪問になるだろう——と思ったら、玄関の引き戸が開いて奥さんが出てきた。やはり、そう上手くはいかないらしい。

「こんにちは」

にこやかに話しかける。

「どちらかにお出かけですか」

無表情だった河崎さんが、さっそく、眉根を寄せる。

「何を言っているんですか？ 待っていたに決まっているじゃないですか」

「私どもを。それはすみません」

「いいから、さっさと上がってください。ひとの目もあるんですから」

磨き上げたように掃除が行き届いた玄関、廊下を通りながら、頭の中は疑問でいっぱいだった。

その一。待っていたと言うが、どうして玄関を出てまで出迎えてくれたのだろう。

その二。出迎えのタイミングが、あまりに絶妙だった。もしかしてずっとこちらの挙動を見張っていたのだろうか。

その三。市職員が人目について何が悪いのだろう。

突き詰めて考えると、甦り課は招かれざる客だから訪問を受けたことさえ近所に知られたくなくて、さっさと家に入れるために待ち構えていたという結論に辿り着いてしまう。なら、あまり深く考えない方がよさそうだ。

リビングには、上谷さん宅や滝山さん宅にはない、生活感があった。サイドテーブルには写真立てや花瓶が並び、窓から見えるもの干し竿にはハンガーが連なっている。やはり一人暮らしと二人暮らしでは、自ずから家の雰囲気も変わってくるのだろう。甦り課を待っていたという言葉は本当らしく、リビングのテーブルには白いポットと白いマグカップが用意されていた。白木の椅子に座ると、河崎さんがポットの中身をカップに注いだ。

「ハイビスカスのハーブティーです。とても健康にいいんですよ」

「そうなんですか。ありがとうございます」

「これを飲んだら、もうコーヒーなんて飲めません」

素直に感謝しているのに、余計な一言がついてきた。コーヒーは好きなのに。

ハーブティーが行き渡り、少し酸っぱいような花の香りが立ち上ってくる。それに手も伸ばさないうちに、河崎さんがいきなり言った。

「お隣の白いアンテナを壊してください」

藪から棒だ。

「白いアンテナと言いますと」

とぼけようとしたところ、

「とぼけないでください」

看破されてしまった。やはり見張られていたらしい。

「さっき、お隣を訪問したときに見ていたじゃないですか。あのアンテナです。こっちを向いているんですよ？　恐ろしい。一刻も早く壊してください」

どこから説明すればいいのだろう。河崎さんの目は極めて真剣で、洒落や引き延ばしは通じそうもない。科学的な側面からの説得は、まず通じない。充分な説明をする科学知識がこちらにないし、もし上手く説明出来たとしても、それでは河崎さんは納得しないことは上谷さんが証明している。

となれば、搦《から》め手でいくしかない。

「河崎さんのお気持ちもわかりますが、上谷さんのアンテナは、違法なものではありません。違法でないものを、いくら市役所でも勝手に壊すことはできないんです。いえ、違法なものでも市民の持ち物を市役所が壊すというのはたいへんなことでして、今回のケースでは、まず認められません。仮に電波法上で何かの違反があったとすれば、上谷さんは検挙された上でアンテナも停波して、適正な使用が求められることになるとは思いますが」

手続きの話で押したのは、少しは効き目があったらしい。河崎さんに戸惑いの色が浮かぶ。

「つまり……。その、上谷さんが警察に逮捕されれば、アンテナを壊せるということですか」

「いえ。その場合でも、アンテナから出る電波が弱くなるにとどまるだろうということです」

河崎さんの顔から、さっと血の気が引いたような気がした。白いカップを両手で包み込んだまま、河崎さんはわっとテーブルに突っ伏した。

「どうして、どうしてなの！　わたしはただ、自然に囲まれた暮らしがしたいだけなのに。だからここまで引っ越してきたのに。恐ろしいものから逃げるためにここに来たのよ！　それなのに、あんなひとが隣に住むなんて聞いてない。詐欺よ！　騙されたのよ！」

そしてきっと顔を上げ、こちらに指を突きつける。

「あなた！　言ったわよね、甦り課は移住者の味方だって。いつでも力になるって！　力になってよ。何とかしなさいよ！」

これはまずい。押しとどめるように両手を広げる。

「まあまあ、落ち着いてください、河崎さん」

我ながら馬鹿なことを言ってしまった。落ち着けと言って落ち着くなら苦労はない。

観山も慌て気味に、

「ひとの目もありますし」

などと言う。河崎さんが、いまさら人目を気にするわけもないだろう——と思ったが、意外なことに、観山の一言で河崎さんの大声はぴたりと止まった。さっきの嘆きようは何だったのかと思うほど、醒めた目で窓の方に首を向ける。カーテンが開けっ放しだった掃き出し窓からは、秋の簑石が広がっている。

「……そうね。あなたたちに壊せと言っても、しょせん無理ね」

言い方にひっかかるものはあるが、甦り課にアンテナを破壊することは出来ないという点については合意に達したようだ。

「壊してしまうのは難しいですが、上谷さんとも相談して、何か方法がないか探してみます。あのアンテナとこちらのお宅の間に遮蔽物を作るのは難しくないですし、場合によっては上谷さんの家の裏手にアンテナを移せるかもしれません」

最大限の譲歩のつもりだったが、河崎さんは鼻で笑った。

「それじゃ、ただ見えなくなるだけじゃないですか。何の解決にもなってません。むしろ、見えないだけ恐ろしいです」

「いえ、アンテナが向いているかどうかは結構大きいですよ」

「言い切れるんですか？」

言い切れる。が、言い切っても無駄だろう。

睨み合いになる。というか、一方的に睨まれる。どうしたものだろう。このまま「辞職します」と言って出て行くのはどうだろう。そんなことを思っていたら、河崎さんが目を伏せて、大きく溜め息をついた。

「あなたたち、わたしを変なひとだと思っているでしょうね」

あー。

「いえ、そんなことはありません」

「いいんです。わかっています。でも、聞いて下さい」

白いカップを両手で撫でながら、河崎さんが話し始める。

「わたしも、子供の頃はそんなに人工物に気を遣わなかったんです。真っ青だったり真っ赤だったりする毒々しい駄菓子を、喜んで食べていました。いま考えると恐ろしいことですが……。

考えを改めたのは、中学生の頃でした。母方の祖母と父方の祖父が、相次いで病気になったんです。脳卒中と心筋梗塞で、二人ともまだそんな年じゃないのに、あっというまに亡くなってしまいました。昨日まで元気だったひとが、今日はもう、真っ白な顔で死んでいるんです。それぞれ塩分や脂肪分を取りすぎていたと聞いて、本当にぞっとしました。普段食べているものに注意しないと、明日には死んでいるかもしれない。そう怖がると、父は考え過ぎだと笑いました。

きっと父の言うとおり考え過ぎなんだろうと自分に言い聞かせていましたが、高校生になったとき、その父が肺気腫だとわかったんです。粉塵《ふんじん》の多い場所で仕事をしていましたから、いま思うとそれが原因でしょう。五年と保ちませんでした。残されたわたしと母は震え上がって……それから、身のまわりに気をつけて、体に悪いものからは逃げることにしたんです」

いくつかの思いが脳裏に交錯する。

ご家族を早くに亡くされたことは、本当に気の毒だと思う。ずいぶんとご苦労もあったのではないか。

しかし、それと人工物を嫌うこととは別だろう。まず第一に、脳卒中と心筋梗塞のご親戚は、それぞれ塩分と脂肪分が悪かったと言っていたではないか。第二に、こちらの方が重要だが、若くして親族を亡くしたひとがみな、アマチュア無線のアンテナを撤去するよう要求するわけではない。ご不幸と河崎さんが甦り課に突きつけている要求は、関連しているようで、実はあまり関連していない——とはいえ、それを指摘すれば逆上させてしまう。正しい指摘は腹が立つものだ。いまは言葉を吞んだ方がいい。

一方、観山は黙っていなかった。

「なるほど。たしかに、いろんなものが体に悪いって言いますもんね。コゲに発癌性《はつがん》があるとか、あたしも聞いたことがあります」

あ、こら。

河崎さんはきょとんとした顔で訊き返す。

「コゲ？」

「あ、でも、コゲは別に人工物じゃないですね。ごめんなさい」

観山がそう言うと、河崎さんはぶるぶると首を横に振った。

「いいえ、いいえ。人間が火を使って加工するから、天然のものでも体に悪くなるんです。本当に恐ろしい」

自然発生した火事で焼けた場合はどうなるんだろう……。

そして河崎さんは、断固として言った。

「とにかく、上谷さんのアンテナは何とかしていただきます。わたしも無理なことは言いません。ちょっと壊して下されば、それだけでいいんです。上谷さんだってきっと、話せばわかってくれるはずです」

壊せと言われて私有財産を壊せるわけがないということは説明し、わかっていただけたはずなのに、また話が元に戻ってしまった。話をこじらせたくないが、ここで安請け合いする方が後が怖い。

「いいえ、ですからね……」

同じ説明を何度繰り返すことになるだろうか。こんなこともあろうかと訪問は一時間に限っているのに、いまここで帰ってしまえば、甦り課はアンテナ撤去に同意したと思われかねない。職場にはたっぷり事務仕事が残っているというのに、これは当分戻れそうもない。

壁掛け時計の針は、無情に進んでいった。

3

移住者から秋祭りの提案があった。

「新しい簑石の誕生を祝い、住人たちの親睦を深めるため」というのが建前だ。甦り課も招待され、西野課長の判断で末席に加わることが決まった。

祭りの提唱者である長塚さんは、簑石のような小さな小さな世界にあって、権勢欲を隠そうとしない。どんな集まりでも主導権を握りたがり、イベントを提案してきたことも初めてではなかった。今後南はかま市Iターン支援推進プロジェクトが軌道に乗り、人口がどんどん増えるようなことがあったら、長塚さんは簑石を票田に市議会議員選ぐらいには打って出るかもしれない。

そして、仕事上で関係のある市議会議員の一部に比べれば、長塚さんは自分から積極的に汗をかくところがいい。今回も、テントやテーブル、焼き網と炭と七輪セット、食材の手配など、ほとんどの雑務を長塚さんがやってくれた。本人はリーダーになりたがっているが、実務の手際の良さを見ていると、長塚さんは誰かに使われて活きる人材だという気がする。

もし長塚さんに計算違いがあったとすれば、簑石の気候を読み違えたことだろう。秋祭りは十月の半ばに開かれることになったが、高地の山間部にある簑石は、十月初頭の時点でも相当涼しい。二週間も経てば、かなり寒くなることが予想された。

そして、予想通りになった。

秋祭り当日の朝、南はかま市は日中でも十二度までしか上がらないという予報が出た。標高の高い簑石では、もう少し冷えるだろう。

「ウインドブレーカーで間に合うかな」

始業から一時間、時計を見て観山が呟く。南はかま市では、市役所職員がイベントに出る場合に備えて、何種類かの上着が用意されている。いわばスタッフジャンパーだが、なぜか防寒着の品揃えは貧弱で、いまのところウインドブレーカーしか選択肢がない。本当に寒い時は、私物の防寒着を着ていくことになる。

「どうかな。中に厚着していった方がいいと思うぞ」

「ですよね。でも着込んじゃうと、暑かったとき脱げないんですよね……」

西野課長が、きりりと引き締まった顔で言う。

「移住者と交流を深めるのも仕事の一環とはいえ、祭りに行って風邪を引いてきてもらっては困る。各自、充分注意するように」

業務開始から、課長はコーヒーを飲んで煙草を吸って新聞を読んだ。いまはまた、コーヒーを飲んでいる。念のため訊いてみる。

「課長は行かないんですか」

「ああ。別件があって、行けないんだ」

知っていました。より正確には、別件は特にないけど行きたくないから行かないのだということも知っています。

にこりと微笑んで課長の訓辞を聞き流し、観山が訊いてくる。

「五時からでしたっけ」

「開始は、そうだな」

「じゃあ四時に出れば間に合いますね」

何を言っているのだ。

「午後一番で行くぞ。昼飯は急いで食べた方がいい」

「えっ、なんで?」

「いくら招かれた身だからって、何の準備もしないでメシだけ食べるつもりか？　テントは立てたらしいが、食材を運んだり火をおこしたり、やることはいくらでもある。朝一番から行けば向こうの顔を潰すが、行かないなんてありえない」

芝居がかった調子で、観山が天を仰いだ。

「ああ! 今日ぐらいはせめて、お客さん扱いされると思ったのに!」

残念だが、スタッフジャンパーを着てお客さん扱いされる場所は、この世のどこにもないのだ。どこにも。


長塚さんの手配はやはり行き届いたもので、秋祭りの準備は滞りなく進められた。

老朽化して閉鎖されている公民館の前庭に、テントが立てられている。そのまわりにテーブルを運び、七輪を据えて炭を並べていく。カセットコンロも用意されていた。鍋物でも作るのかと思ったが、観山が教えてくれた。

「蒸し野菜をやるみたいですよ」

凝ったことをする。というか、野外で蒸し物を作るなんて聞いたこともない。本当かと疑っていたが、ほどなく移住者の一人が大きな蒸籠《せいろ》を持ってきた。

「あんなもの、わざわざ買ったのか」

すると観山が、何とも言えず冷ややかな目を向けてきた。

「レンタルに決まってるじゃないですか。そういう商売があるんですよ」

「そうなのか」

「万願寺さんって、ときどき一般常識に疎いですよね」

「公務員だからな」

「いまの台詞は撤回した上で、全国の公務員に、中でも特にあたしに謝ってください」

「いいから手を動かせよ」

移住者たちも、それぞれの役目に応じて準備を進めている。藍色のジャージを着込んだ上谷さんが、大きな籠を両手で抱えているのを見つけた。よろめいている。どうやら籠が大きすぎて足下が見えないらしく、危なっかしい。駆けつけて籠の端を持つ。

「二人で持ちましょう」

上谷さんはにっこり笑った。その額には汗が滲んでいる。

「どうも。重くはないんですけどね」

二人で横歩きをする。上谷さんの言うとおり、軽い。籠の中身はキノコだった。太いもの、細いもの、襞《ひだ》になっているもの。土がついたものもある。

「キノコですか」

言わずもがなのことを訊く。

「ええ」

「ずいぶんありますね」

「かさばっているだけですよ。でもまあ、採りすぎたかもしれません」

意外な言葉に思わず視線を上げる。

「上谷さんが採ったんですか」

「ええまあ。これでもキノコと山菜狩りはお手の物なんですよ」

肉づきのいい上谷さんの顔を、まじまじと見てしまった。

「そうは見えませんか」

「いえ……」

ははは、と笑い声。

「まあ、普段はハム……アマチュア無線ばっかりですからね。地元に里山があって、いまでもいい季節になったら戻っているんです」

少し声を潜めると、嬉しそうに言う。

「春になったら、また来て下さい。タケノコをご馳走しますよ。たぶんこのあたりでも採れるでしょう」

久しぶりに、本心からの返事ができた。

「いいですね。楽しみです」

それぞれのテントにキノコを配る。テントのひとつでは、滝山さんがカセットコンロに火を点けようと苦戦していた。あまり顔を近づけているので、こちらも危なっかしい。

「点きませんか」

そう訊くと、滝山さんは振り返って照れ笑いした。

「うーん、元電器屋の店員が火も点けられないんじゃ、恰好がつかないんですが」

「カセットコンロは電気製品じゃないでしょう。仕方ないですよ」

滝山さんがかぶりを振る。

「いや、うちの店はコンロも売っていたんです」

フォローをしようとしたのに、無駄になってしまった。
二、三度試して、着火のための火花が弱いことがわかった。どうやら電池の残量が少ないらしい。
「電池なら、家にあります。ちょっと取ってきますよ」

そう言うが早いか、滝山さんは駆け出していく。その後ろ姿を見送っていると、いつの間にか隣に立っていた観山が呟いた。

「よく走りますね。若いなあ」

大学を出たばかりの観山に言われると、何とはなしに腹が立つ。

走る滝山さんとすれ違いに、二人組が秋祭り会場に近づいてくる。観山が、すっと視線を逸らした。

「来ましたね」

まだ距離があって、誰が来たのか実はよく見えていない。が、観山の雰囲気でなんとなくわかった。河崎夫妻だろう。奥さんは自分流の生活を貫くひとなので、こういうイベントには来ないかと思っていたが。

旦那さんの方と目が合う。と、いきなりこちらに駆けてきた。目の前まで来ると弾む呼吸を整えて、帽子を取り、深々と頭を下げてくる。

「どうも、万願寺さん。ご無沙汰しております。その後なかなかご挨拶も出来なくて、失礼しました」

こういうひとだとわかってはいたが、久しぶりなので少し面食らう。

河崎一典さん。タクシードライバーで、妻より六つ年上の三十五歳だ。だが、書類に記入した年齢が間違っていたのではないかと思うほど、顔にも振る舞いにも若さがない。小さな体をいつも小さく縮こまらせている。あまりしゃきっとしたところがなく、このひとが同僚にいたら歯がゆいことだろう。けれど、甦り課の一員として仕事をする上では、一典さんは好きだ。少なくとも一典さんはわれわれを便利屋扱いして顎で使うことはない。

一典さんは、妻の由美子さんがまだ道なかばを歩いていることを確認してから、もう一度頭を下げた。

「いつも、うちのがご迷惑をおかけしているんじゃないでしょうか。あまり皆さんを困らせてはいけないと、私からもそれとなく言ってはいるんですが、どうも効き目がありませんで。申し訳ありません」

「いえ、迷惑だなんて、そんな。なあ」

観山を見ると、何を白々しいと言わんばかりの醒めた目を向けられた。そんな顔をされても、「はい、奥さんには少し困っています。ご主人ももう少し強くおっしゃってください」と言うわけにはいかないだろう。

ただ、一つだけ確認しておかなければいけないことがある。

「ええと、奥さんは今日、大丈夫なんですか」

「は。大丈夫、と言われますと」

「いえ、その」

テントの中を見る。七輪に蒸し器、肉や野菜やキノコが山と盛られたザルが、着々と準備されていく。少し、声を低くする。

「今日は親睦会ですから、その」

「……ああ」

これだけのやりとりで、一典さんは話を察してくれた。

「いつもの癖であれがよくないこれは駄目だと言い始めては雰囲気が悪くなると、そういうことですね」

「そこまでは言いませんが」

そこまでは言わないが、言いたいことはまさにそれだ。この秋祭りは和やかに、穏やかに、平和裡《へいわり》に終わってほしい。移住者は、由美子さんにいつもの調子でまくしたてられても黙って聞いているひとばかりではない。

無理に作ったような笑みが、一典さんの表情に浮かんだ。

「そのことでしたら、ご心配なく」

「はあ」

「うちのは、大勢の前では大人しくなります。ひとから渡されたものは絶対に飲み食いしませんので、その点では少し雰囲気を悪くするかもしれませんが、ひとさまのことを表立ってくさすようなことはいたしません。それは、私が保証します」

注がれた酒を飲まない、というようなことだろうか。たしかに気にするひとは気にしそうだけれど、大きな問題ではなさそうだ。しかし、こう言っては申し訳ないが、一典さんの保証をどれほど信用していいのだろう。

そんな不信をあからさまにするわけにもいかない。にっこり笑って、

「安心しました」

と言うしかない。

ほどなくやって来た由美子さんはひそひそ話に気づいたのか、眉を寄せた。けれど何

も言わず、黙って頭を下げただけだった。

五時になった。風が冷たくなるにつれ、カセットコンロや七輪が恋しくなってくる。会場にはいつの間にか、ビールケースを逆さにした即席の演台が設けられていた。広場に来ている人数を目で数えると、移住者のほぼ全員が来ているようだった。半分ぐらいは協調性に難がありそうな中、この出席率は大成功と言っていい。長塚さんの人徳か、あるいは根まわしの成果だろう。乾杯に備えて飲み物を配るようなので手伝いを申し出て、ビールやウーロン茶が注がれた紙コップをトレイに載せ、移住者のあいだをまわっていく。

メガホンを片手に、長塚さんが出てきた。五十四歳。ぎらぎらとした目つきが特徴的な、ひどく精力的なひとだ。ただ者でない感じがする一方、大物だという感じもしない。第一印象は〝成功談を語りたがる中小企業の社長〟で、その印象はいまでもあまり変わっていない。長塚さんは誰にともなく一礼すると、不安定なビールケースに登った。ぐらつきもせず見事に直立して、メガホンを口に当てる。

「あー、あー」

ハウリング音が巻き起こり、数人が耳を押さえる。長塚さんは平気な顔でメガホンのつまみをいじると、一つ大きく咳払いをして、声を張り上げはじめる。

「えー、みなさん。今日は簑石秋祭りということで、僭越《せんえつ》ではありますが、わたくし、長塚昭夫《あきお》から一言ご挨拶を申し上げます。われわれ、簑石の新しい住民は、それぞれ全く別の人生を歩んでおりました。それがこうしてひとところに集まり、生活を営み交流が始まるというのは、思えば感慨深く、まさに袖振り合うも多生の縁と申せましょう。新しい共同体を構築するのは一つの世界を生み出すに等しく、最初の一歩がいかに重要であるかは言を俟《ま》ちません。わたくし、長塚昭夫がご提案させていただいたこの秋祭りが、その一歩に少しでも役立てば、喜びはこれに勝るものがありません。さて……」

本当はまだ何か話したかったのだろう。だが長塚さんは一同を見まわして、長話を嫌う雰囲気を敏感に察したらしい。さっさと切り上げる方向に話を変えた。

「では、このあたりにいたしまして、乾杯といたしましょう。では……。簑石の、今後いっそうの発展を祈って。乾杯！」

返ってきた乾杯の声は、思ったより明るく、大きかった。

仕事が少し報われた。そう思ってしまったことは、否定出来ない。トレイを持っているせいで自分自身は乾杯に加われなかったけれど、それもまた市役所職員らしいと思って、少し笑った。

広場に四つ据えられたテーブルを、それぞれ数人で囲む。気の早いテーブルではもう肉を食べ始めている。

「万願寺さん、こっちこっち」

と、観山が手招きする。そのテーブルを囲んでいたのは、河崎夫妻、上谷さん、滝山さん、そして観山の五人だった。一つのテーブルに六人つくと少し窮屈だが、顔だけは出しておこうと近づく。

「やあどうも、お疲れさまでした」

滝山さんが笑いかけてくる。手にはトングを持って、七輪の前に陣取っている。七輪の上には極太のソーセージが二本と、タマネギやピーマンやキャベツ、それに上谷さんが採ってきたというキノコがずらりと並んでいた。

「少し待ってください。すぐに食べられますよ」

まだ火勢が弱いのか、どれも焼けた気配はない。滝山さんはしきりと、網の上の食材をひっくり返している。焼くだけとはいえ、移住者が料理するのをただ見ているだけというのは変だろう。

「代わりましょうか」

と訊くけれど、滝山さんはかぶりを振った。

「お気遣いなく。こういうの、楽しいですね」

カセットコンロと蒸し器のセットは、河崎一典さんが見張っている。湯は早い段階で沸かし始めていたのか、竹製の蓋の隙間からはもう盛んに蒸気が出ていた。

「何を蒸しているんですか」

楽しげな声が返ってきた。

「いろいろですよ。いろいろです」

「ははあ」

もう一度繰り返す。

「何を蒸しているんですか」

「そうですね。ブロッコリーとかアスパラガスとか、シュウマイも蒸してます。あ、まだちょっと早いですよ」

まだ早いと言いながら、一典さんは長い菜箸を持ったまま離そうとしない。会話の合間ごとに箸をかちかちと鳴らしている。堂に入った鍋番だ。

「飲み物はどうします？」

横から上谷さんが訊いてきた。反射的にビールと答えそうになるが、そういうわけにもいかないだろう。簑石には車で来ている。

「ウーロン茶でお願いします」

「じゃあ、はい」

テーブルに並んだ紙コップから一つを手渡され、上谷さんがウーロン茶を注いでくれる。お返しにこちらも注ごうとするけれど、上谷さんはもう自分の飲み物を確保していた。

七輪が熱を出すせいか、それとも体が慣れたのか、それほど寒いとも感じない。風がないのも幸いした。隣のテーブルで笑い声が上がる。ほとんど知らない顔同士のはずが、テーブルを囲んで笑い合っている。

不意に、肩に手を置かれた。

「悪くないですねえ」

観山だ。手には紙コップ。だが、匂いを感じた。

「まさかと思うが、その飲み物は何だ」

「え？　ビールですよ」

どうして当然のように答えられるのだ。それはたしかに帰りも観山は運転しないが、それを差し引いても、いまは仕事中ではないのか。

「万願寺さんは飲めなくて気の毒ですね」

もう窘《たしな》める気も失せた。後で問題になっても、決してかばったりするものか。そう思っていると、心なし冷ややかな声が飛んできた。

「市役所の方もお飲みになって大丈夫なんですね」

ほらみろ。

言ってきたのが誰か声の方を見るまでもなくわかるが、それでもいちおう振り返る。

河崎由美子さんが胸の前で紙コップを捧げ持ち、口元だけは笑みを作っている。目が合うと、由美子さんは改めて言った。

「お酒、お飲みになるんですね」

かばわないと決めたばかりだが、由美子さんに「そうなんですよ、本当に不出来な新人で」と言う気にもなれない。敢えて絞り出した快活さで、

「大丈夫です。運転は私ですから」

と言っておく。由美子さんは鼻白んだようだが、ふいと横を向いたきり、言い返しては来ない。大勢の前では大人しいというのは、どうやら本当のようだ。

「さあ、キャベツはもういいかな！」

滝山さんが声を上げる。そして、炙《あぶ》られて緑が濃くなったキャベツをトングでつかみ、大皿に移しはじめた。

こういう野外での食事では、めいめいが小皿を持って、焼けたものを好き勝手に取っていくものだと思っていた。焼けたものから大皿に移すというのは初めて見たが、それなりに合理的だという気もする。ほどよく腹も減っていたので、割り箸を割って手を伸ばす。

キャベツは半生だった。ほんのり温かいが、火が通ったというには早い。それでも、それだけの加熱で甘みが引き出されている。

「うん、うまいですね」

と言った言葉は、嘘ではなかった。

　甦り課コンビのほかは上谷さん、そして由美子さんが役目にあぶれ、食べる係になる。ほどなく一典さんも、蒸し上がった野菜を大皿に並べ始める。

「シュウマイは、きっとまだでしょうね」

　そうだろうと思うが、あんまり野菜ばかり先に食べていると、肉の仕上がりが待ち遠しくなってくる。バーベキュー用の食材の中には、すぐ火が通りそうな薄切りの肉もあるようだ。それを焼こうと箸を伸ばしかけると、滝山さんのトングが突き出された。

「大丈夫です。万願寺さんには普段お世話になっているんですから、こんな時ぐらい任せてください」

　そして、また分厚いソーセージを焼き網に載せる。

　肉ぐらい自分のタイミングで焼きたい、という気持ちがないわけではない。けれど、滝山さんの気持ちと言葉が嬉しかった。

4

　観山の頬が赤みを帯び始める。本当に飲んでいるのか……。

テーブルは四つある。市のスタッフジャンパーを着込んでおいて、一つのテーブルから動かないというわけにもいかない。ウーロン茶の入った紙コップを手に、他のテーブルもまわる。

笑い上戸、泣き上戸、陽気な酒、陰気な酒。秋祭りの企画が出されたとき、前向きな移住者ばかりではないという感触があったけれど、こうして食べ物と飲み物を前にして集まると皆それなりに楽しんでいる。

ほんの少し、風が出てきた。あちこちでお相伴《しょうばん》にあずかった焼き肉、焼きもろこし、焼きソーセージその他のおかげで体が温まり、このぐらいの風なら気持ちがいいぐらいだ。顔を上げるとまだ暮れきっていない空には三日月が浮かんでいて、時計を見れば六時になろうとしていた。後片づけまで残っても、残業代はつかないだろうな。

「万願寺さん」

後ろから呼ばれた。観山の声だ。

「おう」

振り返ると、観山の顔がこわばっていた。

「おう、じゃありませんよ。仕事中なのに、そんなにたるんで」

「お前に言われたくない……」

「いいから！」

何か起きたらしい。ぴりりと、全身に緊張が走る。

「どうした」

「河崎さんの様子がおかしいです。頭とお腹が痛いって言っています」

「旦那さんと奥さん、どっちだ」

「奥さんの方です」

ちょっと考える。

「風邪でも引いたんじゃないか。旦那さんに付き添わせて、帰らせてやればいいだろう」

するると観山はもどかしげに、スタッフジャンパーの袖を引っ張ってきた。

「そんな状態じゃないんです！　見ればわかるから、すぐに来て下さい！」

ただ事ではなさそうだ。走る。

河崎由美子さんはテーブルに突っ伏していた。その腕も足も、見るからにぐったりしている。いまにも地べたに倒れそうなところを、意地と根性で耐えているといった感じだ。たしかに、これは異状だ。

「どうしました、河崎さん。大丈夫ですか？」

声をかけるが、荒い息づかいばかりが返る。意識が遠のいているのかもしれない。

「河崎さん！」

呼びかける。すると由美子さんは、ゆっくりと顔を上げた。額には脂汗が浮き、顔色はぞっとするほど白い。

「大声を出さないでください……恥ずかしい。常識が……」

と言いかけて、自分の口元を押さえている。

まわりを見まわすと、はじめからこのテーブルについていた上谷さん、滝山さん、河崎一典さんのほかに、異状に気づいたのか数人が集まってきていた。一典さんに向けて、言う。

「救急は呼びましたか」

一典さんは右を見て、左を見て、それからまた右を見た。そして誰も自分の代わりに答えてはくれないと知ったのか、ひどく申し訳なさそうに言った。

「いえ」

「呼んでください」

「でも、うちのは……」

ぜえぜえと息を吐いていた由美子さんが、いきなり甦ったように体を起こして叫んだ。

「やめて！　そんなこと、やめて！」

その声で、かえって広場中の注目が集まってしまう。一典さんはもじもじと指を組み合わせたり組み替えたりしながら、泣きそうな声を出す。

「うちのもああ言っていることですし、その」

「そんな場合ですか」

「でも……」

また、由美子さんの方が叫ぶ。

「救急車なんか呼ばれたら、恥ずかしくて生きていけない！　そんなことしたら、あんた殺すから！」

それだけ言ったかと思うと、意志の力も尽き果てたように地面に転がった。かろうじて体をうつぶせにして、吐き始める。意識がはっきりしていないのかもしれない。

「河崎さん！」

一典さんを怒鳴りつける。しかしそれでも返ってきた言葉は、

「でも、うちのは……」

だった。

話にならない。携帯電話を取り出す。一典さんが「あ、あ、うちのは、でも」と口ごもるのを無視して、一一九番に通報する。

『はい、一一九番です。火事ですか、救急ですか』

「もしもし。救急です」

『どうされましたか』

「野外で食事をしていたところ、女性が一人倒れました。頭痛と腹痛を訴え、嘔吐《おうと》を繰

り返しています」

言いながら、テーブルの上に目を走らせる。倒れた原因を考える余裕はなかったが、自分の言葉で気がついた。頭痛はともかく、食事後に腹痛と吐き気に襲われたなら、何か悪いものを食べたおそれがある。放っておけば、他の人間にも同じ症状が出るかもしれない。

テーブルの上には、未調理の食材を載せたプラスチックのトレイと、調理済みの料理を盛った大皿、そして個人で使う取り皿が並んでいる。未調理の食材は、この際関係ない。調理済みの料理を盛った皿を見る。

大皿には、火の通った食材が山と積まれていた。焼き網担当の滝山さんがペースをつかめず、焼きすぎてしまったのだろうか。一口大の肉、キャベツ、ピーマン、タマネギ、そしてキノコが、どれも黒々と焼き網の跡を残して盛られている。たとえ肉が腐っていたとしても、こんなに早く、激しい反応を引き起こすものだろうか。視線は自然と、焼き跡のついたキノコに向かう。

耳をつんざくような悲鳴が上がった。金切り声で、意味があるようには聞こえなかったが、やがてわかった。

その声は、由美子さんがこの期に及んで叫んだ、「やめて」という言葉だった。

5

秋祭りから、二日が経った。

間野出張所の甦り課で、もうずいぶん長い時間、一枚の書類を睨んでいた。始末書だ。始末書を書くのは初めてではないし、社会人必携と謳《うた》った始末書の文例集も持っていた。それでもなお、何を書いていいのかわからない。あの日の出来事のどこに反省すべき点があったのだろう。その場しのぎのごまかしにでも、書くことが見つからない。

救急車が来るまでには、やはり四十分かかった。立石速人くんのケースよりは早かったが、そうはいっても待つ時間は長い。まして、南はかま市の地図が頭に入っているわけではない移住者たちにとっては、なおさら長く感じられたことだろう。「まだ来ないのか」「本当に救急車を呼んだのか」などと、ずいぶん詰め寄られた。だが救急に時間がかかったのは、どう考えてもこちらのせいではない。いっそのこと、事前に空飛ぶ救急車を配備しておかなかったことが反省点だとでも書いてやろうか。

症状は見ていて悲惨の一語に尽きたが、病院に運ばれた河崎由美子さんは点滴治療を受けて回復したと聞いている。命に関わることはなく、後遺症もないだろうというのがせめて不幸中の幸いだった。

オフィスの磨りガラスに人影が映る。ノックもなくドアを開けて、観山が入ってきた。薄い書類をうちわのように振っている。

「万願寺さん。保健所の結果、出ました。やっぱりキノコです」

「やっぱりか。何てキノコだった？」

「カキシメジの可能性が高いそうです」

なるほど。

「知らないキノコだな」

「万願寺さん、どんな毒キノコだったら知ってるんですか」

「言われてみるとあんまり知らない。テングタケとかあった気がする」

「じゃあどうして、キノコの種類を訊いたんですか」

始末書を書く材料になるかもしれないからだ。

それに、始末書の次は詳細な報告書を作って、課長に出さなくてはならない。詳しい経緯は知る必要がある。たとえ、知らないキノコが原因でも。書類を机に置くと、観山は声の調子を改め、重々しく言った。

「それともう一件。悲しいお知らせです」

「記念すべき第一回秋祭りが台無しになったこと以上に？　その台無しになった責任が、なぜか俺にかぶせられそうになっていること以上に？」

「まあ、どっちがと言われると判断つきませんけど。後で話しましょうか？」

観山がくちびるを尖らせる。いくら処分が理不尽でも、後輩に当たり散らすことはなかった。大きく息を吸って、ゆっくり吐く。

「……悪かった。悲しいお知らせっていうのは？」

「別に悪いとは思ってませんけど」

観山が肩をすくめる。

「上谷さんが消えました。夜逃げです」

「ああ！」

思わず声を上げてしまった。これで六世帯目だ。少しは軌道に乗ったかと思っていたのに！

「原因は？」

「さあ。でも、予想はつきますよ」

「……そうだな」

秋祭り用のキノコは、上谷さんが自ら山で採ってきたものだ。そのキノコで食中毒が出たのでは、責任は重いと言わざるを得ない。しかも当たったのがよりにもよって、かねて難癖を付けてきていた河崎由美子さんだ。たとえ食中毒が事故だとしてもクレームが過熱することは目に見えている以上、逃げるのも無理はない。無理はないが、気づいていれば止められたのに。

「また一軒、空き家になっちゃいましたね」

返事をする気にもならなかった。開村式から、いやその前から、どうしてこうも悪いことばかりが続くのか。

「……上谷さんが一服盛った、なんてことはないよな」

やさぐれた気分のままに、そんな言葉が口をつく。観山が「えっ」と言って、動きを止めた。さすがにこれはまずかった。力なく手を振る。

「いや、冗談だよ。悪い冗談だった」

「冗談ですか？」

「ちょっと疲れてるんだ。課長には黙っておいてくれよ」

するると観山は、手をぶんぶんと左右に振った。

「あの、何か勘違いしてませんか？　あたしも同じこと思ってました」

「同じって……上谷さんがわざと毒キノコを食わせた、と？」

無言の頷きが返ってくる。静まりかえったオフィスに、風が窓に当たる音だけが響く。

「まあ、座れ」

そう言うと、観山は自分の席から椅子を持ってきた。近くに置いて、座る。上半身を乗り出して、小声で言った。

「だって、おかしいと思いませんか。テーブル四つ分のキノコを、全部上谷さんが用意したんですよ。そりゃ、あれだけ採れば毒キノコが混じることもあるかもしれないですけど、それを食べたのが……」

「トラブル相手の河崎さんだけというのは出来すぎだ、と？」

「そう思いませんか」

腕を組んで、椅子の背もたれに身を預ける。古い備品の椅子は、体重をかけると不吉な音を出して軋む。そのうち、ばきっと折れるだろう。

そのままの姿勢で、首を横に振る。

「河崎さんに毒キノコを食わせて、上谷さんに何の得がある？　上谷さんは、ただアマチュア無線を楽しみたかっただけだ。どう見たって怪しいシチュエーションで河崎さんに毒を盛って、挙げ句にせっかく作ったアンテナを放棄して簑石から逃げ出すんじゃ、何がしたかったのかわからない」

一瞬、観山があきれた顔をした。

「万願寺さんは他人の心がわからないひとですね」

「なんだ、藪から棒に」

「河崎さんの文句に我慢できなくなって、もう出て行くって決めて、最後に腹いせに毒キノコを食べさせたのかもしれないじゃないですか」

ああ、そういう考え方があったか。つまり、上谷さんは後先考えず復讐に走るほど追い詰められていた、という説だ。たしかにそういうことも可能性としてはあり得る。

「うーん」

だが上谷さん自身の姿を思い浮かべると、どうも納得出来ない。

上谷さんは、簑石での生活を楽しんでくれていた……と、思う。河崎由美子さんの抗議には困っていたようだが、それもたった一度、愚痴のような話を聞かされただけだ。一服盛るほど追い詰められていたなら、もうちょっと本気で対応するよう迫ってくると か、何か前兆がありそうなものだ。記憶の中の上谷さんは、趣味の話をするときには目を輝かせ、趣味に加えられた迫害について話すときは誤解も織り込み済みといったように諦め気味だった。いきなり、ひとが集まる秋祭りで一服盛るというのは、飛躍しすぎという気がする。

……それとも、あの諦めたような調子の裏では、誰にも言えない鬱屈を溜め込んでいたのだろうか？

「見た目だけじゃわからないな」

足を投げ出す。

「ひとは見た目によらないんですよ。学校で習いませんでした？」

「観山くん、もうちょっと職場の先輩を敬おうか」

天井を仰ぐ。

「そうなると、警察沙汰だなあ」

するど観山は、昼ご飯はどこそこがおいしいですよ、というような気軽な調子で、

「言わなきゃわかりませんよ」

と言った。

そういうわけにはいかない……と言いたいが、たしかに、黙っていればただの事故で済みそうな気がする。キノコの中毒は毎年何件も起きているし、警察の捜査に対して情報を隠蔽しているわけではなく、自主的には言わないだけのことだ。よし。訊かれるまで黙っていよう。

「上谷さんなのかなあ」

観山が呟く。自分自身、あまり信じていなさそうな口ぶりだ。

「まあ、なあ。キノコを用意したのは上谷さんだからな」

「秋祭り用にキノコを採っていて、たまたま毒キノコを見つけて、河崎さんに食べさせることを思いついて、持って帰ってきた。ありえなくはないですよね」

そうだな、と言いかけて、ふと気づいた。

「毒キノコを手に入れて、持ち帰る。秋祭りになる。で、そこからは?」

「え?　河崎さんに食べさせる」

「どうやって？」

「どうやってって、たしかあの日、キノコは七輪で焼いていましたよね」

そうだった。七輪の焼き網の上で焼いていた。香ばしそうな網目模様がついたキノコが、ずらりと大皿に並んでいたのを憶えている。

「おいしく焼けたら、それから……もちろん……」

かくん、と観山が首を傾げる。

「あれ。どうやるんだろう。これどうぞ、って勧めたのかな」

由美子さんは、まさか毒キノコを食べさせられるなんてことは警戒していなかったはずだ。勧められたら無防備に受け取ってしまったかもしれない。

……いや、違う。思い出した。

「河崎さんは、自分で取ったものでないと食べなかったはずだ。河崎さんの旦那さんが、秋祭りが始まる前にそう言っていた。ひとから渡されたものは絶対に飲み食いしないから、少し雰囲気を悪くするかもしれない、と」

観山は深々と頷いた。

「でしたね。言われてみれば」

通りがかる車の排気ガスやアマチュア無線の電波まで気にするほど、暮らしにこだわりのあるひとだ。食べ物にはいっそう気をつけていただろう。他人に渡されたものは食べないというより、自分で選んだ食べ物でなければ食べる気がしなかったのではないか。

観山が椅子に深くもたれる。観山の椅子も古いので、やっぱり不吉な音を立てて軋む。

「あたし、河崎さんに事情を聞きに病院まで行ったんですけど。もし他人から受け取った食べ物で当たったんなら、そのときに話が出たと思うんですよね。何も言わなかったってことは……」

「本当に誰からも受け取っていないんだろうな」

「じゃあ、やっぱり事故だったのかな。事故だとすれば、上谷さんが責任を感じるのももっともだってことになりますけど」

「事故、なあ……」

「納得できませんか？」

「どうかな……」

沈黙が降りた。椅子が軋む音と、風で窓ガラスが揺れる音が響く。

おもむろに口を開く。

「正直、偶然だとは思えない。河崎さんは上谷さんの恨みを買っていたし、滝山さんにも迷惑をかけていた」

「困っていたっていうなら、夫の一典さんもそうですよ。自然が大好きな奥さんに連れられて、仕事には不利な簑石に引っ張ってこられたんですから。あたし、愚痴を聞いたことがあります」

「その面々が集まったテーブルでそれぞれが食事して、河崎由美子さんだけが倒れた。……やっぱりこれは、おかしいな」

机に向かい、プリント用紙を出す。ボールペンを走らせて長方形を書く。あの晩のテーブルを描き出そうとする。

テーブルにあったものは、食材を入れたトレイ、焼き上がったものを盛る大皿、ビール瓶とペットボトル入りウーロン茶、個人で使う取り皿、紙コップ、割り箸、焼き肉のタレ、塩の瓶、蒸し器を載せたカセットコンロ。そしてテーブルの横には、炭火焼き用の七輪があった。

「俺が見たときは、焼き網七輪の担当は滝山さん、蒸し器の担当は河崎一典さん、飲み物を配るのが上谷さんだった。俺は途中で他のテーブルに行ったけど、その後はどうだった？」

観山はずっと、最初のテーブルで飲み食いしていた。とはいえひとの動きまで観察しているか……と危ぶんだが、思ったよりはっきりした答えが返ってきた。

「ずっとそのままでしたよ。滝山さんは張り切ってトングを離そうとしなかったし、河崎一典さんも、何というか、手持ち無沙汰になるのを怖がるみたいに熱心でした」

「間違いなく？」

少し宙を睨んでから、慎重な答えが返ってくる。

「みんなの動きを完全に監視していた訳じゃないです。だから少しぐらいは怪しい動きがあっても、わからなかったと思います」

「毒を塗るとか？」

「毒を塗るとか。七輪と蒸し器の担当は最後まで変わりませんでしたが、上谷さんは違いました。最初のうちは飲み物を配ってくれましたが、あとの方はみんな、好き勝手に注いでましたから」

「とはいえ、上谷さんが飲み物を配ったことは間違いない……」

「いくらなんでも、コップにキノコが浮かんでたらわかりますよ」

それはどうだろうか。中毒を起こしたキノコがカキシメジとわかったからといって、それがキノコらしい形で食べられたかどうかはわからない。上谷さんはキノコを粉末にして飲み物に混ぜたかもしれない。

「それに、河崎さんがひとから渡されたものを飲み食いしないっていうのが本当なら、たとえ毒入りの飲み物を渡されても飲まなかったはずです」

ううむ、と唸ってしまう。たしかに、それはそうだ。

となると、

「……大皿に盛った食べ物、というか焼きキノコの中から、河崎由美子さんが自分で毒キノコを選び取ったとしか考えられない」

「そうなると、やっぱり事故ですよね」

首を横に振る。

「数あるキノコから、本人の意志で毒キノコを選ばせる方法があればいい」

観山が、露骨に嫌な顔をした。

「そんな魔法みたいなことを……。催眠術とか？」

むっとして言い返す。

「魔法というか、手品だな。自分の意志で選んだと思わせて、実は特定の何かを選ばせる。マジシャンズセレクトっていうらしい」

「どこで知ったんですか」

「テレビでやってた」

溜め息をつかれた。職場に慣れてきたからか、観山はだんだん遠慮がなくなっている。

「万願寺さん。あたし、少しだけ手品のことわかるんですけど、一般的なマジシャンズセレクトであのテーブルから毒キノコをつかませるなんてことは出来ませんよ」

観山に手品の知識があるというのは初耳だ。観山はいつも、意外なところで意外なことを知っている。

それはともかく、一般的なマジシャンズセレクトでは不可能だとしても、何か別の方法で誘導したという可能性は残る。たとえば……。

……思いつかない。そんなこと出来るはずがない。同じように焼き網で焼かれ、おいしそうに焼き目をつけられ、同じように大皿に盛られたキノコの中から、狙った相手に毒キノコをつかませるなんて。それこそ魔法めいている。

滝山さんは焼き網を載せた七輪の前から動かなかった。

河崎一典さんは蒸し器の前から動かなかった。

上谷さんは最初のうち飲み物を提供した後は、好きなように動けた……。

ただこうして秋祭りの日のことを思い出していると、

「……考えてみれば、あのテーブルだけ他と違うところがあった」

ほとんど独り言のように、言う。

「他のテーブルでは、バーベキューの焼き網から直接、食べ物を取っていた。いったん大皿に盛って、それからそれぞれが取り皿に取っていたのは、あのテーブルだけだ」

それは何かを意味しているのか？

それとも、何も意味していないのだろうか？

わからないまま時間が過ぎる。始末書はずっと白紙のままだった。

6

課長が「河崎さんを呼んでくれ」と言い出したときには、意図を測りかねた。観山と手分けして報告書を書き上げてから、二日が経った。ふだんはろくに仕事をしない課長だが、今回はデスクでじっくり報告書を読む姿が見られた。もっとも、本当に読み込んでいたのかはわからない。少なくとも読んでいる間、課長は他の仕事を全部止めた。

とりあえず、

「どうしてですか」

と訊く。質問には二つの意味を込めている。一つは「どうして河崎さんに会いたいのか」。もう一つは「会いたいならこちらから出向けばいいのでは」。課長はあまり箕石に行かない。たまには顔を出してもバチは当たらないと思う。

課長は、ゆるんだネクタイをさらにゆるめつつ、言った。

「いやね、君の報告書を読んじゃったからね。さすがに何もしないのはまずいかなあって思ってさ。ちょっとは仕事しないと」

耳を疑った。まさか課長に、仕事をしていない自覚があったなんて。

「訊きたいことがあるんだよね、河崎さんに」

「電話番号はわかりますけど」

「いやまあ、電話だとアレじゃない。いつもの応接室取ったから、連絡お願い」

もう部屋を押さえてしまったらしい。変なときだけ仕事が早い。

「……わかりました。でも、奥さんの方はまだ本調子じゃないです。ここまで来てもらうのは難しいかと」

するとと課長は、もうすぐ六時になる時計を気にしつつ、手をひらひらと振った。

「ああ、旦那さんだけでいい。というか、旦那さんだけ呼んで。頼んだよ」

出張所の応接室には、富士らしき台形を描いた絵が飾ってある。上の方が白い台形なのでたぶん富士だろうと思うのだが、いまだ正体はつかめていない。いちど、合併前からこの建物で働いていたひとにあれは何の絵かと訊いてみたけれど、首を傾げて「富士じゃないか。上の方が白いし」と返ってきただけだった。

河崎一典さんと話し合う場には同席するよう、西野課長に命じられた。椅子に座った一典さんがいつにも増して体を縮こまらせているので、狭い応接室がいつもよりも広く感じられた。

「どうも、ご無沙汰しておりまして。まあお座りください。奥さんの具合はいかがですか」

親しげに、あるいは軽薄に、課長がそう声をかける。一典さんの表情には疑いの色が濃い。ゆっくり椅子を引いて座りながら、上目遣いに課長を見ている。用件がわからないのだろう。

「おかげさまでだいぶ良くなりました」

「それはよかった。今日は是非、直接お目にかかってお見舞いをお伝えしようと思いまして」

一典さんが眉根を寄せた。

「はあ、ありがとうございます」

それだけのために出張所まで呼び出したのかと、不審に思っているようだ。気持ちはわかる。いま一典さんに何のご用ですかと訊かれたら、答えられる自信がない。

「ですが、奥さんにとっては相当ショックだったでしょうな」

「ショック……ですか」

課長の前には、一束の書類が置かれている。秋祭りの顚末に関する報告書だ。その上に手を置いて、言う。

「部下の報告書が詳しくて、いつも助かります。これを読む限り、奥さんはだいぶ自然主義というか、いろいろ気を遣って生活なさっていたようですな。まあ、ぼくなんぞも本当はそうありたいんですが。このあいだの健康診断で、結構な数字が出ました」

「はあ」

「奥さんはそれだけ身のまわりに注意していたのに、まんまと食当たりしてしまった。しかも信じ切っていた自然物にやられた。これはもう、裏切られたようなものでしょう。お気持ちは察するにあまりあります」

一典さんは顎の動きだけで頷いた。

「恐縮です。たしかに妻は、落ち込んでいます」

「でしょうな」

そして課長は、ゆっくりと嚙んで含めるように言う。

「まことに不運でした。あの祭りでは皆さんがキノコを食べた。それなのに、まさか奥さんお一人が当たるなんて。いちおう祭りの後で残った食材を調べさせましたが、カキシメジは見つかりませんでした。つまりあの晩、毒キノコは一本しかなかった可能性が強いということです。それがまさかねえ。恐ろしい偶然ですな」

「はい、あの」

ポケットからハンカチを出し、一典さんがひたいを拭う。

「用件が見舞いでしたら、お気持ちは充分にいただきました。その、すみませんが、早めに切り上げていただけますか。今日は夜勤なので……」

「いや、待ってください。話はこれからです」

手を挙げて押しとどめ、課長は咳払いをした。

「失礼ですが、奥さんは周囲と摩擦を起こしていたそうですな。その中で、たった一本の毒キノコを奥さんが召し上がった。われわれはね、これをただの偶然と片づけるわけにはいかないぞと、そう思っておるんです」

一典さんが、はっと顔を上げた。

「まさか、そんな！　誰かがうちのに毒キノコを食べさせたと、そうおっしゃるんですか！」

「おや。ご主人はそうお思いになっていませんでしたか」

そう訊かれて、一典さんはまたおずおずとした態度に戻った。

「ああ、はい、いえ。……お言葉を返すようですが、毒キノコが一本でも混じっていれば誰かが食べるんです。それがうちのだったのは不運でしたが……」

「あり得なくはない、と」

「そうです」

課長が腕を組む。

「どうも奇妙ですな。奥さんが酷い目に遭われたのは誰かのせいだったかもしれないと、そう申し上げておるんです。ところが当のあなたは、あれはただの事故だったとおっしゃる。まあ言葉は悪いですが、犯人と言っておきましょうか。奥さんに毒キノコを食わせた犯人が、憎くはありませんか」

一典さんは、はっきりと答えた。

「証拠もないのに、憎むだなんて考えたこともありません」

「なるほど」

少しずつ、会見は不穏な方向に進みつつある。

課長は、あの食中毒は誰かが意図的に引き起こしたものだとほのめかしている。一方で一典さんは、それを否定しようとしている。たまりかねて、口を挟んだ。

「課長。報告書にも書きましたが、河崎由美子さんは、自分で食べるものは必ず自分で取る主義だったそうです。仮に誰かが毒キノコを食べさせようとしていたのだとしても、渡されたものは決して食べなかったと思いますが」

応援を得て、一典さんが意気込む。

「そうです。間違いありません。うちのは自分で毒キノコを選んだのです」

「なるほど」

「うちのに訊いて下さっても構いません」

「なるほど」

ゆっくりと、課長が身を乗り出していく。

「逆に言えば、毒キノコを選ぶように奥さんを誘導することが出来れば、犯人の目論見は上手くいくということですな。河崎さん。自分で食べ物を選んだかどうか奥さんに訊いてもいいとおっしゃるが、ぼくはね、他のことをお尋ねしたいと思っておるんです」

微妙に首をめぐらせ、課長の目がこちらを向く。どんよりとした目だ。

「万願寺くん。河崎さんの奥さんが避けようとしていたものを挙げてみて」

「あの……」

ちょっと、一典さんの前では言いにくい。

「ねえ、頼むよ」

言いにくいけれど、西野課長は上司だ。頼むという言葉は使っているけれど、これは命令だろう。従わざるを得ない。

「車の排気ガスを嫌っていました。それと、上谷さんのアマチュア無線。というか、アンテナから出る電波が体に悪いんじゃないかと心配していました。あとは……コーヒーのことを良くは言っていませんでした」

「それから？」

「直接見聞きしているのは、その三つです」

課長は、ふうん、と呟いた。

「君もずいぶん忙しかったみたいだから、ちょっと忘れてるかも知れないな。この報告書にはもう一つ、河崎さんの奥さんが避けようとしていたものが載っているんだが」

突然、一典さんが大声を上げる。

「滝山さんだ！　どうやったかは知らねえけど、うちのに毒キノコを食わせた野郎がいるっていうなら、滝山さんに決まってる！」

……その目はぎょろついて、異様だった。机に手をつき、椅子から立ち上がらんばかりにして叫び続ける。

「そうだろう。だってあの日、キノコを料理していたのはあの男だ！　うちのはあの男に、あいつに……」

そこで一典さんは、はっとしたように言葉を呑んだ。いきなり電池が切れたように、かくんと椅子の上でうなだれる。

課長が、ひどくつまらなそうに言った。

「そうですな。キノコを焼いたのは滝山さんだ。もし上谷さんが逃げなかったら、滝山さんが疑われていたかもしれない。そうなることを期待なさっていましたか？　当てが外れて、お気の毒です」

そんな、まさか。

「課長。課長は、河崎さんが自分の奥さんに毒キノコを食べさせたというんですか？　そんな危険なことを！」

「ぼくはそんなこと言ってないよ。ただ、奥さんは吐いて救急車で運ばれたけど、命に別状はなかったよね」

「上谷さんなら毒キノコの知識があったかもしれませんが、河崎さんは……」

「上谷さんが知ってることを河崎さんが知らないと思う理由は何かな？　最近は山に入ってないけど、キノコのことならぼくも少しはわかるよ。カキシメジで死んだとか後遺症が残ったという話は、あいにく知らないな。そして、カキシメジはポケットにでも入れておけば簡単に持ち運べるサイズだってことも知ってる」

もう一度、課長が訊いてくる。

「それより思い出さないか。河崎さんの奥さんが避けようとしていたもの。観山くんが話に出したそうじゃないか」

観山が……？

うっかりして車で通りがかり、止められたときのことだろうか。いや、あのときは観山と河崎由美子さんが話すような時間はなかった。では、家庭訪問の時か。

「……あ」

声が出た。

そうだ。思い出した。由美子さんが、人工物を嫌うようになった理由を話してくれたとき。何かの話のついでに、観山はたしかこう言っていた。

「コゲには発癌性がある。その事ですか」

課長が深々と頷いた。

「奥さんはもともと、コゲにはあまり気を遣っていなかったんでしょうな。滝山さんへのお裾分けに、炭のようなメザシを持っていったこともあるそうですから。ですが、うちの観山の一言がきっかけなんでしょう。奥さんはコゲに発癌性があると知り、恐れるようになった。無鉛ガソリンで走る車の排気ガスで鉛中毒にならないか心配する方だ。いったんコゲを避けるとなれば、徹底的だったでしょう」

一典さんはうなだれて、顔も上げない。

「滝山さんは七輪と焼き網でキノコを焼いていた。大皿に並んだキノコは、綺麗に焼き網の模様がついていたそうです。つまり、コゲですな。奥さんはそれには手を付けなかったでしょう。ところがそこに、まったくコゲのないキノコがあったとしたらどうでしょう?」

「そうか。焼き網で焼けば、多かれ少なかれ焦げ目はつく。それを食べないとしたら、河崎さんの奥さんが食べたキノコは……」

横から口を挟んでしまったが、課長は気を悪くしたふうもなく頷いた。

「そうなるね。ぼくはね、明日にでも奥さんをお見舞いして、こう訊いてみるつもりなんだよ。『あの晩、焦げ目のないキノコを選んで食べませんでしたか？　たとえば、そう、蒸したような』」

　蒸し器の前にいたのは、河崎一典さんだ。

「なまじ、大皿に焼けたキノコが並んでいたから、どうやってその中から特定のキノコを特定の人間に食わせたのかわからなくなる。つまり大皿はカモフラージュだね。そうだなあ、滝山さんにも訊こうか。『あの晩、焼けた食材を大皿に盛るように言ったのは誰ですか』。憶えていてくれるといいけれど」

　焦げ目のついたキノコの中に一つだけ蒸したキノコを混ぜれば、河崎さんの奥さんはそれを選ぶ。それこそが秋祭りに忍び込んでいた、いわばマジシャンズセレクトなのか。一典さんはいまや、机に突っ伏している。顔は見えないが、声だけは聞こえてくる。

「違う……。違うんです……」

　課長は、それには取り合わなかった。

「理由は、きっと何かあるんでしょう。滝山さんとの件もご存じだったみたいだし、自然崇拝が過ぎる奥さんにお灸を据えたいとでも思ったのかも知れませんな。まあ、それは私どもには関わりのないことです。ただ、こういうことは困るんですよ。夫婦のいざこざなら目をつむりもしましょうが、無関係なひとが偶然毒キノコを取ってしまう可能性もあったわけです。そりゃあ十中八九奥さんが取る仕掛けだが、百パーセントじゃない。一歩間違えば救急車で運ばれたのはうちの万願寺だったかもしれない……。こんなことをしでかした誰かが、それならそれで仕方ないとでも思っていたんだとすれば、そういう人間に近くに住んでほしいとは、これは誰も思わんでしょうなあ」

「私は……いや、私は……」

「まあ、ご見解を伺おうとは思いませんよ。聞きたくもない。ただ、妙なトラブルは、私どもとしてもまことに困る。どうですかな、河崎さん。荷物をまとめて出て行ってくれれば、丸く収めようじゃないですか。悪い話じゃないでしょう」

「違う……上谷さんが……キノコを用意したのはあのひとです……」

「まだそんなことを」

短い溜め息をつき、課長が書類を広げる。そこには見覚えのない、白い封筒が挟まっていた。

「夜逃げした上谷さんが残した手紙です。家の中にあるのを観山くんが見つけました」

便箋を取り出し、広げる。一典さんの方に押しやるが、一典さんはぶるぶると震えて、見ようともしない。

「これにはね、おおよそ、こんなことが書いてあるんですよ。……どうしてあんな中毒が起きたのかわからない。起きるはずがない。なぜなら、山から採ってきたというのは嘘で、あのキノコは全て市販の品だから。それなのに毒キノコが混じっていたというのは、何かの陰謀だ。ひとに毒キノコを食わせようとする人間がいる場所で暮らすのは恐ろしいから逃げる、と」

一典さんがゆっくりと顔を上げ、声を震わせて呟く。

「市販品？」

その目は真っ赤で、顔色はどす黒い。一典さんは同じ言葉を繰り返した。

「市販品？　だってあのひとは、採ってくると……」

「それを聞いて、今回の計画を思いついたわけですか。ま、それはいいでしょう。河崎さん、どうして上谷さんがそんな嘘をついたのかわかりますか」

呆《ほう》けたような顔で、一典さんは首を横に振る。

「あのね。山の知識があるとアピールしたら、自然大好きなお隣さんとの関係を改善する糸口になるんじゃないかと、そう書いてあったんですわ。ぼくなんかは、これを涙ぐましい努力だと思いますけどねえ。あんた、何か思うことはないんですか？」

そう言われると、一典さんはいつものように体を縮こまらせた。何か言おうと口を開けるが、結局何も言えず、ただ金魚のように口をぱくぱくとさせ続けるばかりだった。

こうして、簑石からまた二世帯が消えた。

冬が近づいている。

上谷宅だった空き家の庭先には、まだパラボラアンテナが残っている。撤去するにも金がかかるので当分はそのままになるそうだけれど、上谷さんはきっと、何らかの形でアンテナを片づけに来るのではないか。アマチュア無線への偏見に苦しんでいた上谷さんが、そのアマチュア無線の道具を放置してひとに迷惑をかけることは、しないように思うのだ。

第五章　深い沼

1

南はかま市役所は、旧南山市役所の建物をそのまま使っている。合併に参加した四自治体の中で地理的に最も南はかま市の中心に近く、建物が大きく、また新しくもあったからだ。いまの飯子市長はそれが気に入らず、市長選では、南山市役所が南はかま市役所に選ばれたのは前市長の地元びいきのあらわれだと訴えた。その市長選から五年、飯子市長は去年再選し、二期目を迎えた。いまのところ、市役所を移転しようという話は出ていない。

ふだんは甦り課が置かれている間野出張所に出勤するが、仕事で市役所に行くことは多い。電話線と光ファイバーですべての用件がやり取りできる二十一世紀にあって、ハンコを押してもらうために片道三十分かけて週に一、二度は市役所まで出向いている。

しかし秋晴れの今日、スーツを着込んでネクタイを締め、市職員であることを示すバッジを胸に南はかま市役所の自動ドアを通り抜けると、いやがうえにもいつもとは違った緊張感が湧いてきた。飯子市長名義で、簑石の現状を説明せよという命が下ったのだ。

いつか、この日が来るとは思っていた——むしろ、遅すぎるぐらいだ。開村式前の四月末に二世帯が簑石を去り、式の後は五世帯が出ていっている。どういうことなのか説明したまえと詰め寄られることは、とうに覚悟をしていた。

「いやあ、晴れた日でよかったねえ」

と、緊張感のかけらもない声で西野課長が言う。最初は課長一人で行くはずだったのだが、「いちばん現場を把握してるのは万願寺くんだしねえ」と言われ、連れて来られてしまった。移住者と直に接しているのは観山も同じだけれど、手柄か不始末かと言われれば明らかに後者に当たる呼び出しに新人を行かせるのは酷だろう。甦り課を空にするわけにもいかないので、留守番をしてもらっている。

市役所の一階には市民課があり、今日も今日とて大いに賑わっている。彼らひとりひとりは結婚しあるいは離婚し、転入しあるいは転出し、出産や死亡に関わる手続きを進め、住民票を、印鑑証明を、戸籍証明書を取りに来ている。それを同僚たちが受理し、あるいは不受理にして、受理の場合は次の手続きを、不受理の場合は適切な申込の方法を教え、そうして南はかま市は動いている。

「あのお」

突然、低いところから声をかけられた。背が丸くなった年配の女性が、心許ない顔つきでこちらを見上げている。

「要介護認定を受けたいんですが、どこに行けばいいでしょう」

「ああ、はい」

たしかにそこはわかりにくいところだ。南はかま市では、要介護認定申込の受付は市民課ではなく、地域課になる。

「二階の地域課です。エスカレーターをお使いください」

女性は微笑んで、ほんの少し頭を下げてくれた。その姿が遠ざかると、西野課長が「へえ」と声を洩らした。

「万願寺くんは、市民課も地域課も経験がないよね。よく要介護認定の窓口なんて憶えていたねえ」

「……ええ、そりゃあ、まあ」

それぐらいは当たり前でしょう、という言葉は胸に納めた。

現状報告は市長室で行うと連絡を受けている。エレベーターに乗り、最上階に向かう。甦り課に配属される前はこの市役所に通っていて、用地課に二年間いた。自分でも、割に、よく勤めていた方だったと思う。次の異動で総務課に、つまりいわゆる出世コースに行くことになるんじゃないかと冷やかされたこともあった。それが甦り課というわけのわからない部署に飛ばされ、南はかま市Iターン支援推進プロジェクトも無惨な結果を迎えつつあるいま、出世コースに戻れる見込みはもうほとんどない……いや、それとも……まだなんとかなるだろうか。たとえば、市長に気に入られるようなことがあったら？　エレベーターのガラス戸に映る自分の姿を見るとネクタイがほんの少し曲がっている気がして、結び目を何度も動かした。

市長室の内装はダークブラウンで統一され、市長の机は不必要なまでに大きい。市長は、これも背もたれの大きな椅子に座っていた。

飯子市長は六十二歳。いい言い方をすれば貫禄があり恰幅がよく、あまりよくない言い方をするなら、でっぷりとしている。皮膚には張りと脂《あぶら》っ気があり、浅黒く日焼けしていて顔は赤ら顔、いかにも精力的に見える人物だ。話す時はしばしば大音声と大袈裟な身振り手振りを伴うが、心理的効果を伴った計算尽くでやっているというより単に声の大きな激情家なのだろう。建設会社の社長だったが、市長に就く際に椅子を娘婿に譲ったと聞いている。

いま、市長は机の上に両腕を投げ出し、無言で少し背を反らせている。上機嫌には見えない。そして、ふだんはひとの弱味を探すような動きをする目が、今日は力なく伏せられていた。

ほかに、部屋には二人が立っていた。山倉副市長と大野副市長だ。人口六万人程度の自治体に副市長が二人も置かれているのは異例なことだが、旧南山市と旧間野市から一人ずつ採られた結果だ。山倉副市長は四角いフレームの眼鏡をかけた長身の男で、髪をいつも後ろに撫でつけている。大野副市長は肩幅の広いがっしりとした体型をしていて、学生時代にラグビーをやっていたことが大の自慢だ。二人とも、冷ややかな目でじっとこちらを見ている。

部屋には応接用の机とソファーがあるが、誰も勧めてはくれなかった。西野課長が如才なく挨拶をする。

「どうも、お待たせをいたしました。では早速ですが、資料をお渡しいたします。万願寺くん、お配りして」

昨日十一時半まで残業して作った全二十二ページの資料を、三人に配る。市長はゆっくりとページをめくり、山倉副市長は流し読みでもとにかく最後まで目を通し、大野副市長は表紙を見つめたまま開こうとしなかった。

「では、この資料を元に簑石の現状をご説明いたします。万願寺くん、ご説明して」

課長は何もしないだろうなと思っていたけれど、ここまで本当に何もしないとは予想外だった。

「では、ご説明いたします。まず資料の二ページですが……」

この四月からの出来事を、順を追って説明していく。

まず、開村式前に久野さんと安久津さんが移住してきたが、火災が原因で安久津さんは夜逃げ同然に簑石を去り、久野さんも出て行った。

開村式後の五月、事業を興そうとして最初の一歩でつまずいた牧野さんが引き上げていった。七月には立石家の未就学児が迷子になり、久保寺さん宅の地下で動けなくなっているのが見つかった。久保寺さんはよその子供の命を危険にさらしたことに責任を感じ、立石さんはにわかに簑石の救急体制に不安を覚えて、それぞれ簑石での生活をあきらめた。

そして十月、秋祭りの際に食中毒事件が発生し、キノコを提供した上谷さんと食中毒に遭った河崎さんが引っ越していった。

資料には、それぞれの事例について表面的なことしか書いていない。そうするように西野課長から指示されたからだ。しかしもう少し深い事情も、市長には報告せざるを得なかった。つまり、四月の火事を引き起こしたのは久野さんである可能性が大きいこと、河崎さんの奥さんがキノコに当たったのは旦那さんが意図的に毒キノコを食べさせたと思われること、そのどちらのケースも警察が捜査に乗り出すならば全面的に協力するが、通報するかどうかは被害者の意志に任せると決めたことなどだ。山倉副市長と飯子市長は驚いた様子もなく、眉一つ動かさずに報告を聞いていた。たぶんこの二人は、事情を知っていたのだろう。

一方で大野副市長は目を丸くし、顔を赤くして大声を張り上げた。

「なんだそれは。度が過ぎているじゃないか。なんだってそんなおかしな連中が紛れ込んでいるんだ。移住者を選んだのは誰だ！」

思わず、西野課長の顔を見てしまう。移住サポートへの応募者から移住者を選ぶ作業は、甦り課の管轄ではなかった。西野課長は困ったように眉を寄せているだけで何も言わない。仕方がないので、自分で答える。

「市長です」

山倉副市長が後を続ける。

「実際の作業には私と、秘書課も加わった」

ある日突然西野課長がリストを持って来て、これが移住候補者だからよろしくと言ったことを覚えている。秘書課が関わっていることは知っていたけれど、山倉副市長も関係していたことは初めて知った。つまりそれぐらい、選考について甦り課は蚊帳の外だったのだ。

真っ赤だった大野副市長の顔色が、みるみる元に戻っていく。

「ああ、そうでしたか。なら人選に問題はなかったということですな」

資料のページを繰りながら、山倉副市長が言う。

「移住者たちに問題が起きた経緯はよくわかった。それで、彼らはなぜ簑石に留まろうとせずに出て行ってしまったのか。万願寺君、何か意見があるかね」

意見を求められるとは思っていなかったので、少し反応が遅れた。

「……はい」

ここで自分の考えを言っていいものか西野課長に目を向けるけれど、課長はどこ吹く風とばかりに何の反応も示さない。溜め息をつきたくなる。

「ええと、簑石では不運な出来事も重なりましたが……」

と言いながら、言葉を選ぶ。

「根本的には、移住者たちが簑石に愛着を持っていないことが原因だと考えられます。彼らの多くは都市部の出身で、山間部、農村部での生活経験がありません。いわば夢を持って簑石に来たわけですが、夢と実際の生活の差を目の当たりにすることになったはずです。そのギャップを愛着で埋める前にトラブルに遭遇し、強いて残る理由を見つけられなかったというのが大きな理由でしょう」

「愛着か」

大野副市長が感慨深げに呟き、はっと表情を輝かせた。

「たしかに、愛着は持ってもらわなくてはならんな。何かイベントでも企画したらどうかね、みのいし音頭のようなものを。地域の絆も深まる」

みのいし音頭で全てが解決するなら、何と簡単な仕事だろう。そして、同じ事を考えた移住者が企画した秋祭りで食中毒患者が出たこと、その結果二世帯が簑石を去ったことは、いま報告したばかりだ。

山倉副市長は、みのいし音頭をとは言わなかった。

「移住してくる人間に、最初から愛着があるわけがない。そんなものは、だんだんと生まれてくるものだろう」

その通りだ。

「ええ、仰るとおりこれはあくまで根本的な理由で、一朝一夕には解決しません。ですが、もっとテクニカルな問題がほかにもあります」

市長が少し顔を上げるのが見えた。いったん言葉を切って考えをまとめ、慎重に言う。

「プロジェクトでは、移住者に対して転居費用を補助しています。元の住所から簑石に引っ越して来やすいようにという趣旨で設けられた補助金ですが、受け入れの開始、現在の移住者の場合今年の四月一日から一年間であれば、簑石からどこかに転居する際にも適用されるようになっています。つまりこの補助金は、簑石への移住を促すと同時に、簑石からの退去を容易にする方向にも働いていることは否めません」

大野副市長の顔が、また真っ赤になった。

「なんだそれは。どうしてそんな制度になっとるんだ。誰がそんなことを決めたんだ」

誰がと訊かれてしまった。補助金なので決めたのはもちろん、

「市議会です」

もっと遡れば、総務環境委員会で審査した結果だ。退去時の転居費用を補助するのは甚だおかしい、というか間が抜けているとは思ったけれど、条例で定められている補助金の出し方を甦り課が勝手に左右できるはずもない。

「なら、制度に問題はないということだな……」

そう呟く大野副市長の顔色が、見る間に元に戻っていく。ちょっと面白い。

この間、市長はずっと沈黙していた。口許を堅く引き結び、眉根を寄せて、机の上の資料を睨んでいる。

眼鏡を直しながら、山倉副市長が言う。

「ところで、この七月の件だが、迷子になった子供を見つけ出したのは君だそうだね」

誰が見つけたかというのは、報告書には書いていない。どうして知っているんだろうか。

「はい」

「本来なら、人命救助で感謝状ものだろう。それを表に出さなかったのは君の考えだと聞いたが、それはなぜかね」

「業務中に、業務として行ったことです。殊更に公表するには及ばないと考えました」

山倉副市長は眼鏡の向こうからじっとこちらを見つめ、やがて、

「そうか」

とだけ言った。

少しの間、誰も口を開かなかった。山倉副市長が飯子市長に訊く。

「市長。何かありますか」

市長は眉根を強く寄せたままで、小さく溜め息をついた。

「……いや」

それから咳払いをして、重々しく頷く。

「頑張ってくれている。引き続き職務に当たるように」

これもずっと黙っていた西野課長が、驚くほど素早く反応した。

「ありがとうございます。それでは、ほかに何かなければわれわれはこれで失礼します」

そして、ほかには何もないようだった。

2

不思議な場だった。もっと叱責されるかと思っていたのに、大野副市長が少し激しただけで、誰も甦り課の責任を問おうとさえしなかった。なにより、飯子市長はあんなに無口なひとだったろうか。

「いやあ、思ったよりスムーズに終わったねえ。万願寺くんもご苦労、ご苦労」

万願寺くん「も」と来たか……。

エレベーターのボタンを押し、西野課長は腕時計を見た。つられて自分の時計を見ると、時刻は三時半をまわったところだ。課長は渋い声で、

「うーん、まだ定時には早そうだね。じゃあ、課に戻ろうか」

と言った。この時間帯から定時を意識するのもすごいが、それはさておき。

「すみません。僕は別件がありますので、済ませてきます」

「別件？　なんだっけ」

「土木課に用事が」

本当にわかっているのか、課長は「ああ、あれね！」と何度も頷いた。

「じゃあ、よろしく。課には戻るよね？」

「はい」

「はーい」

軽い返事と同時にエレベーターのドアが開き、課長が乗り込んだ。いちおうドアが閉まるのを見届けて、踵《きびす》を返す。

目指す土木課は、ひとつ下の階にある。課長と一緒にエレベーターに乗ってもよかったのだけれど、市役所には「市職員は上り二階分下り三階分までは階段を使うべし」という不文律がある。この不文律を破った者は、たとえ膝を痛めていようが松葉杖を突い

ていようが、エコの精神に反した不届者として無言の非難に晒されるのだ。おとなしく階段を使う。

開かれた市役所を謳う南はかま市役所は、部課を区切る壁がほとんどない。すべて素通しで風通しも見通しもよく、冷暖房効率は悪い。土木課のエリアに近づくと、約束をしていた相手が振り返り、手を上げてくれた。

「万願寺、こっちだこっち」

「おう」

土木課の中池《なかいけ》は同期で、市役所にいた頃はよく一緒に飲んだ。といっても、斗酒なお辞すべからずの文化が色濃く残る公務員の世界で、お互い酒は嫌いでないにしても量は呑めないという点で気が合ったのだから、アルコールは抜きで愚痴が大盛りということの方が多かった。前から小太り気味の男だったが、しばらく会わないうちに丸みを増したようだ。中池は椅子に座ったまま、笑顔で言う。

「久しぶりだな。元気にしていたか」

「まあまあだな。出張所はぼろくて、隙間風が吹いて困るよ」

「出張所を建て替えてくれというなら、管轄が違うよ」

公務員ジョークに笑顔を返し、自分の鞄を叩く。

「持って来たが、ここで見せればいいか？」

中池は親指を立て、部屋の一角を指した。

「会議室を取ってある。そっちで話そう」

言われるがまま会議室に入る。といってもパーティションで区切られただけの簡単なもので、中には椅子が二脚とテーブルしかなかった。ホワイトボードぐらいあってもよさそうなものだけれど、どこも予算不足なのだ。

「茶は出んぞ」

そう言って、中池は椅子を引いてどっかりと座る。向かいに座って、早速机の上に資料を広げた。簑石の地図で、移住者が住んでいる家を赤く塗ったものだ。

「電話でも話したが、これが住人のいる家だ」

一目見て、中池は難しい顔をした。

「やっぱり、散らばってるな」

たしかに、赤く塗られた家は簑石全体にまんべんなく点在している。意図してやったことではなく、地権者の同意が得られた家に移住者を割り当てていったらこうなったのだ。

「こいつは……」

と言ったきり、中池は絶句した。

中池は除雪計画の担当者だ。雪の多い南はかま市にとって除雪は生きるか死ぬかの問題で、担当者は中池のほかにも何人かいる。簑石の除雪については居住の実態が定まらないと計画の立てようもないということで先送りにされていて、夏ごろからは電話で打ち合わせを重ねていたがなかなか埒が明かず、今回市長の呼び出しをいい機会に顔を合わせて話し合うことにしたのだ。

「万願寺、いまさら言うまでもないが」

と、中池は苦い声で前置きする。

「市の除雪基準じゃ、基本的に幹線道路を除雪することになってる。例外は通学路、地域連絡道路、主要施設周辺、市街地だ。簑石と旧間野市市街地を繋ぐ道は明らかに連絡道路だが、その先は除雪対象外になる。百歩譲っても、この道だけだろう」

中池は、簑石の出入口である〝巾着の口〟から南北に延び、集落を貫く道を指でなぞった。

「それぞれの民家から幹線道路までの道は個人で除雪してもらうのが原則だ」

それは無茶だ。

「中池、これも言うまでもないが、生活維持に必要な場合は市の負担で除雪をするという基準もある。実際、以前は全域除雪していたはずだ。除雪するのがこの南北の道だけだと、個人で百メートル以上除雪しないと道に出られない家が複数あるぞ。それじゃあ生活が維持できているとは言えないんじゃないか」

地図の一角に指を乗せる。

「いちばん遠い家は、三百メートル以上は個人で雪かきすることになる。現実的じゃない。雪に慣れていない移住者も多いんだ」

「雪に慣れてないから特別扱いするというわけにはいかんよ。移住者は若い連中が多いんだろう？　七十、八十の高齢者しかいない家の前すら、なかなか除雪しきれないのに」

中池は腕組みした。

「……まあしかし、自力で三百メートル雪かきしろというのは無理だってのはわかる。百メートルだって、一日二日ならともかく、雪の間ずっとというのは不可能だろうな」

「そう思う」

除雪は、市政最大級の問題と言える。ごみの収集も道路の補修も、もちろん市民生活を営むには欠かせない。しかし除雪は、予算がないからといって止めてしまえば、ひとが死ぬ。仕事にも買い物にも行けないからだ。どちらがより深刻か比べるようなものでもないが、例年の降雪量で考えれば、除雪が止まることの危険は停電断水に匹敵するだろう。土木課に予算がないのはわかる、潤沢な予算などどこにもない。橋脚も水道管も耐用年数をとうに超え、中央公園の水路の水は涸れたままで、図書館は司書を常勤で雇うことすら出来ず、甦り課のオフィスには隙間風が吹き込む。しかし、除雪はしなくてはならない。

「もちろん……」

地図を睨んだまま、中池が言う。

「簑石の除雪費に充てる分の予算も、当初予算に盛り込んでる。ただ、予算編成の段階じゃ、こんなに散らばって住むことになるとはわからなかった。暖冬を願うしかないな。でなかったら、まあ」

中池はひょいと肩をすくめた。

「予備費じゃまず間に合わん。補正予算だろうな」

両手を合わせて中池を拝む。

「つくづく、すまん」

手を振って、中池は笑った。

「やめろよ。お互いただの仕事だろ」

もちろん、それはそうだ。仲の良さとか思い入れで仕事をしているわけではない。甦り課が職分として現状を説明し、土木課が条例に基づいて問題に対応したに過ぎない。しかしなかなか、そうすんなり割り切れはしない。しょせん、仕事は人間がやるものだからだ。中池が補正予算のために奔走し、当初予算では足りなくなった責任を追及されることを想像すると、これは借りだと思わないわけにはいかなかった。今度飲むことになったら奢ってやろう。そのときは、いい店に行こう。

「ところで」

簑石の地図をそれとなくこちらに押しやりながら、中池は作ったような笑みを浮かべた。

「甦り課の居心地はどうだ。市長直属だろう」

「ああ、そうだな……問題ない」

「なんだそりゃ。今日も市長に会ってきたんだろ。怒鳴られたか？」

「いや……」

むっつりと黙り込み、どんよりとした目をして椅子から立たなかった市長の姿を思い浮かべる。体調でも悪かったのだろうか。

「いまのところあんまり上手くいってないんだけどな、別に怒ってはいなかった。何も言われなかったよ」

「そうなのか？」

中池は目を少し見開いた。

「意外だなあ。あの市長なら、がんがん口出してきそうだけど」

「それが、黙っていたんだよな。最後に、頑張ってくれている、とは言ってた」

「おお、市長のお気に入りじゃないか。よかったな万願寺、前途洋々だ」

悪いやつではないのだけれど、出世の道を断たれかけている人間に前途洋々という言葉をかけるぐらいには、中池は無神経だ。いや、それとも、彼なりの励ましなのだろうか。あいまいに笑っていると、あごをなでながら中池が言った。

「ま、課長が名うての切れ者だからな。期待されてるのは間違いない」

切れ者？

「西野課長が？」

頷いて、中池は何かを投げるような仕草をした。

「そう聞いたぞ。合併前は、間野市の郭源治《かくげんじ》と呼ばれたって」

「郭……誰だ」

「俺なら南はかま市の佐々木主浩《ささきかづひろ》と呼びたいな」

「その名前は聞いたことがある」

つまらなさそうな顔で、中池はもう一度投げる仕草をする。

「野球は興味がないか？　いわゆる守護神、火消し役だよ。微妙な案件を丸く収めて、やばい案件も何とか軟着陸させる。具体的な話も聞いてるが……ま、いずれな」

言いながら、中池は指を立て、頰を縦になぞった。暴力団がらみだという暗示だろう。

よほどぽかんとした顔をしてしまったのか、中池が訊いてくる。

「なんだ。甦り課じゃ、そんな感じじゃないのか」

「いや」

西野課長は、とにかく仕事をこちらに投げてくる。日に二度か三度は、少しは自分でやったらどうですかと言いたくなる。昼行灯《ひるあんどん》という言葉とも少し違う、いい加減という言葉でも言い尽くせない、怠け者というのもニュアンスがあってない。しかし切れ者という言葉とはまるで結びつかない……。

「……いや」

四月の小火《ぼや》騒ぎの時。先月の食中毒騒動の時。西野課長は自分では何もせず、部下への指示さえほとんどしなかった。けれど最後に事を収めたのは、たしかに、西野課長だったと言えなくもない。

「どうした、万願寺」

そう訊かれて、我に返る。

「ああ、まあ……そんな感じかな」

あまりにも曖昧な返事に、中池は眉を寄せていた。

3

家に帰り着いたのは午後十時だった。早い方ではないけれど、遅い方でもない。夕食を食べる間がなく、コンビニで鮭弁当を買ってきた。このあたりの商店は遅くとも九時に閉まるのに、買い物に行ける時刻に仕事が終わることはほぼなく、幹線道路沿いにコンビニがなければどうやって生活すればいいのか見当もつかない。まず着替えて一息つき、風呂の湯を溜めるあいだにレンジで温めたコンビニ弁当で夕食を済ませる。空き箱を捨て、明日が収集日の資源ごみをまとめて玄関に置いて、時計を見ると十一時だった。

今夜は電話をかける約束がある。念のため、携帯電話に着信したメッセージをたしかめる。

『電話なら、十一時ぐらいに携帯にかけて。出られんかったらすまん』

もう大丈夫だろうと思い発信すると、数回のコール音の後、電話に出られない旨のアナウンスが聞こえてきた。溜め息をついて携帯電話を耳から離した直後、着信音が鳴り始めた。画面には「弟」と表示されている。

「……もしもし」

『ああ、兄貴、すまん。忙しくて。悪いけどそっちからかけ直してくれ』

弟は東京でシステムエンジニアとして働いている。具体的な仕事の内容を話してくれたことはないが、いつも忙しそうだ。弟とは使っている携帯電話会社が違い、家族間の通話でも料金が発生する。かけ直せというのは、電話代を持てという意味だ。業腹だが、用があるのはこちらなので文句も言えない。再度発信すると、今度はコール音が鳴る前に電話が繋がった。

『もしもし』

声を聞くのは久しぶりだ。弟との仲は、悪いわけではないけれど、よくもない。――弟の声を、親父の声に少し似ていると思った。

「ああ、すまんな、夜中に」

『いや、まだ仕事だよ、もちろん』

「仕事中か。電話していていいのか？」

『いいだろ、ほかに誰もいないんだし』

どういう状況で仕事をしているのか訊きたい気もしたけれど、言葉を呑み込んだ。自分しか残っていない職場で残業することなど、自分の経験に照らせば、別に珍しくもない。

『それで、何の用？』

「三回忌。知ってると思うけど再来週だ。お斎《とき》の用意があるから人数をはっきりさせたいって親父が言ってる」

祖父が闘病の末に世を去ってから、もう二年になる。米を作ることに生涯を捧げたひとだった。ふだんはあまり笑わなかったが、盆や正月の振る舞いで米の飯をおかわりすると、ちょっとだけ嬉しそうに眼を細めた。三年前の秋に体調を崩し、立つのもやっとなのにその年の収穫を済ませ、親父に連れられて病院に行った時には手遅れで、それからあっという間に亡くなった。三回忌の法事には昼の弁当が出るが、いくつ用意すればいいのか事前に把握する必要がある。

弟は答えた。

『ああ。悪い、行けない』

これで用事は済んだ。

「そうか。体には気をつけろよ」

『ありがとう。気をつけられたら、そうするよ』

「じゃあな」

『兄貴はどうだ』

と言った言葉に、弟の声が重なった。

「俺か？」

弟に近況を訊かれたことはなかった。反射的に意味のない答えをしてしまう。

「まあまあだな」

『千花が心配してたぞ。兄貴は窓際に飛ばされたかも知れないって』

「あいつがそんなことを？」

そんな素振りは見せていなかったけれど。

『言い方は違ったけどな。変な仕事にまわされて苦労してるみたいだとも言ってた。実際、どうなんだ』

「……よくわからん」

本音だった。

「典型的な出世コースじゃないのはたしかだけど、いちおう、市長直属のプロジェクトではある。今日は市長に会って来た。窓際かどうかは、本当にわからん」

『プロジェクト？　どんな？』

弟に甦り課のことは話していなかった。機会がなかったし、必要もなかったからだけれど、訊かれれば隠すつもりはない。無人の簑石にひとを呼び、集落を再生させるというプロジェクトの目的と進捗を、順を追って話した。地権者に話をし、不動産業者を選び、移住者に説明をし、ようやく開村式に漕ぎ着け、そして不幸な出来事が重なって既に何世帯かが簑石を去ったこと。同僚はとかく大雑把な新人と、早く帰ることに情熱を燃やす上司の二人であること。弟は黙って話を聞いていた。弟が口も挟まずにじっと聞いているというのは、常にはないことだった。

「……今日市長に会ってきたのは、そういうことなんだ」

そう話を終えると、ややあって、電話から口ごもったような声が聞こえてきた。

『簑石に十世帯ばかり呼んだって、それでどうなるんだよ。全部で三十人ぐらいか？

ひとがいなくなったってことは、もう役目を終えた土地なんだよ。兄貴、そんな後ろ向きなプロジェクトに未来はないよ』

そうだな、とは言えなかった。立場上言えない。

『開田町はもう死んだんだ』

弟は南はかま市ではなく、合併前の自治体である開田町の名前を口にした。両親の定食屋があり、いまは南はかま市開田に成り果てた、故郷だ。

『まわりとくっついて、南はかま市なんて変な名前になって。小さくても一つの町だったのに、大きな市の辺境になっちまった。そもそも、南はかま市だって日本全体から見れば辺境だ。兄貴がどう頑張ったって南はかま市は東京にも大阪にも、横浜にも福岡にもなれやしない。たいした産業もないのに税金を呑み込む深い沼だと思ったことはないか、兄貴』

「…………」

南はかま市は広い。市域を維持することは老朽化や大雪や台風や地滑りと永遠に戦い続けることで、その戦いは、市域が広ければ広いほど厳しいものになる。南はかま市の税収では到底その戦いを続けることは出来ず、市の財政は地方交付税交付金に頼りきりだ。……南はかま市の歳入を倍にしても、歳出には遠く及ばない。

『兄貴は頭がいいんだから、そんな下働きなんてしてないでこっちに来いよ。働き口は降るほどあるし、なんなら紹介だって出来る。いまのうちだろ、決心するなら』

そうか。

弟は、心配をしてくれているのだ。南はかま市の窓際部署でくすぶっているよりも、東京に出て自分と同じように働いた方がいいのではと思っている。むかしから弟は、兄貴は頭がいいからなというのが口癖だった。時には劣等感をあらわにして、兄貴は頭がいいからいいよなと言い続けていた。実際には、そんなことはない。少し学校の成績がよかっただけで、それも全国的に見ればせいぜい中の上程度だった。自分の分などとうにわきまえている——なのに弟はいまでも、「頭のいい兄貴」のイメージを持ち続けているらしい。

『兄貴は何のために仕事してるんだ。死んだ町に人生捧げても、幸せにはなれんよ』

と、弟は続けた。

弟の気持ちは嬉しかった。あの弟が、ひとを気遣えるようになったのかと思うと感慨も湧く。けれど、その言葉は、驕《おご》りだ。

「幸せか……」

そう呟く。

「じゃあ訊くが、お前は幸せか」

『俺？』

「親父の人生の節目にねぎらいも言いに来られず、孫の中でお前をいちばんかわいがった爺さんの三回忌にも来られない」

『そんなの』

弟の声が色をなした。

『ただの感傷だろう。俺だって、親父のことも爺さんのことも大事に思ってる。でも法事なんか無意味だろ。第一休みがないし、もし一日休みがあるんなら、休まないと体が持たないんだよ』

「それは、幸せじゃないんじゃないのか」

忙しいんだよ、と弟が呟くのが聞こえる。

「南はかま市が深い沼だと言ったな。上手いことを言う、その通りだ。でも、じゃあどうすればいい？　市民全員で東京に引っ越せば幸せか。それは強制移住だ。そいつをやった国はいくつか知ってるが、いい結果になった例は知らない。そもそも――それで得られる幸せって、誰の幸せなんだ」

『開き直りだ』

弟は言う。

『自前じゃ錆びた水道管も直せないようなまちで、何を言ってるんだよ。足りない分は誰が払ってると思ってるんだ。俺だよ。俺たちだ。中央が稼いで、地方が使ってる。南はかま市みたいなのは存在するだけで経済的に不合理なんだ。わかってるだろ』

「地方に住むだけで倫理的に罪だとでも？」

『まあ、そこまでは……言わねえけど』

本心と裏腹であることを明らかに匂わせる言い方だ。

「お前の言うこともわかるが、順番が違うんじゃないか。ひとが経済的合理性に奉仕するべきなんじゃない。経済的合理性が、ひとに奉仕するべきだ。経済的合理性を一番に掲げるなら、奴隷制だってアパルトヘイトだって合理的だろう」

『兄貴は甘いよ。奴隷制が廃止されたら、奴隷制に似たシステムが作られるだけだ。経済的合理性からは逃げられない、だったら、乗る方が賢い』

「それも一つの考え方だろう、だけど、唯一じゃない。ひとはどこに住んでもいいし、何を幸せと思ってもいい。他人を害さなければどこでどんなふうに生きてもいい。生きてもいいことを具体的に保証するのが俺の仕事だ。俺は市職員を、人生を賭けるに値する仕事だと思ってる」

『搾取を正当化するのか？　兄貴がどう言ったって、南はかま市に住むことに固有の価値なんかない。そんなものは合併の時に、違うな、もっと前にぜんぶ薙ぎ払われたんだ。いまじゃどこにでもあるまちさ。何県なのかもわかりゃしない。日本中、どこに住んでも大差ないなら、都市部に住んで維持コストを節約しないのは有害な感傷じゃないか』

「ひとは感傷で生きるんだよ」

『撤退戦だぞ、兄貴』

「だったら、お前がやってるのは消耗戦だ。進むも戦い、引くも戦い、この世に天国はないってことだな」

弟は、少し泣きそうな声になった。

『兄貴、俺は、南はかま市なんかどうでもいいんだ。兄貴に能力を生かせる場所で生きてほしいだけなんだよ』

わかっているよ。

「ありがとう。お前はそこでがんばれ。俺はここでやっていく」

しばらく、声が途絶える。

やがて弟は言った。

『……悪かった。兄貴の仕事を悪く言うつもりはなかったんだ。親父とばあちゃんに、法事に行けなくて申し訳ないと伝えてくれ』

「わかった。体に気をつけろよ」

電話は切れた。

耳に、風呂から水があふれる音が届く。日常は止まらない。

第六章　白い仏

1

円空《えんくう》が江戸時代のひとだとはわかっていなくて、もっと昔のひとだと思っていた。軽くハンドルを切りながらそう呟くと、助手席の観山遊香がこう言った。

「空也《くうや》と行基《ぎょうき》が強烈ですからね」

簑石に続く道は蛇のように細く曲がりくねり、運転にはいつも神経を使う。それでも横目で助手席を見ると、観山は手鏡を覗き込んで前髪を整えていた。どうやら観山は、円空のような廻国僧《かいこくそう》の代表例はなんといっても空也と行基で、そのイメージに引っぱられて江戸よりも昔のひとだと思ったのだろう、と言いたいらしい。言われてみればたしかに図星のようで、そしてなにより、観山の洞察にあまり驚いていない自分に気づいて驚いた。

櫛《くし》の歯が欠けるようにひとが去り、とうとう無人となった集落に新しく移住者を募って村を再生させようという無謀なプロジェクトに配属されてから、たいてい観山と二人組で行動していた。学生の癖が抜けない軽々しい後輩というのが、観山に抱いた最初の印象だ。貴重な移住者に対して観山の口の利き方はあまりに馴れ馴れしく、こちらが肝を冷やしたことは一度や二度ではない。電話の取り方も書類の書き方もあまりにぞんざいで、軽薄で仕事を覚えるのが遅い相棒と組まされた不運をひそかに嘆いたものだ。

しかし移住開始から半年あまりが過ぎ、冬が近づいたいま、観山への印象はもう少し複雑だ。観山は、少なくとも物知らずではない。では知識だけ溜め込んだ常識のないタイプなのかというと、それも違うような気がする。観山の仕事は雑なのであって間違っていたことはないし、そのいい加減な喋り方に不満を唱える移住者はいるが、それが本格的なクレームに発展したこともない。では、観山遊香は有能ゆえに、決まり切った手順や、公務員に十字架のように課せられる市民への忍従が馬鹿馬鹿しく思えて仕方がないのだろうか。いや、まさかそんな反抗期の十代のようなこととも思えない。では、あの表面上の軽さはなんなのか。

観山がくしゃみをする。一瞬、ハンドルを切りすぎた。道にはガードレールもなく、片側は沢に落ち込んでいる。思わずひやりとして、

「驚かすなよ」

と毒づき、それからは運転に集中する。観山は目を丸くして、びっくりしたあ、と呟いて胸に手を当てていた。

2

車の中で円空の話が出たのは、簑石に円空が彫った仏像があるからだ。

簑石への移住は、無人となった村からまだ実用に耐える家屋を選び、市が業務を委託する不動産業者を介して、地権者が移住希望者に空き家を貸すという形で行われた。国内外を問わずさまざまな場所に住む地権者たちは誰も簑石に帰るつもりはなく、無意味に固定資産税を払い続けるぐらいならばたとえ賃料は二束三文でもひとに貸した方がましだろうとほのめかした説得も功を奏して、賃貸契約は概《おおむ》ねスムーズに結ばれた。

空き家の中には家財が残っている家も多く、それらはたいてい、家に附属する形で貸すことになった。簞笥《たんす》や卓袱台や食器棚などの家具のほか、マッサージチェアや足踏みミシン、ブラウン管テレビ、中には神棚や仏壇まで残していった家もある。問題の円空仏は、そういった残された品のひとつだ。

「円空だよ、円空。これはね、すごいんだ」

鼻息荒くまくしたてるのは、移住者の一人、長塚昭夫さんである。五十四歳で、簑石に来る前は横浜で部品メーカーに勤めていた。詳しいことは知らないが、離婚をきっかけに移住を決意したらしい。移住者の中でも図抜けて精力的で、自分が新生簑石のリーダーであるべきだと考えていることは火を見るより明らかだ。

「知名度は抜群。しかるべき機関に持っていけば、重文指定は堅い。そうなったら大変だ。僕はね、あの円空仏を柱に、ミュージアムを建てるべきだと思う。円空の里というのを全面的に押し出して、ゆくゆくはフェスティバル的なイベントに繋げていくべきだ。ああ、この円空の里というのは僕が最初に言った言葉だから、勝手に使っては困るよ。マルCをつけろというんじゃないが、こういうところをしっかりしないといけない。わかるかね万願寺くん」

「はあ」

さっきもお聞きしました、とは言いにくい。

自宅の客間で床の間を背負い、長塚さんはかれこれ一時間は堂々巡りの話を続けている。床の間には何も置かれておらず、空虚な空間はひどく間の抜けた感じがする。

昨日の夕方、長塚さんが電話をかけてきて、話があるからすぐに来いと言ってきた。いますぐは無理だと懇切丁寧に伝えると、なら明日来いと言い張って聞かない。何か一大事が起きたのかと観山を伴って長塚さん宅を訪ねると、客間に通されてご高説が始まった。部屋はろくに暖房も効いておらず、正座で話を聞いていると、畳から冷えが這い上がってくる。一方観山はというと早々に茶を飲み干して、十分ほどで足を崩して眠そうな顔をしていた。観山は正座は苦にしないはずだから、要するに、退屈しているのだろう。

「そもそも、この簑石って地名自体が円空ゆかりだっていうじゃないか。これを生かさない手はない。だいたいね、僕の見るところ、この里には産業が足りない。これからはね、やっぱりね、文化だよ。文化を金に換える時代だよ」

少し勘違いがあるようだ。簑石という地名のゆえんは円空ではなく、弘法大師だと聞いている。

「そこで円空だ、観光の起爆剤というやつだ。最寄りの駅からね、こう、シャトルバスなんか出してね。まあ、目指すところは道路だね、あんな峠道しかないんじゃ話にならない。この里に道路を引っぱってくるパワーのある人間が必要だ」

そのためにはこの不肖長塚、一命を賭して……とさらに話が広がりかねないので、何とか言葉をねじ込む。

「たしかに、おっしゃるとおりかと思います。課長にも長塚さんのお話は伝えておきます。それで……今日は、何か大事なお話があるということでしたが」

「だから、円空だよ」

と、長塚さんは苛立たしげに言葉を吐き出した。

「円空仏はこの里の、ひいては市全体の、国の宝だ。それをどう活用するにせよ、見ないことには話にならない。それをあの夫婦は自分たちだけのものにしているんだ。これはね、ゆゆしきことだよ。そうだろう」

あの夫婦というのが誰のことかはわかった。若田夫妻のことだ。仲睦まじい美男美女で二人ともまだ二十代、移住希望の書類によれば前住所は神戸だ。問題の円空仏は若田夫妻が借りた家にあったもので、夫妻はなぜか、それを誰にも見せたがらない。要するに長塚さんの話というのは、円空仏を見たいから手配しろということのようだ。

「だいたいだね」

長塚さんがいっそうボルテージを上げる。

「例の仏さんはあの夫婦のものじゃないだろう。名前は知らんが、家主が置いていったものじゃないのか。それを持ち主のような顔をして、お見せするわけにはいきませんときたもんだ。常識がないよ、けしからんとは思わんかね。問題だよ」

「ごもっともです」

そう答えたのは、円空仏が若田夫妻のものではないという点についてのみだった。しかし長塚さんは満足げに頷くと、

「だろう。だいたいあそこの主人はおかしいんだ。神がかりだよ、あれは」

と嫌悪を顔に浮かべた。何が気になるのか自分の爪をしげしげと見続けていた観山が、眠たげに言う。

「その仏像だったらレプリカ作ったはずですけど」

そういえばそうだ。例の円空仏のことは、いまはもう簑石を去った久保寺さんに教わった。後で教育委員会に確認したところ、たしかに合併前の間野市が歴史資料館に収めるために樹脂製の複製を作っていて、試作品もいくつかあるとの回答をもらっていた。

観山が喋るとは思っていなかったらしく長塚さんは目を丸くしていたが、やがて眉を吊り上げ、ねっとりと言った。

「知っとるよ。レプリカなら見せてもらった。だが見たいのは本物だ。本物にはね、オーラがあるんだよ。まあ、君のようなのにはわからんかもしれんがね」

何か言ってやろうと言葉を探すけれど、当の観山が「はあ」と気の抜けた返事をするだけで意にも介していないようなので、あえて何も言わないことにした。観山を強いて無視して、長塚さんは語気を強める。

「万願寺くん、そういうことだから、あの夫婦と話してもらいたい。見たい者には円空仏を見せるように、借りたいという者がいれば借りられるように説得してほしいんだ。この里の未来がかかっていると思って、気合いを入れてもらわにゃ困る。円空の里が成るも成らないも君次第だ。課長さんの方には僕から話を通しておくから、せいぜいしっかり頼むよ」

「はあ」

気のない答え方になってしまったが、長塚さんは言いたいことを言って、至極満足の体だった。

長塚さん宅を出て、大きく背伸びをする。もとより市民と接触するのはどんな形であれ気の張る仕事だけれど、長塚さんの相手はまた格別だ。ふうと吐いた大きな息が、白くなって風に流れていく。

朝の冷え込みが、日が昇ってもなかなか緩まない。空は高く澄んで、もうすっかり冬の色をしている。十二月に入って、ほんの小降りではあったけれど、初雪も降った。簑石が雪に閉ざされる時期はもう遠くない。里を囲む山々は、色の濃い緑に囲まれている。過去数百年、おそらく人間がこのあたりに住み始めた当初から伐採され続け、山に自然の木は一本も残っていない——いま里山に生えているのはほぼすべてが植林された杉であり、冬になっても葉は多少色褪《あ》せるだけで、落ちることはない。簑石の林業が衰退したいま、これらの木々はいつ誰が切るのか、切らずに放置すればどうなるのだろうか。もし林業課に転属になったら調べよう。

ドアを開け、公用車に乗り込みながら訊く。

「長塚さんの話、どう思った」

観山も助手席に乗り込み、シートベルトを締めつつ答える。

「要するに、若田さんちの仏像を見たいんですよね。別にいいんじゃないですか」

「他人事《ひとごと》みたいに言うな」

「他人事ですからね」

「仕事だぞ」

「そうですか？」

改めてそう訊かれると、長塚さんに仏像を見せることが市の仕事と言えるのか、いまひとつ自信がなくなってきた。とはいえ常日頃「なにかあったらすぐご相談を」と言っていた手前、真っ向から相談をされて無下にはしにくい。

エンジンをかけると、エアコンから温風が吹きつけてくる。まだ車を動かさない。車の計器についているデジタル時計を見ると、午後三時を少し過ぎたところだった。

「まだ昼間だな。若田さんの家に行ってみるか？」

観山が、ええ、と不満そうな声を漏らす。

「いきなり行くなんて、ふつうに迷惑だと思いますけど。だいたい、こんな平日の昼間に家にいるかどうか」

「若田さんは、いまのところどっちも定職がないはずだ。何か家で出来る仕事はしているのかもしれないけど、少なくとも勤め人じゃない。買い物に出ることぐらいはあるだろうが、家にいる可能性は高い」

「え、どうしてそんなこと知ってるんですか」

移住者の動向を把握するのも仕事のうちだからだ。

「移住から半年以上経ってますよね。いくら家賃が安いって言ったたって、収入なしでだいじょうぶなのかな……」

「さあな」

「どっちかの実家がお金持ちなんですよ、こういうケースって」

観山が得意げに言う。たしかに今回に限って言えば、その読みはいい線いっているかもしれない。ともかく、いきなり押しかけては迷惑だろうという観山の指摘はまったく正しい。

「まあ、いったん帰って課長に報告するか」

そう言うと、観山は笑ってこくこくと頷いた。

車を出し、簑石から出るただ一つの市道に向かう。助手席でリクライニングシートを倒し、観山は堂々とリラックスしている。それほど年次にこだわる方ではないつもりだけれど、先輩に運転させてこの態度はさすがにどうか。あのなあと声をかけようとしたところで観山から訊いてきた。

「ところで円空仏ってもともと誰のものなんでしたっけ」

「決まってるだろう。若田さんの家の家主だよ」

「だから、それが誰なのかなって」

知っていてくれよと思ったが、考えてみれば、空き家を賃貸にする交渉の最初期には、観山はまだ甦り課にいなかった。知る機会がなかったのだろう。

「檜葉太一《ひばたいち》さんといって、七十代の男のひとだ。五人兄弟の長男で、若い頃から村の外で働いていた。ご両親が亡くなって家と土地を受け継いだが、ご本人は仙台在住で孫まで いて、父親が亡くなってからは墓参りでしか帰省してない。いまさら簑石に戻るつもりもないようだった」

観山が首を傾げる。

「そのひと、自分の家に円空仏があることは知ってるんですよね。なんでほったらかしにしてるのかな」

「……あの仏像は家の守り、村の守護、子々孫々に至るまでゆめゆめ動かすべからず、さもなくば災いが降りかかると言い伝えられているそうだ」

がばりと観山が身を起こす。

「なんですかそれ。あたしそういうの苦手なんですけど」

苦手なのに食いつくのか。

「いや、冗談だ。すまん」

ぽかんと口を開け眉根を寄せて、観山はまたシートに身を沈める。

「万願寺さん、ふだん冗談言わないんですから、キャラ貫いてくださいよね」

「なんだ、キャラって」

見通しの悪いカーブにさしかかり、クラクションを鳴らす。なにしろ道は一車線なので、カーブの先から速い対向車が来れば逃げようがない。これぐらいの魔除《まよ》けはやりたくなる。

「冗談はさて置き、檜葉さん自身は、円空仏は偽物だと思っている。あんなものが表に出ると恥をかく、親がレプリカの作成を許したのもとんだ失態だと言っていた。とはいえ受け継がれてきたものではあるし、本物の可能性もゼロじゃない。いずれちゃんと調べるつもりだから、それまでは家に置いておいてくれと言っていた」

本当に調べる気があるのなら、何十年かのあいだに機会はあったはずだ。単に捨てるタイミングを失っただけなのだろう。

「うーん」

そう唸って、観山はくちびるに指を当てた。

「ということは、若田さんは檜葉さんから仏像を預かっていることになるんですね。えぇと、法的にはどうなるんでしたっけ」

少し考える。

「無償で預かっているものだから、自分の持ち物と同じぐらいの注意を払う必要がある。ただ、仏像を賃貸物件についてくるものと考えれば、善管《ぜんかん》注意義務があることになるのかもしれない。正直、よくわからないな」

観山はひどく難しい顔をした。

「……万願寺さん」

「なんだ」

「善管注意義務ってなんでしたっけ」

「そこからだったか……」

ふつうは知らなくても何とかなる言葉だが、公務員として働いている以上、なんとなくでも意味ぐらいは把握していそうなものだ。どうもこの後輩は得体が知れない。それとも、知っていてとぼけているのだろうか。

「善良な管理者の注意義務。しっかり気をつけて預かれってことだな。うっかり壊した時はもちろん、放置してカビが生えた場合なんかでも賠償の責任が降りかかってくる」

「ああ、言われて思い出しました」

本当か？

横目で見ると、観山はふんふんと訳知り顔に頷いている。

「すると、若田さんが仏像をひとに見せたがらないのも頷けますね。下手に他人に見せて傷でもついて、しかも後で本物の円空仏だってわかった日には……」

「破産ものだな」

軽口を叩きながら、そうかと思っていた。若田夫妻はなぜ仏像を見せるのを嫌がるのだろうと不思議だったが、彼らには経済的なリスクがあるわけだ。それが拒否の理由だと決まったわけではないが、もし長塚さんの頼みを聞くことになった場合若田夫妻をどう説得したものだろう。そう考え事をしていたら、カーブの先からクラクションが聞こえてきた。クラクションを返してこちらの存在をアピールし、軽くブレーキを踏んでスピードを落とす。簑石と市街地を結ぶ道は一車線しかないが、よほどの大型車でなければすれ違えるぐらいの道幅はある。やがて、左いっぱいに道の先から緑色のバンが現われた。

「あ、魚新《うおしん》さんだ」

観山がリクライニングを戻し、対向車に手を振る。バンの運転席の男が観山に気づいて、小さく手を振り返してきた。運転席が窮屈そうに見えるほどの体つきだ。いったんこちらの車を停止させると、すれ違うバンのサイドに白文字で「魚新」と書かれているのが見えた。

簑石には、商店が一軒もない。そのうち誰かが店を始めるかもしれないが、いまのところ、食料も日用品も簑石では売っていない。往復一時間半かけて市街地まで車で買い出しに行くしかなかったのだが、最近、小規模スーパーの魚新が移動販売を始めた。簑石の生活はこれで大きく改善された……はずなのだが。

「魚新さん、評判悪いんだよな」

そう呟くと、観山が目を吊り上げた。

「何が悪いんですか。魚新さん、いいひとですよ」

「あのひとは魚新さんじゃないだろう。魚新の社長の息子の……」

「魚新さんでいいんですよ、わかるんだから。で、何が評判悪いんですか」

再びアクセルを踏みながら、答える。

「俺が言ってるわけじゃない。移住者から文句が出てるんだ。料理に使う西洋野菜を売ってないとか、前に使っていたティッシュペーパーを扱ってないとか」

「そんなの」

と、観山は珍しく色をなした。

「勝手じゃないですか。だいたい、魚新さんは元は魚屋ですよ。野菜とかティッシュとか、扱ってくれるだけありがたいと思うべきです」

「だから、俺に言うなって」

「魚新さんはね、魚の鮮度にはこだわってるんですよ。あの移動販売の車だって工夫して、新鮮な魚を届けられるように発泡スチロールの箱に……」

「ちょっと疑問なんだが、なんでそんなに魚新の肩を持つんだ。学校が一緒だったとか？」

観山はちょっと得意げに言った。

「あたし、高校生の頃あそこでバイトしてたんですよね。辞める時、いままでお疲れさまって金一封くれたんです。いい店ですよ、魚新さんは」

金一封で買収されて、いまに至るも店のファンなのか。生きた金の使い方の見本を見るようだ。山道は終わって視界が開け、眼下に市街地が見えてきた。

3

西野課長は長塚さんの話を前向きに考えるようだった。

旧簑石村の再生を司《つかさど》る甦り課は、市役所ではなく街外れの間野出張所に部屋を与えられている。狭く、夏暑く冬寒く、許可と申請のあらゆる書類に満ちた甦り課で、課長はほくほくと笑っていた。

「円空の里ねえ、夢が広がるじゃないか。有名な建築家に頼んで、円空博物館なんか建てたりしてね。千客万来、雇用創出、前途洋々、夢はでっかく世界遺産と来たもんだ。館長職はまあ簑石に詳しいひとを選ぶということで、ぼくなんかけっこう詳しいからねえ、これで老後もずいぶん安心だ。いいじゃない万願寺くん、相談に乗ってあげなさいよ」

「いいんですか」

甦り課は移住者の相談に広く応じることになっているが、暇というわけではない。長塚さんの頼み事に対応すれば、それだけ別の仕事が滞る。しかしそれよりも、

「産業になるとは思えないんですが」

課長は笑顔のまま、

「ほう、どうして」

と訊いてきた。

「上手くいっても、しょせん観光ですから」

ぎしりと音を立てて、課長が椅子に体重を預ける。

「まあ、ねえ。観光はどうしたって水物《みずもの》だからねえ。評判一つで昨日の天国が明日の地獄だ。基礎体力がしっかりあって、その上に上乗せするなら悪い話じゃないけれど、まともな産業は観光だけってのは終わった町のしょぼいバクチ……君が言いたいのは、そんなところかな」

少し、ひやりとした。お見通しというわけか。そして、そこまで見通してなお長塚さんの頼みを課の仕事として受けるからには、課長の考えは二つに一つだろう。長塚さんが円空仏を見たところで観光産業の創出なんて大きな話にはなりようもないと考えているか、あるいは、観光が立ち上がって失敗してもその頃自分はもう甦り課にいないから別に構わないと考えているか、だ。

課長は、小学生が遊ぶように椅子をぎしぎしと軋ませている。

「それでも、最近はわからんよ。ゆるキャラ一発で大逆転なんて夢もある。簑石オリジナルキャラえんくうちゃんがお茶の間の人気者になる日が来ないとも限らない」

日本中の自治体が同じ夢を見ている。いや、見ざるを得ないのだ。

「ま、そんな先のことは措《お》いておいて、ささやかな望みじゃないか。かなえてやりなさいよ。それで、若田さんがどうしても嫌だって言うなら仕方ないけど、いちおう話だけでも、ね」

「……わかりました」

「頼むよ。長塚さん、電話かけてくると長いんだ」

そう言って課長は立ち上がり、口許に二本指を当てた。

「じゃあ、ぼくちょっと煙草吸ってくるから」

定時まではあと三十分ほどあるが、課長がもう戻ってこないだろうことは、自信を持って断言できる。


その日のうちに若田さんに電話をして、翌日二時に約束を取りつける。次の日は朝から市役所で会議があり、久しぶりに中央の空気を吸って、大野副市長から一時間半ほど移住者が定着しない事への嫌味を聞かされてから、観山と合流して簑石に向かった。

若田さんの家は山の斜面に建ち、放棄された棚田に囲まれている。整地に手を掛けたようで家の敷地は広く、大きくて古い母屋と、小さくて新しい離れが並んで建てられている。豪雪地帯の常として、屋根はどちらの建物もトタン葺《ぶ》きだ。離れは、長男が戻って家屋敷を継いだ時の隠居所として十年ほど前に建てられたそうだが、その用途で使われることはなかった。空には灰色の雲が重く垂れ込めて、風がないのがありがたく感じられる寒い日だった。

母屋の玄関に呼び鈴があるが、押しても音が鳴った気配がない。

「……壊れてるんですかね？」

と、観山が首を傾げた。

「そんな感じだな」

言いながら玄関のガラス戸に手をかけるが、鍵が掛かっていた。仕方なく、声を張り上げる。

「ごめんください」

ややあって、中から返事があった。

「……はい」

ガラス戸の向こうにひとの姿が現われ、こちらが名乗る前に鍵を開けてくれる。ドアが開き、若田一郎《いちろう》さんが小さく頭を下げた。

「どうも」

厚手のトレーナーに綿のパンツという、いかにも自宅で寛《くつろ》いでいたふうの楽な恰好をしているのに、それでもこのひとを間近で見ると、これは美男だと感心せずにはいられない。すらりと背が高く、造作もいいが、なんといってもとにかく顔が小さい。二十七歳のはずだが、肌の張りを見れば十代だと言われてもまったく疑わないだろう。これまで何度も会ったときいつもそうだったように、今日もどこか憂鬱そうに目を伏せている。

気を呑まれ、挨拶が遅れてしまった。

「あ、どうも。今日はお時間を頂きまして、ありがとうございます」

「ありがとうございます」

と観山も唱和する。一郎さんは聞こえるかどうかという小さな声で「どうぞ」と言うと、中に入るよう手で促した。

通されたのは、何に使っていたのか、十二畳のあまりに広々とした部屋だった。背の低い大きな机が部屋の中央に据えられ、厚い座布団が用意されている。母屋は古い作りでとても通気性がよく、つまりこの季節は底冷えがする。部屋の一隅に石油ストーブが赤熱しているが、とてもそれで間に合うものではなかった。

「お茶を用意します」

と言われたので、「どうぞお構いなく」と伝えるが、一郎さんは返事もせずに部屋を出て行ってしまった。観山がもじもじと体を揺すり始める。

「いやあ……冷えますね」

「あんまり大声で言うなよ」

「あたし、カイロ持ってきました」

「俺もだ」

簑石の家々には嫌というほど通った。古い日本家屋らしい防湿第一の気密性の低さから来る寒さは織り込み済み、対策済みだが、それでしのぎきれないのが本当の寒さだ。正座のままでポケットに手を入れ、使い捨てカイロを握りしめる。幸い、さほど待つことなく、お盆に急須と湯呑みを載せた一郎さんが、奥さんを伴って戻ってきた。

一郎さんの妻、公子《きみこ》さんというのは変わった雰囲気のあるひとだ。立ち居振る舞いが一つ一つ丁寧で、いつも物静かにしていて自分から発言することはないが、どこか無視できない存在感がある。たぶん育ちがいいのだろう。そのせいで、簑石には住んでいるのではなく別荘にでも来ているように見えてしまう。少しふくよかで、笑うとちょっと困っているように見える。

湯呑みが目の前に置かれた。

「粗茶ですが」

もう一度言う。

「どうぞお構いなく」

しかし一郎さんは、やはり答えず湯呑みに茶を注ぎ始める。まあ、お構いなくと言われて、そうですかと出しかけた茶を引っ込めるひとは見たことがない。

「ありがとうございます！　嬉しいです、いただきます」

観山は声を弾ませ、さっそく湯呑みを手に取ると吹いて冷まし、実に旨そうに茶を飲んだ。ふうと息をつき、いい笑顔になる。

「あったまります。今日は冷えますね！」

一郎さんも微笑して、

「暖房が行き届かなくてすみません。なにぶん、広いものですから」

と頭を下げた。

「朝晩はよほど冷え込むでしょう。生活にご不便はありませんか」

そう尋ねると、一郎さんは小さく頷く。

「それは、寒いですよ。でも、冬は寒く夏は暑いところで暮らしたいと引っ越してきたので、かえって嬉しいぐらいです。妻には苦労をかけますが……」

変わった趣味だが、世の中にはそういうひともいるだろう。机の上に出ていた一郎さんの手に、公子さんが自分の手を重ねた。

「苦労だなんて思ったこともありませんよ」

ふたりとも二十代のはずなのに、まるで老夫婦のようなたたずまいだと思っていると、出し抜けに観山が言った。

「ということは、離れは使っていないんですか」

なにが「ということは」なのかわからなかったが、一郎さんが「そうですね。基本的には」と答えて、それで察しがついた。離れは新しい建物なのでおそらく気密性が高く、寒暖の差は母屋ほど大きくないはずだ。暑さ寒さを体感したいのであれば母屋の方が適しているから離れは使っていない、と観山は察したらしい。

「離れで使っているのは、仏間ぐらいです。前の住人の方が残していかれたものなので、手を付けていません」

仏間の話が出たのは好都合だ。

「実は、今日伺ったのはその事なんです」

一郎さんが怪訝そうな顔をする。

「その事、といいますと……」

「前の住人の方が残していったものですが、このお宅には、円空が彫ったと伝えられる仏像がありますね」

「はい。あります」

神妙な顔で、一郎さんが居住まいを正す。心なしか、声にも緊張が滲んでいるようだ。

「その円空仏をですね……」

言いかけて、少し言葉に詰まる。昨日からずっと考えていたけれど、どう説得したものか上手い言い方を思いついていないのだ。

「ええと、ぜひ、拝見したいという声が上がっています。なにしろありがたいものですから、一目だけでもという気持ちもよくわかるのですが……いかがなものでしょう」

「つまり、あの仏さまを広く公開してほしいということですか」

「いえ、一般にということではありません。この簑石に移住したひとたちに向けて、内々に見学する機会を設けることは出来ないかというご相談なんですが」

一郎さんは、口許を引き締めて答えた。

「お断りします」

「ですが……」

「あの仏さまは預かり物、軽々に扱うことは出来ません。私たちは、この簑石に来るにあたってたまたま仏さまのある家が割り当てられただけで、それを自由に扱うことが許されているわけではないのです」

一理ある……というか、実にもっともな言い分だ。が、少しひっかかることがないわけでもない。なんというか、妙に言葉に力がこもっていて、頑《かたく》なすぎるという感じがする。一郎さんはなおも言い募る。

「そもそも、私があの仏さまの側に来ることになったのも、ただの偶然とは思えません。ひとに見せるとなると慎重に扱わなければいけませんが、私は古いものの専門家ではありませんから何か間違いがあってはと思うと、とてもお申し出をお受けする気にはなれないのです」

「たしかに、仏像は檜葉さんのものですから、お気持ちはわかりますが……」

一郎さんは眉をひそめた。

「檜葉さん？　どなたですか」

檜葉さんはこの家の持ち主だが、賃貸契約の際は不動産会社が間に入っているので、一郎さんは檜葉さんと直接やり取りをしていない。賃貸契約書には名前が書いてあったはずだけれど、それを憶えていないとしても無理はない。

「仏像を若田さんに預けた方です。さっき若田さんも、仏さまは預かり物だとおっしゃっていたでしょう」

それを聞くと、一郎さんの端整な顔に軽蔑らしき色が浮かんだ。

「ああ。法的な持ち主のことですか。檜葉さんとおっしゃるんでしたね、忘れていました。預かり物というのは、その方から預かったという意味ではありません」

「というと、誰から」

「そうですね……。おわかり頂けるかどうか」

少し間を置いて、一郎さんは厳粛に言った。

「いわば、天です」

なるほど。

「あの仏さまを見たがっているひとが誰かは、わかっています。あのひとは仏さまを商売にすることしか考えていない。甦り課の皆さんも板挟みでお気の毒とは思いますが、これればかりは仕方のないことです。お話がそれだけなら、私は失礼します」

そう言って、一郎さんは立ち上がり、そのまま部屋を出て行ってしまう。思わず観山と顔を見合わせると、観山は目を丸くしていた。

公子さんがおっとりした声で言う。

「一郎が失礼をいたしました」

「はあ、いえ……こちらこそ、無理を申しまして」

「どうか、あのひとを誤解なさらないでください。あのような貴重なものを預かることになって少し神経質になっているのです」

たしかに、本物なら時価いくらになるか見当もつかない古美術を預けられたらぴりぴりするのもわかるけれど、一郎さんの態度は、それだけでは説明がつかない。公子さんは一郎さんが去った襖をちらりと振り返り、柔らかい表情を崩さずに話す。

「実はこちらに引っ越してくる前、ほんの一年ばかりのあいだに、一郎には不幸が続いたんです」

頷き、黙って聞く。

「弟が職場で事故に遭い、父親の重い病気が見つかり、母親がひったくりに襲われて大怪我をしました。最後に姉が悪い男に騙されて借金を背負わされたことがわかって、一郎は、どうしてこれほど悪いことばかりが続くのかと不安になったようです。そのとき占い師を勧めるひとがいて、一郎は占いの結果を信じ込んでしまいました」

観山が言葉を挟んだ。

「占い？」

公子さんは首を傾げて、

「よくは知りません。祈禱師《きとうし》だったかもしれません。そのひとは一郎に、よくないことが続くのは土地の祟《たた》りだと言ったのです。都会はひとの思いが淀んでいて悪さをする、いますぐ引っ越さないと、次はあなたの身に不幸が襲いかかると……」

それを聞いて、もしかしてと思うことがあった。

「冬は寒く夏は暑いところで暮らしたいとおっしゃっていましたが、それも占い師の言ったことですか」

「そうだと思います。あるいは、都会から引っ越せという言葉を一郎なりに解釈したのかもしれません」

たしかに、簑石はいかなる意味においても都会ではなく、甦り課のプロジェクトが始まるまでの数年間はひとが住んでいる場所ですらなかった。一郎さんが心の平安を得るにはいい場所と言えるだろう。

「そうしてこの家に引っ越してきたところ、家主さんのものとかで特別な仏像が安置されているのを見つけて、一郎は本当に驚いていました。運命的なものまで感じたようで、あれを守ることが自分の役目だと考えています」

観山が訊く。

「拝んだりしているんですか？」

「わかりませんが、仏間で長く過ごしています」

そして、公子さんはどこか他人事のように付け加える。

「一郎のあれは、流行り病にかかったようなものです。鰯《いわし》の頭も信心からということですし、本人が安楽に暮らせるなら、それでいいのではないでしょうか。どうぞ、そっとしておいてくださいませ」

一郎さんはそれでよくても、公子さんはいいのだろうか。そう思って、

「奥さんは、おつらくないですか」

と訊くと、例の困ったような笑みで答えが返った。

「つらいだなんて思ったこともありませんよ」

円空仏の件は棚上げになった。若田一郎さんが断固として拒否したことを伝えると、課長は「そうか。残念残念」と言ったきり、それ以上どうしろとも指示しなかったのだ。長塚さんからはたびたび電話が掛かってきたが、鋭意対応検討中と繰り返すことで当座の時間を稼いでいた。

4

日々の業務に追われながら、それでも時折、若田公子さんの話がふと脳裏に浮かぶことがあった。公子さんは一郎さんのことを誤解しないでほしいと言っていたけれど、誤解もなにも公子さんの話は、一郎さんは「神がかり」だという長塚さんの発言を裏づけるようなものでしかなかった。彼女は夫のことをどう考えているのだろう。

「そっとしておいてほしいって言ってたじゃないですか」

若田さん宅での会話について意見を求めたところ、観山はそう手早く片づけた。

「それが本心で、それ以外はないんだと思いますよ」

観山が正しいのかも知れない。

もしそうなら、公子さんの願いはかなわなかった。一週間後、当の若田一郎さんから電話があったのだ。

その電話を取ったのは、珍しく、西野課長だったらしい。来年度のごみ収集計画について改めて相談したいことがあるからと本庁に呼び出されて、昼過ぎに甦り課に戻ると、課長が困り顔で話しかけてきた。

「万願寺くん。例の若田さんだけどさ。電話があって、仏間が変だ、って言うんだよ」

「変、といいますと」

「なんだか変な雰囲気があるって」

それではさっぱりわからない。

「課長、その……言いにくいですが、心のケアの話だったら僕の手には余ります」

「それはもっともだけどね」

指で机をとんとんと叩きつつ、課長は歯切れ悪く言う。

「ぼくなりに話をまとめると、若田さんはどうも、仏間が新しい離れにあるのが気に入らないらしい。元々円空仏が安置されていた場所に戻して昔通りに祀《まつ》りたいが、元の場所ってのがどこなのかがわからなくて困っているそうだ。物置に檜葉さん、つまり君が知る地権者の父親のことだが、その人の日記が残されていたからこれを読めば手がかりがあるかもと言っている。ところが達筆な上に量が多くて、一人では片づきそうもないそうだ」

嫌な予感がした。

「課長、まさかとは思いますが……」

「ああ、うん、たぶんそのまさかだね」

課長はそれとなく目を逸らした。

「手伝いを行かせるって言っちゃったからさ。万願寺くん、観山くんと一緒に行ってくれないかな。明後日だったら空いているだろう」

「土曜日じゃないですか」

「うん、だからその、個人的なあれって形で」

休日出勤扱いにするつもりはないらしい。

そして課長は、急に得意げな顔になって付け加える。

「一日だけって言質《げんち》は取ったから、ね」

譲歩を引き出したのは自分の手柄だ、と言わんばかりだが、こんな話は最初から断ってもらいたい。とはいえ、もう引き受けてしまったというのだからどうしようもない。溜め息を呑み込む。

「わかりました。公務として、行ってきます」

当然ながら、公務として行くということになれば休日勤務手当をもらうことになる。甦り課を脱出し本庁に戻るという夢のため手当は諦めようかという気にもかられるけれど、さすがに今度ばかりは腹に据えかねた。たちまち課長は苦り切って、腕まで組んだ。

「あー、公務か……。うん、まあ、仕方ないね。今回だけ特例ということで、ぼくの方であれしておくから。頼むよ」

「その前に檜葉さんに連絡を取って、円空仏が以前どこに置いてあったか憶えていないか訊いてみます」

課長は、鳩が豆鉄砲を食《く》らったような顔をした。

「……ああ、そういう手があるか」

「後ほど電話してみます」

けれど、そう上手くはいかなかった。檜葉太一さんは勤めていた鉄鋼メーカーを退職し、いまは悠々自適の生活を送っているので、連絡はすぐに取れた。しかし、円空仏を元の場所に戻したいという若田さんの希望を「なんだかわからん」と一蹴し、離れが出来る前は仏像はどこに置かれていたのかという質問にも、「知らん」としか答えなかった。

これで、休日出勤は確定したわけだ。

晴れて公務の扱いになったので、簑石には公用車のプリウスで行く。途中で観山を拾うことも出来たが、本人にどうするか訊くと、

「魚新さんの車に乗せてもらいます。帰りはお願いしますね」

とのことだった。

日記を遺したというひとのことは、少し調べた。檜葉太一さんの父親で、振太郎《しんたろう》さんという。林業と農業で生計を立て、生涯を簑石で送ったそうだ。亡くなったのは六年前だった。

冬晴れながら風の強い日で、約束の時間は午前十一時だ。市民の家で昼食をご馳走になるわけにはいかず、かといって簑石には食べ物を出す店はなく市街地まで戻れば時間がかかりすぎるので、車にはコンビニ弁当を積んだ。ふだん公用車に乗る時は音楽はかけないが、休日出勤のときぐらい構わないだろうと、好きなロックを流しながら車を走らせた。

若田さん宅に着いたのは、約束の時間の十分前だった。ロックに乗せられてアクセルを踏みすぎた——というわけではなく、万が一にも遅れないための余裕を見た結果だ。ところが若田さん宅の玄関前には、ダウンジャケットにストール、耳当て、ニット帽、手袋まで完備した誰かが立っていて、こちらに気づくと両手を振ってきた。観山遊香だ。観山に先を越されるとは思わず、ちょっと気まずく思いながら車を降りる。

「おはようございます」

観山が朗らかに言う。

「早いな」

「あたしが早いんじゃなくて、魚新さんが早いんです。土曜日なのに早起きしちゃいましたよ」

　ふと、公務に出かけるのに民間業者の車に同乗させてもらうのはいいのだろうかと思う。市のコンプライアンス講座でも、そうしたケースは取り上げられていなかった。魚新は利害関係者だろうか？　簑石で商売をしていることはたしかだが……。

「……まあいいか」

「何がですか」

「いや、なんでもない」

　ひとの厚意を受けても問題ないかいちいち検討することには、少しうんざりしている。少し迷って、弁当は車に置いておくことにした。この冷え込みの中、まさか悪くなったりはしないだろう。完全防寒の観山とは違って、こちらはいつものスーツに市の名前が入ったウインドブレーカーをはおっているだけで、本格的な寒さにはとても耐えられない。約束の時間まで車の中で待つつもりだったけれど、観山が先に来ているなら話は別だ。

「もう若田さんには会ったか？」

「はい。奥さんからおまんじゅうもらいました」

「そうか。よかったな」

　観山が玄関の引き戸を開け、そのまま中に向けて声を上げる。

「若田さん！　万願寺さんが着きました！」

声に応じて奥から出てきた一郎さんは、やはりきれいに髭をあたっていて清潔感がある。服は、先週訪れたときと同じものを着ていた。

「これは万願寺さん、お休みの日にどうも申し訳ありません。わざわざ来て下さって、ありがとうございます」

と頭を下げてくれる。それだけで、少し報われた。この仕事をしていると、呼び出されて働かされた上に罵られて追い返されることが少なくない。別に見返りがほしいわけじゃないけれど、礼は、嬉しい。

まずは、先週と同じ大部屋に通された。既に十数冊のノートが机の上に出してある。

「これが、例の日記ですか」

訊かずもがなのことを訊いてしまう。

「そうです。誰の日記かは書かれていませんが、まず間違いなく、ここで暮らしておられた檜葉さんのものでしょう」

そしてなぜか、観山が場をリードし始めた。帽子や手袋はさすがに外しているが、ダウンジャケットを着てストールは巻いたままで、きびきびと言う。

「万願寺さんは、若田さんとここで資料を見て下さい。あたしは離れに行きます」

「離れに？」

四方を見まわす。この部屋は十二畳で、どんなに大部の資料でも広げられる余裕があり、三人で使っても狭いということはない。

「どうしてわざわざ移るんだ。ここでよくないか」

観山は目を丸くした。

「あたしがこの部屋で仕事をしたら、死んでしまいます」

ずいぶん大袈裟な物言いをする……。おもわずまじまじと観山を見て、着込んだまま室内でも脱ごうとしないダウンジャケットに気づいて、察しがついた。

「ああ、なるほど」

この部屋は底冷えする。広いだけに、ストーブを焚いても効きが悪いだろう。一郎さんが言いにくそうに付け加える。

「離れは仏間しか使っていませんので、調べて頂きたい日記の一部はそこに運びました。私は寒いのは平気なので気にしていなかったんですが、観山さんから、もう少し暖房の効く部屋だとありがたい、離れの部屋は使えないかと言われまして」

そんなことを言ったのか。一郎さんがもう少し気むずかしいひとだったら一悶着《ひともんちゃく》あるところだ。相変わらず迂闊というか無邪気というか、観山は公務員としては危ない橋を渡りすぎる。それさえなければ、親しみやすい、いい市職員だとも言えるだろうに。ちょっと睨んでやったが当の観山は涼しい顔で、

「お願いしました」

などと嘯《うそぶ》いた。

「本当は、万願寺さんにも離れで作業をして頂いた方が寒さをしのげるだろうと思うんですが……。離れの仏間は狭いので、二人では使いにくいかと思います」

「いえ、私は別に構いません。ですが、その仏間というのはたしか……」

一郎さん曰《いわ》く「変な雰囲気がある」場所ではなかっただろうか。別段幽霊や祟りを信じているわけではないが、後輩が一人で作業する場所に妙な因縁があるのは面白くない。

一郎さんは少し口早に、

「ええ、そうですね、課長さんにはお伝えしましたが、なんだか違和感があるような気がします。ただ、それを気にしているのは私だけで妻は何ともないと言っていますし、観山さんにも確認してもらって、大丈夫そうということだったので」

と言った。観山も頷いている。本人が構わないというのなら、別にいいか。祟られたら課でカンパして祓《はら》ってもらえるよう、課長に交渉してやろう。

調べ物の目的を再確認する。課長が電話で聞いた内容はほぼ正確で、若田さんは、この家に住んでいた檜葉さんがもともと円空仏をどう扱っていたかを知りたいそうだ。祀ってあったのならその方法を知ること、そうではなく放置してあったのなら、その事実を確認することが目的になる。それで一郎さんが安心して簑石に住めるようになるというのなら、日記でも月記でも、いくらでも読んでやろうじゃないかと心ひそかに気合いを入れる。

「じゃあ、始めましょうか」

観山がそう言って、めいめいが立ち上がった。

一郎さんが観山を離れへ案内する。大部屋に一人で残るのもおかしな感じがするし、観山の居場所も把握しておきたいのでついていくことにした。

観山は大部屋を出る前に、部屋の隅に置いてあった大きなスポーツバッグを手に取って、肩から提げた。資料を読むのにこんなバッグがいるとも思えず、なんだそれと訊くと、

「なんだと思います？」

と返ってくる。平日だったら仕事中に市民の前でなぞなぞをする気はないと撥ねつけるところだが、休日出勤仲間のよしみだ、答えてみよう。妙なのは、なんといってもこの完全防寒のスタイルだ。寒い場所で仕事をすることが予想されるとは言っても、ニット帽や耳当てまで持ってきているのはいかにも大袈裟ではないか。

「……この後にスキーかスノボの約束が入っている、とか？」

観山は無言で親指を立て、にっと笑って見せた。

母屋と離れは隣接して建てられていて、二つの建物は渡り廊下で繋がっている。床板は氷さながらに冷えていて、一郎さんの手前という遠慮がなければつま先立ちで歩きたいぐらいだ。

「ここです」

一郎さんは開き戸の前で立ち止まった。母屋の建具と比べて明らかに背が高く、ドアの表面もつるつるとして素材の新しさがわかる。一郎さんがドアを押し開けると、中はこぢんまりとしていた。

畳敷きの四畳半に、小窓が一つ。丸い卓袱台の上には大学ノートが十数冊積まれている。茶色い座布団が一枚と石油ストーブが用意されてあるほか、部屋の奥に観音開きの襖があるのが見えた。十二畳の部屋から来たせいもあるのか、恐ろしく狭く見える。たしかにこの部屋で二人で資料を広げるのは難しそうだ。

「奥の襖が、例の？」

察しはつくが、いちおう訊く。

「ええ。厨子《ずし》が納めてあります」

「例の円空仏も……」

「はい、安置してあります。なので」

一郎さんは観山に向けて言った。

「開けないでください」

「はい！　わかりました！」

いい返事だ。あまりにもいい返事すぎて若干不安が残るけれど、ここで盗み見たことが知れたら大問題になることは、さすがに観山もわかっているだろう。

一郎さんは手洗い場の場所を教えると、

「じゃあ、私は母屋に戻ります。なにかあったら呼んでください」

と言って引き返していく。その後ろについていこうとしてふと振り返ると、観山が小さく手を振って、仏間のドアを閉めるところだった。

大部屋に戻り、いよいよこちらも作業にかかる。神職でも僧侶でもなかった檜葉振太郎さんの日記に円空仏の扱い方が書かれているのか、疑問はふつふつと湧いてくる。しかし、疑問を押し殺して作業に邁進《まいしん》するのは苦手ではなく、日常茶飯事でもある。積まれた日記の一番上の一冊を手に取ると、劣化した紙の頼りない質感が指に伝わってきた。

市販の、安価なノートだ。表紙には墨痕鮮やかに「日記　昭和四十年」とだけ書かれていて、書いたひとの名前はない。他人の日記を読むことに後ろめたさと僅かな好奇心を覚えつつ、ページを開く。

一月一日

良き年でありますように

日記は、毎日つけられているものではなかった。書き込みのある日もあれば、ない日もある。十日ほど何も書かれていない時期もあれば、連日何行にもわたって熱心な書き込みがある時期もある。ぱらぱらとめくると、文字が次々に目に飛び込んでくる。

三月十八日
ソ連人宇宙を遊泳す
月旅行も夢ではないか
気球で行ければよかったのだが

七月五日
誘カイ犯タイホ
親御さんが気の毒でならない
激しい夕立　水路を見まわること

十二月六日

冷え込み強し　午後から雪
石油ストーブ来たる。なんといっても点火が早いが、とにかく臭くて閉口する。しかしたしかに煙が出ないのは良い。火の用心にも良い。子らは喜び、これからは薪炭《しんたん》を使う者はばかだと言う。ならば楢櫟《ならくぬぎ》を守る者もばかであろうか。国策は杉にあり。杉はこれから儲かるか。金は教育、教育は金。

「妻が……」

と、不意に一郎さんが言った。

「なにか、私のことを話したそうで」

「……ええ、まあ、少しだけ」

「私のことをずいぶん変な男だとお考えでしょう」

「いえ」

日記の記述を追っていた一郎さんが、ふと顔を上げた。

一郎さんを刺激してクレーム騒動になったりしないよう気を遣っていることはたしかだが、別に嘘を言ったつもりもない。ひとはいろんなものに頼るし、自分は一人で立てると信じているひとも、次の日には何かに縋《すが》らないと息も出来なくなったりする。この甦り課に配属されてからでさえ、縋るものを必要とするひとは幾人か見てきた。いまさら一郎さんが何に縋ろうが、特に変だとは思わない。

一郎さんは、少し笑った。

「そうですか。……ありがとうございます」

日記は読みにくい箇所もなく、円空仏に関わる記述かどうかを見極めればいいだけで内容を読み込む必要はないので、比較的早くチェックしていける。昭和四十年の日記に目を通し終え、翌年の日記を開く。

「……妻は、私が占いを信じて会社を辞め、この簑石に来たと考えていますが、それは違うんですよ。いえ、完全に違うわけでもないですが」

一郎さんは問わず語りに話し始める。

「お聞きになったかもしれませんが、厄年としか言いようのない年がありましてね。一家全員、病気だ事故だ犯罪だと、ろくな目に遭いませんでした。それで、実は、あの年は私もずいぶん危なかったんです」

ページを繰る手を止めてしまった。公子さんは、一郎さん自身にふりかかった災難については何も言っていなかった。

日記をめくり続けながら、一郎さんはぽつぽつと話す。

「前職のことは応募書類に書きましたからご存じかと思いますが、神戸でアパレル関係の会社に勤めていました。憧れの職種に就けて喜んだのも束の間、これがひどい職場で。

私も育ちはそれほどいい方ではないんですが、それでも、面と向かって死ねと言われるのは初めてでした。それが、販売ノルマが達成できなかったからという理由で言われるんですからね」

激昂した市民に死ねと罵られることは、それほど珍しくない。だから自分の仕事の方がハードだ、と言うつもりはないけれど。

「その言葉のきついエリアマネージャーが異動になって、これでようやく服のことを考えられると思ったら、次のはもっとひどかった。手が出るんですよ。それも、ひとには痕が見えないように服の上から小突くんです。いちおう店長という肩書きはつきましたが、それで給料が上がるわけでもなく、むしろ残業代が出なくなって手取りは安くなる。家に帰れず店の椅子で寝た日もありました。これはもう限界だと思ったんですが、ほかに手に職があるわけじゃなし、ここで辞めたらこれまでの苦労はなんだったんだ、僕が無職になったら妻はさぞ心配するだろう、だったらいっそのこと……そんなことばかりぐるぐる考えて、そこに家族のトラブルが重なって、正直あの頃の私はまともじゃなかったと思います」

「それは……」

どう言っていいか言葉に迷い、結局当たり障りのない言葉しか選べない。

「たいへんでしたね」

日記に目を落としたまま、一郎さんはそう答えた。

「たいへんでした。……占いを勧められたのはそんな時です。お客さんに、中華街によく当たる占い師がいると教えてもらいましてね。真に受けるわけじゃないが、別にたいした出費ってわけでもない。休日出勤の帰りに立ち寄ったらまだ店を開けていたんで、入って、見てもらったんです。そうしたら、妻が話した通り、すぐ引っ越せと言われました」

公子さんから聞いた話とはだいぶ違う。一郎さんは占い師を信じ込んでしまったのではなく、占いに背中を押されたのだ。

「それで簑石にいらしたんですね」

「はい。ここはいいところですね」

そう言って頂けるのはありがたいが、どこがいいのか自分ではよくわかっていないのでなんとも答えにくい。

ここに生活がある。一郎さんは不幸な就職をして、そこから脱して自分を守る道を選んだ。日記の中では檜葉振太郎さんが、楢や櫟を育てる林業をやめ、杉に切り替えようかと考えている。杉は日本中で植えられた結果だぶついて、しかも輸入材に押されて儲からない材木になることが、いまはわかっている。けれど誰が、檜葉さんは先見の明が
「ええ」

なかったと笑えるだろう。日記の中で檜葉さんは最善の道を、少なくともまともに生きられる道を選ぼうとしていたではないか。揺れ動く時流の中でどうすればいいのかなんて、いつも、常に、わからないのだろう。

「私が円空仏の扱い方を知りたいというのは、なにも功徳《くどく》を積みたいとか、そういう理由からじゃないんですよ。もちろん、ああいうものに巡り会ったことに縁を感じていないわけじゃないですが、それより、あれをおろそかにしたくないという気持ちが強くあります。昔から受け継がれ、いま縁あって私の管理下に入ったものを、次の誰かに受け継いでもらう前に私のところで傷めてしまったら……。それが怖いんです」

「その気持ちはわかります」

「それに……」

と、一郎さんは少し言い淀み、はにかんだ。

「こんなことを言うと、やっぱり変なやつだと思われそうですが……。あの円空仏はみだりに動かしてはいけないものだったそうで、この簑石でなにかとトラブルが多いのも、もしかしたらあの仏像が然《しか》るべき場所にないせいかもしれないと思うと、やっぱり寝覚めは悪いですから、まあ、やれることはやっておこうかと……。そのために万願寺さんや観山さんのお手を煩《わずら》わせて、本当に申し訳ないです」

一郎さんの気持ちはわかる気がした。目に見えない力を信じるか信じないかは別として、何か悪いことが起きた時、ひょっとしてあれをおろそかにしたせいかもしれないとは思いたくないのだろう。

「いえ、とんでもない。どうぞお気になさらず」

そう答えた直後、机に置いていた携帯電話が突然ふるえだした。見れば、観山からの電話だ。電話を受ける。

「もしもし。どうした」

『あ、もしもし。ええとですね、ちょっとあたしにもよくわかんないんですけど』

「なんだ。何か見つかったのか」

『いえ、そういうわけじゃなくて……。あの、火事みたいです』

なんだって。

5

いかに母屋と離れに分かれているとはいえ同じ家の中にいて電話で話すこともないだろうと思ったのか、観山は携帯電話を手に持ったまま、しきりに首を傾げながら大部屋にやって来た。

「火事って、まさか簑石で？」

篝石で火が出れば、消防車が来るまでに最短でも四十分はかかることは四月の一件で実証済みだ。消防団の結成はロードマップに載せていたが、いまのところ、まだ具体化さえしていない。

さっそく訊くと、観山は困ったように眉を寄せた。

「いえ、違います」

強ばっていた全身から、ふっと力が抜ける。

「あたしもよくわかりません。友達から電話があって、あたしのアパートの近くで火事だって言ってるんです。けっこう激しく燃えてるから大事なものとか持ち出しておいた方がいいんじゃないかって」

「住所はどこだっけ」

「ええと……みどり町です」

携帯電話を手にして、消防局総務課の同期に電話をかける。土曜日の昼間で、電話の相手が遊びに行っていたりまだ寝ていたりしてもおかしくない時間帯だったが、通話は一瞬で繋がった。

『おう……珍しいな』

「休みの日にすまん。みどり町で火事が起きてるって知ってるか」

『知ってるよ』

「さすが消防局」

『なに言ってんだ馬鹿野郎。俺の家もみどり町なんだよ』

知らねえよと返したいところだけれど、そういえば、年賀状を書く時に見たことがあった。それに、電話の向こうからサイレンの音も聞こえてくる。

「そうか、悪かった。実は後輩のアパートが現場の近くなんだが、貴重品は持ち出した方がよさそうな感じか？」

『……待ってろ』

がたがたと音がして、サイレンの音が大きくなった。窓を開けるか、外に出たのだろう。

『あー。わからんな。消防車は来てるみたいだけど、あのへんの道は狭いしな』

「まず安心とは言えない感じか」

『滅多なことはないと思う……でもまあ、そうだ。結構燃えてる』

「わかった。ありがとう」

『うす』

電話を切る。観山は不安げに、胸の前で手を組み合わせていた。会話の内容を伝えると、じっと考え込んでしまった。

「考えてる場合か。車を出そうか」

「いえ……運転できます」

公用車を使うときはいつも迷わず助手席に乗るので、観山も免許を持っていることをつい忘れていた。

「ただ、その……いまから行っても、意味ないかも。だって四十分はかかりますよ」

「延焼するのが四十五分後かも知れないだろ」

「でも……」

観山は離れの方を振り返る。

「仕事中ですし。いま離れるわけには……」

一郎さんの前ではあるけれど、言ってしまう。

「そんなのはなんとでもなる。後でしまったと思っても、燃えた物は戻らないぞ」

「だって、なんともないかもしれないし」

なにを渋っているのかわからない。建前上は全ての仕事は平等に重要だが、実際には緊急性や優先度がある。自分の家が燃えていても優先しなければならない仕事も世の中にはあるだろうが、檜葉さんの日記の調査は、どう考えても、それほど急ぐものではない。空騒ぎになると恥ずかしいとでも思っているのだろうか。

一郎さんが気遣わしげに言う。

「観山さん、どうぞ戻ってください。なにもなければ、それが一番いいんですから」

「俺もそう思う。いいから、行け行け」

そう促されてもなお観山は迷い、いちおう玄関には向かうものの、ちらちらと何度も離れを振り返っている。

「いいから行けって」

ようやく決心したようで観山は靴を履く。車の鍵を渡すと、思いがけず強い言葉で言われた。

「万願寺さん。離れの日記はあたしの仕事ですから、取らないでくださいね」

「わかったわかった」

「いやもう本当にお願いしますよ。戻ってきますから。仕事がなかったら、なんのための休日出勤かわからないんで」

「わかったよ。運転には気をつけろよ、事故ったら元も子もないぞ」

渋りに渋ったが、観山はようやく駆け出した。やがてエンジン音が聞こえ、それが次第に遠ざかっていく。

やれやれと呟きながら大部屋に戻ると、一郎さんがひどく暗い顔をしていた。火事と円空仏を結びつけて考えているのかもしれない。特に掛ける言葉は思いつかなかった。

数分後、一郎さんがはっとしたように顔を上げた。

「観山さん、ストーブ消したかな」

離れから来て、そのまま車に乗って家に帰ったのだから、たしかに消してないかもしれない。すぐに立ち上がる。

「私が見てきます」

「すみません、お願いします」

そして一郎さんは、少し考えるような間を置いて、付け加えた。

「よかったら、そのまま離れで作業してください。あちらの方が暖かいはずなので」

正直なところ、ありがたい申し出だった。古民家の冷え込みを甘く見てはいないつもりだったけれど、身動きせずに資料を読んでいると、底冷えが想像以上に身に染みるのだ。観山は仕事を取るなと言っていたけれど、いつ戻ってくるのかわからない観山のために作業を遅らせる必要もないし、もし早めに戻って来たらその時点で離れを明け渡せばいいだろう。

「では、すみませんがそうさせてもらいます」

と言って読みかけの日記を持ち、離れに向かう。

仏間のドアは開いていて、なぜか観山のスポーツバッグがドアストッパーのように置かれている。部屋を覗き込むと石油ストーブの火はちゃんと消えていて、微かに灯油のにおいが漂っていた。卓袱台の上には日記が一冊、表紙を下にして置かれている。真面目に日記を読んでいる最中に電話が掛かってきて、火の始末だけして部屋を飛び出したといった態だ。暖房の効きがいい部屋だというが、ドアを開けっぱなしにしていたせいで室内はとっくに冷え切っていた。

仏間に入り、観山のスポーツバッグをドアの前から除《の》ける。バッグは、嵩張《かさば》る割に思いがけず軽かった。ウェアかなにかが入っているのだろうか。ストーブの火を点け、座布団をなんとなく裏返し、日記に取りかかろうとして部屋の奥の襖が気になった。例の円空仏が納めてあるという観音開きの襖だが、その引き手になにかが結んである。近づいてよく見ると、両側の引き手にコヨリのようなものが通してあり、セロファンテープでくっつけられていた。このコヨリを取り外さなければ、襖を開けることは出来ない。観山が離れで作業をしたいとわがままを言った時、円空仏を覗かれないように一郎さんが仕掛けたのだろう。さっきはドアの所からちょっと中を見ただけだったので、気づかなかった。念のためと思って確認したところ、切ってしまわない限りコヨリを外すことは不可能のようで、それが切れていないということは観山は襖を開けなかったということになる。当たり前だろうと思いつつ、少しほっとした。

卓袱台に置いてある日記はいったん除けて、読みかけの日記を読んでいく。

時に簡潔に、時に饒舌《じょうぜつ》に、簑石での生活が綴られている。長くつらい冬が終わり、鳥が鳴く春の喜び。草木が青々と生い茂り、農の仕事が一段落する夏のひととき。目のまわる忙しさの中にも、実りをよろこぶ秋。そして、静かな冬。子供が育っていき、家事は電化され、誰もが車を持つようになり、簑石は年老いて人口を失っていく。四畳半の仏間で、石油ストーブの火が立てる燃焼音だけを聞きながら読んだのは、これから消えてしまう里の物語でもあった。

携帯電話の時刻表示を見ると、一時間半ほどが経っていた。

十何冊目かの日記を閉じ、大きくあくびをする。不思議なぐらい集中力が落ち、眠気が襲ってきている。平日の疲れが出たのだろうか。一休みを兼ねて昼食にしようかと思いついて、座布団からゆっくり立ち上がると、ふだんはほとんど感じたことのない目眩《めまい》に襲われた。

「うーん。眠いな」

独り言で愚痴を言い、ドアノブをつかんで引く。

ドアは開かなかった。

「あれ？」

押して開けるドアだったろうかと思って押してみるが、やはり開かない。鍵がかかってしまったのかと思ってドアノブを見るけれど、それらしいツマミもない。ドアノブをがちゃがちゃとひねり、少し力を入れて引いてみるけれど結果は同じだった。向こうになにか重いものが置いてあるのだろうか……と思ったが、そんなはずはない、内開きのドアなのだから。記憶を辿っても、一郎さんはたしかに、廊下側からは押して開けていた。

「……あれ」

石油ストーブのおかげで寒さはほとんど感じていなかったが、冷たいものが背を這い上がってきた。閉じ込められたのか？

ドアとドア枠のあいだの、狭い隙間に目を凝らす。ノブをひねると、間違いなくラッチが動いているのが見えた。つまり、鍵がかかっているのでもなく、部品が故障したのでもなく、なにかが引っかかっているのでもない。それなら開くはずだとノブをひねって引っぱるけれど、やはりドアはびくともしなかった。

これまでは、力の入れ方に遠慮があった。市民の家で力任せにドアを引いて建具を壊してしまったら、厳重注意では済まないからだ。けれど本格的に開かないとなったら話は別だ。両手でノブをつかみ、足を踏ん張り、引く。畳敷きで足が滑ってしまう。あまり丈夫な作りではないらしく、ノブは心許なくがたついた。これ以上は力を入れられない。

「……だめだ」

それでも開かない。間違いない、閉じ込められている。一郎さんの仕業か？　恨みを買うようなことはしていないはずだけれど、ひとはどこで恨まれるかわかったものではない。だけど仮に一郎さんの仕業だとして、いったいどうやったのか。

一つだけ、思いつくことがあった。出来るだけ穏やかな声を作る。

「若田さん。そこにいますね」

……返事はない。

「若田さん」

やはり、なにも聞こえない。そっとドアノブをつかみ、

「あの、若田さん。実はですね」

と言いかけて、不意を打ってノブを引く。が、結果は同じだった。びくともしない。

つまり、ドアの向こうに一郎さんが立っていて、満身の力で引っぱっているという可能性は低いわけだ。だいいち、こっちがいつ立ち上がるかわからないのに、寒い廊下でずっとドアの前に張りついているというのは考えにくい。なら、機械的な仕掛けだろうか。たとえばバキュームポンプかなにかでドアを強烈に吸いつけているとか？

ドアに耳を当て、音を探る。静かだ。市街地では考えられないほど、なんの音もしない。機械装置を使ってドアを引っぱっているなら、それがどんな装置であっても、音がしないというのは考えにくい。

「いや、待てよ」

ひとり呟く。たとえば、電磁石ならどうだろう。ドアの内部に金属の板が仕込んであ

り、廊下側から強力な電磁石でそれを吸いつけているというのは。電磁石の仕組みに詳しいわけではないけれど、電源と電磁石本体を充分離して設置すれば、音を届かせずに磁力を発生させることができるのではないか。あるいはもっと単純に、廊下側のノブに紐をかけ、充分な重さの重石《おもし》につないであるとか？

……そんなことはどうでもいいのだ、方法がわかったからといって出られるわけじゃない。まだ、一郎さんが悪意でやっていると決まったわけじゃなし、とにかくいま出来る最善の行動は一つしかない。大きく息を吸い込む。

「若田さん！」

もう一度、今度はもっと大きな声で、

「若田さん！」

咳払いして喉の調子を整えて、

「おおい！　誰か！　誰かいませんか！」

叫んだ甲斐があった。どたどたと足音が近づいてくる。

「万願寺さん？　どうしましたか」

一郎さんの声だ。一郎さんに閉じ込められたのではという思いは一瞬で消し飛び、駆けつけてくれたありがたさに安堵の溜め息がこぼれる。

「ドアが開かないんです」

「開かない？　そんな馬鹿な」

音を立ててドアノブがまわるが、やはりドアは開かない。

「万願寺さん、内側から押さえたりしてませんよね」

それはそう考えるだろうが、

「押さえていません。昼の弁当を持ってこようかと思って部屋を出ようとしたら、こうなっていたんです」

言いながら気づいた。弁当は車に積みっぱなしで、その車は観山が乗って行ってしまった。戻ってくるとは思うけれど……。いや、いまはそれどころじゃない。トイレだっていつまでも行かないでいられるわけではないのだ。

ドア以外の開口部は、顔ほどの高さにある明かり取りの小窓しかない。磨りガラスで外は見えず、クレセント錠がついているので開けることは出来そうだが、あんな小窓からでは顔を出すことぐらいしかできない。

「このドア、建て付けがわるかったりしたんですか」

「そんなことはありませんよ。あれ、どうしてだ、こんな、こんな……」

一息おいて、激しい声が聞こえてくる。

「鍵もないドアなのに！　こんな馬鹿なことが！」

落ち着かなければと思うのに、ひとの慌てた声を聞くとこっちまで浮き足立つ。

「なにかこう……方法はありませんか」

「方法ったって」

一郎さんはひどく苛立たしげに言う。

「なんで開かないのかもわからないのに、方法なんかあるわけないでしょう」

そして、ふと沈黙があった。

「……万願寺さん。念のために訊きますけど、厨子の仏像には触れていませんよね」

少し、ぞっとした。

「もちろんです」

「おかしいな……おかしいな……」

ノブががちゃがちゃと鳴り続ける。一郎さんにはなにも聞こえていなかったのかもしれない。祟りなんてあるわけがない。しかしいま現に、仏間の扉はびくともしない――見えない手で押さえられてでもいるかのように。ああ、それに、頭がぼんやりする。どうしてこんな時にも眠いんだろう。

「どうしたんですか」

女のひとの声が聞こえてきた。公子さんだろう。

「仏間のドアが開かないんだ。どうやっても」

「そんな。だってこのドアに鍵なんかついてないじゃありませんか」

「わかってる。だから、おかしいんだよ」

ろくにまわらない頭で、それでも可能性に思い至る。

「一郎さん。外はどうですか。雪は降っていませんか」

「雪？」

突然の質問に、一郎さんは素っ頓狂な声を上げる。雪が積もれば屋根に重みがかかる。その重さで、ドアや襖の開け閉めが固くなることがある。雪国では常識的な知識だが、神戸から来た一郎さんは知らないかもしれない。大部屋からこの仏間に移る前は雪は降っていなかったので、たかだか二時間足らずでそんなどか雪が降ったとも思えないけれど、もうほかにドアが開かない理由を思いつかないのだ。

「雪なんか降ってやしませんよ。降っていたらなんだって言うんです」

「いえ……そうですか。わかりました」

頭を振って眠気を振り払う。石油ストーブが燃え続けているのが気になる、これでは酸欠になってしまいそうだ。一郎さんか公子さんか、絶え間なくノブをまわし続ける音が気に障る。ノブがまわり続けているのでそれを引くことも出来ず、ただ立ち尽くしながら、なにが起きたのかぼんやりと考え続けている。

「仕事を……仕事をしないと」

そう呟いて、座布団に座る。卓袱台に出していた昭和四十二年の日記を開こうとしたその時、視界の端に異常なものが映った。顔だ。

外に面した壁の上の方、明かり取りの小窓にひとの顔が浮かんでいる。磨りガラスを挟んで輪郭のぼんやりした顔が大きく口を開け、白い歯の並ぶ口の奥は黒々としている。いまにも悲鳴を上げそうな顔を前に、背すじが凍りつく。

「うっ……」

……喉からほとばしり出そうな声を、なんとか呑み込む。

いや、あれはおかしなものではなく、ただ単にひとが窓を覗き込んでいるだけだ。口を開けているのは、なにかを言おうとしているのだ。そう気づくと、声が耳に届いた。

「万願寺さん！　万願寺さん、大丈夫ですか！」

観山だ。

「ああ、火事は大丈夫だったか」

そう訊くと、窓の向こうで観山が一瞬言葉に詰まった。

「……大丈夫でした。うちまでは燃えませんでした。それより万願寺さん、どうしたんですか。若田さんたちがドアの外で騒いでるのが見えましたけど」

「ドアが開かないんだ」

「え？　なんですか」

「ドアが開かないんだよ！」

ガラスの向こうで、観山の顔が横を向いた。耳をこちらに向けたのだ。

「ごめんなさい、よく聞こえません。この窓、開けてくれませんか」

家に入って若田夫妻に訊いてくれと言いたいが、その声も聞こえないと言われては面倒だ。気怠《けだる》い体を持ち上げて窓際に行き、クレセント錠を開ける。窓枠に指をかけて、ふと、これも開かなかったらどうしようかという不安が胸によぎった。

「どうしたんですか、万願寺さん。早く開けてください！」

「ああ、いま開ける」

開いてくれ。

指に力を込める。窓は……動かない。いや、固いだけだ。相手がアルミ製の窓枠なら遠慮はいらない。腹に力を込め歯を食いしばって、体重をかけて引く。

開いた！

その時、なにかが四畳半の仏間から出て行った。目には見えなかったけれど、なにかがどっと出て行ったのをたしかに感じた。そして次の瞬間には、ドアが開いた。一郎さんがたたらを踏んで仏間に入ってくる。

一郎さんの顔は真っ青だった。驚きのためか恐れのせいか、端整な顔を大きく歪めて、ぎろりと大きな目でこちらを見る。一郎さんはなにかを言いかけて言葉を呑み込み、無言のまま部屋を横切って、観音開きの襖の前に立つ。

「まさか……」

そう呟いて襖を封印していたコヨリを切ると、襖を開ける。納められていた厨子の扉ももどかしげに開けると、一郎さんは大きく溜め息をついた。

「……ある」

見るつもりはなかったが、見えてしまった。厨子の中には、高さ三十センチにも満たない、細長い木ぎれが立ててあった。顔が彫られているかどうかは、暗くてよくわからない。

一郎さんは、その木ぎれを見つめたまま動かない。

「どうかしましたか」

そう訊いてみるが、答えは返らない。一郎さんは厨子の中に手を伸ばしかけ、その手をいったん引っ込めてポケットから取り出したハンカチで拭った。

「なにか、ちょっと変だ……」

独り言を言いながら、円空仏なのだろう木ぎれを厨子から取り出す。電灯の明かりと、窓から差し込む日光の中、一郎さんは円空仏を矯《た》めつ眇《すが》めつ仔細《しさい》に見る。そして、呆然とした呟きが続いた。

「違う。偽物だ」

「えっ」

思わず一郎さんが持つ仏像をのぞき見る。雑と言えば雑、しかしどこか優しげな顔が彫られている。一郎さんはこちらに気づくと、その像の一部を指さした。

「……白い？」

「そうです。白い」

生木《なまき》の色ではない、もっと不自然な白さだ。

「なんでしょうか」

「決まっています……塗料が剝げたんだ」

一郎さんが仏像をノックすると、くぐもった軽い音が響いた。手の中の仏像をじっと見つめ、一郎さんは心ここにあらずといった態で呟く。

「樹脂製です。複製だ。このあいだまではそうじゃなかった……。すり替えられてる！」

そして一郎さんはきっと顔を上げ、鬼のような形相で仏間を飛び出した。

駆け出した一郎さんを追いかけたかったが、火の始末が先だった。石油ストーブの緊急消火ボタンを押し、立ち上る灯油のにおいを感じながらこちらも駆け出す。けれど、一郎さんの姿はもうなかった。

玄関には観山がいた。出ていった時と同じ、完全防寒の姿だ。

「万願寺さん、どうしたんですか」

訳がわからないのだろう、観山は浮き足立ち、声もうわずっている。

「円空仏が偽物だった。若田さんを見かけたか?」

「見かけたもなにも、いま飛び出して坂を下りていきましたけど」

「追いかけるんだ!」

そう言うと観山ははっきり頷いて、ぱっと駆け出した。こっちはウインドブレーカーもはおっておらず、外気に撫でられた肌がぷつぷつと粟《あわ》だつけれど、靴を手早く履いて後を追う。一郎さんは冷静ではない、なにをしでかすかわからない。

外に出ると、空は青いのに、逆巻く風には銀色の雪が舞っている。どこか遠くで降った雪の一部が風にあおられ、軽く小さな雪だけが簑石に降っているのだ。空気が澄み、物の輪郭が遠くまではっきりと見える。斜面の途中に建つ若田さん宅からは簑石が一望でき、下り坂を走っていく一郎さんも、それを追いかける観山も見えた。車の鍵を観山から返してもらって、公用車で追えばよかったと思いながら、一つ大きく息を吐いて走り出す。

たちまち息が上がった。ふだんデスクワークばかりで、体がなまりきっている。しかしそれを言えば一郎さんも似たようなものだろうに、よくもあれだけ走れるものだ。こちらが革靴、あちらはどうやらスニーカーという条件の違いはあるけれど、彼我の差は縮まるどころか広がっていく。一郎さんの行き先は、途中でわかった。家の前にやや広めの駐車スペースがある、朱色の屋根の、割に新しい二階建て。長塚昭夫さんが移住した家だ。家の前には長塚さんが出ていて、この寒さの中、バットを持ち出して素振りをしていた。その長塚さんのところにまず一郎さんが駆け寄り、何事か悶着を始めたすぐ後に観山が加わる。息を切らしながらようやく三番手で駆けつけた時には、言い合いは過熱して罵り合いになっていた。

長塚さんが顔を真っ赤にして叫ぶ。

「おかしいんじゃないのか、あんた。円空仏だかなんだか知らんが二束三文のがらくたに必死になって、ひとを泥棒呼ばわりか！」

対する一郎さんの顔色は、紙のように白い。

「しらばっくれるなよ！　あんたがあれを狙っていたことはわかってる。うちのまわりをちょろちょろしていただろう！」

「知らんと言っている！」

「あれを動かしたから、うちの仏間があんなことに……早く戻さないと、次はあんただぞ！」

「馬鹿げたことを……！」

長塚さんがこちらに気づいた。

「万願寺さん、いいところに来た。この男おかしいんだ。いきなりやってきて、訳のわからんことを……なんとか言ってやってくれ！」

甦り課は市の部署であり、警察機関ではない。けれど簑石にひとびとが移住して以来、立て続けに起きたトラブルに対処するうち、少し勘のようなものが磨かれたということはあるのかも知れない。この時とっさに、なにかがあやしいような気がした。

長塚さんは円空仏を見せようとしない一郎さんをよく思っておらず、自分に任せてくれれば観光資源として生かすのに、と考えていることを隠そうともしていなかった。円空仏を見せ物にするのではなく護っていこうと考えている一郎さんを、軽蔑してさえいた。それに長塚さんのふだんの言動を加味すると、いま詰め寄られている長塚さんの態度はやはり妙だという気がしなくもない。ふだんの長塚さんだったら、詰め寄られたことさえ一郎さんから円空仏を取り上げるチャンスとして利用しそうなものだ。

「長塚さん。いまのお話ですが……」

言いかけた瞬間、一郎さんが観山の横をすり抜けて、止める間もなく、長塚さんの家に飛び込んでいってしまった。思わず、あっと声が出た。長塚さんも観山もあっけに取られていたが、我に返るのは長塚さんが早かった。

「お、おい、ひとの家に勝手に……待て！　おい待て！」

バットを持ったまま長塚さんが家に駆け込む。残された観山が、

「……どうします」

と訊いてくるのに、即座に答える。

「行こう。二人ともヒートアップしてる、傷害事件になりかねない」

たたきで靴を脱ぎ散らかし、長塚さんの後を追いつつ、

「若田さん！　馬鹿なことはやめてください！」

と声を上げる。長塚さんは廊下で左右を見まわすと、なにに気づいたのか、一方の廊下を選んで小走りに急ぐ。ひとの家で勝手にあちこち見てまわるわけにもいかず、観山と二人で長塚さんの後を追う。長塚さんの行く先には見覚えがあった。先週通された客間だ。

障子は開いていた。客間で、床の間を背に一郎さんが立っていた。一郎さんは床の間に目を向け、言った。

「長塚さん。説明してもらいましょうか」

一郎さんの視線の先には、小さなクッションに乗せられた円空仏がある。

がらんと音を立てて、長塚さんの手からバットが滑り落ちた。

6

長塚さんは、自分が円空仏を活用するのが最善であり、これは新生簑石全体を考えた

行動だったので犯罪ではないと主張した。

「そりゃあ通りませんよ。それが通るんだったら、私だって正義の名の下にいろいろやりたいことがありますよ」

と、西野課長は言った。

「トラブルの善後策を話し合うため」、長塚さんは出張所の会議室に呼び出された。長塚さんは机も与えられず、パイプ椅子に座らされている。観山は課長が呼ばなかった。

「話し合い」が始まってからずっと、長塚さんは手を替え品を替えて自らを正当化し続け、西野課長はそのすべてを一顧だにせず却下し続けている。もとより、若田さん宅にあったはずの仏像が長塚さん宅の床の間に飾られていた以上、長塚さんの盗みは明白だ。それなのに断固とした処置をするでもなく、かといってすべてを水に流すわけでもなく、課長はだらだらと言い訳を聞き続けている。なにを考えているのかわからない。……いや、実は、少しだけわかりかけている。

「そもそも、私は別にあの円空仏が欲しかったわけじゃないんですよ。若田さんの家からお借りしたのは事実ですが、もちろん返すつもりでした」

「借りるだけ、ですか。借りてどうするつもりだったんです？　床の間に飾っていたそうじゃないですか」

「あれは」

ひたいの汗を拭って、長塚さんがまくしたてる。

「ほかに置き場がなかっただけです。台所に置くわけにいかんでしょうが。私はね、あれを鑑定してもらおうと思ったんですよ。それだけです。自分のものにしようだなんて、思ったこともない。鑑定が終わったら元通りに戻して、それで丸く収まるはずだったのに、あの男が騒ぎ立てるからいかんのです」

課長は苛立たしげに、机を人差し指でとんとんと叩く。

「騒ぐというのはあれですか、盗まれたものを返せと詰め寄って、実際に盗品を見つけたことを指しておっしゃっているんですか」

「だから、私は、盗んじゃいないと言ってるじゃないですか」

しゃべっているうちに自分の言葉を自分で信じ始めてしまったのか、長塚さんははっきりそう断言した。

「ははあ」

課長は腕を組み、パイプ椅子の背もたれに体重を掛ける。

「見解の相違というやつですか。しかしねえ、円空仏に興味がおありだというから特別にレプリカをお貸ししたのに、それを泥棒の道具に使われてはこちらも立つ瀬がないんですよ」

聞いていない話だったが、察しはついていた。若田さん宅の仏間にあった樹脂製の仏像は、かつて間野市が歴史資料館に収めるためにいくつか作ったというレプリカだったのだろう。見た目はそっくりなので、若田夫妻はしばらくすり替えに気づかなかった。一郎さんは円空仏を大事にして人目にも触れさせなかったぐらいだから、日常的に円空仏を手にとって至近距離でじろじろ確認しているということは考えにくい。鑑定のあいだすり替えようと思っただけという長塚さんの言い分は、実は事実なのかも知れない。

しかしもちろん、だからといって盗みではなかったということにはならない。

「長塚さんの行動が窃盗かそうでないか専門の機関に判断して頂いた方がいいというなら、まあそれも仕方ないかもしれませんな」

途端に、長塚さんがしおしおと肩をすぼめて小さくなった。

「……警察は、やめましょう。お互いのためにならない」

「お互い、ねえ」

課長は突然、こちらを見た。

「万願寺くん。どう思う、現に犯罪を見つけておいて、だいじな移住者だから見逃すってのは、コンプライアンス的にどうかな」

いきなりの質問に、しどろもどろに答える。

「コンプライアンス講座では取り上げられなかったケースですが……一般的には、犯罪の通報は市民の義務かと」

「義務か、なるほど。だけど万願寺くん、ぼくたちみたいな仕事をしてると、厳密に言えば犯罪かなって場面に出くわすことは少なくないでしょ。ごみを野焼きしてるとか、立ち小便してるとかね。そういうのの摘発は警察のひとにがんばってもらって、ぼくたちはぼくたちの仕事をしようっていうのが、まあ大人の態度ってやつじゃないかなあ」

今度は、はっきりと答えた。

「犯罪の程度にもよります」

課長はぽりぽりと頭をかいた。

「ま、そりゃそうか。で、今回の犯罪……いや失礼、犯罪かそうでないか争いのある件だけど、重大なことだと思うかね」

「思います」

住居侵入と窃盗はいったん横に置くとして、長塚さんの行為は簑石に大きな傷跡を残した。

若田一郎さんは長塚家から本物の円空仏を取り返した後、ふるえだした。伝統のあるものだからと思って大事にしていたつもりだったが、それが安置していた厨子から持ち出されるや否や、仏間のドアが開かなくなるという怪事に見舞われた。占いぐらいなら信じるふりも出来るけれど、「ほんもの」に関わるのは洒落にならない……恐慌状態の一郎さんの発言をまとめると、そういうことになる。

若田夫妻は、円空仏を残して簑石を去った。事件の二日後の月曜日には手続きを済ませ、火曜日には引っ越し業者を呼んで家を引き払うという手早さだ。よほど、おそろしかったのだろう。

春から続いたトラブルで、移住者はもう半数以上が簑石を出て行った。この上さらに若田家まで出て行くきっかけを作った長塚さんは、正直に言って恨めしい。

「じゃあ、まあ、若田さんに被害届を出してもらうことだね。若田さんの連絡先は、わかってるんだよね？」

「もちろんです」

そこまで聞いて、長塚さんがついに折れた。パイプ椅子に座ったまま、深々と頭を下げる。

「警察は、勘弁してください！　申し訳なかった。本当に、ただの出来心だった」

課長が、むすりとして訊く。

「いったい、いつすり替えたんです」

力なくうなだれ、長塚さんは観念したように話し始める。

「……水曜日か、木曜日。あの男が車で出かけたから買い物にでも行ったんだろうと思って、奥さんに頼んでみたらあっさり仏間に入れてくれたんです。それで仏像を間近に見て、これはやっぱり鑑定してもらわにゃと思って、だけどあの男がごねることは目に見えとりますから、レプリカとすり替えることを思いつきました。いったん家に帰ってレプリカを持って、もういちどあの男の家を訪ねて忘れ物をしたと言ったら、やっぱり嫌な顔ひとつせずに通してもらえました。持ち帰ってみると、これはあんまりおろそかには出来んものだという気がして、床の間に置いておいたんです。それがあの男、どうしてだか、すぐに気づいて……」

最後は涙声だった。課長が大きい溜め息をつく。

「まあ、やってくれましたな、長塚さん。ですが、簑石から逮捕者を出したくないというのは、それはわたくしどもも同じでしてね。……出て行ってもらいましょう」

言葉の意味がわからなかったのか、長塚さんは涙まみれの顔を上げるだけでなにも言わない。課長はもう一度言った。

「出て行けば、警察は呼ばないと言っとるんです。そうですな、来週まで待ちましょう。来週の月曜日にまだ簑石にいたら、その場で一一〇番通報です」

長塚さんはぺこぺこと頭を下げる。

「わ、わかりました！　ありがとうございます、ありがとうございます！」

「ただし、忘れないでくださいよ。若田さんが被害届を出したら、話は別だ。私らにも、どうにもできません」

「それはもう……」

と言いながら、長塚さんの表情には不安がよぎった。警察沙汰になるもならないも、若田夫妻の胸三寸なのだから無理もない。

実際には、若田夫妻は円空仏にはもう関わろうとしないだろう。長塚さんはしばらく眠れぬ夜を過ごすかもしれないが、それぐらいだったら寛大すぎる罰と言うべきだろう。

長塚さんとの「話し合い」を終えると、西野課長はいつもの通り、煙草を吸いに出張所を出て行った。甦り課には観山が残って休日勤務届を書いている。

「長塚さんも出て行くことになりそうだよ」

と伝えると、観山はペンを器用に指のあいだでまわしながら、なんの感情もこもっていないような平板な声で言った。

「さみしくなりますね」

「……そうだな」

「そうですか？」

お前が言ったことだろう、と言い返す気にもなれなくて、自分の椅子にどっかりと座る。手を頭の後ろで組んで、少し背を反らせて伸びをする。

あの日のことを、観山と話したことはなかった。当日はパニック状態の一郎さんをなだめるのでたいへんだったし、観山は帰りもスーパー魚新の移動販売車に便乗したので、車の中で話す機会もなかったからだ。

「火事は」

と切り出す。

「大丈夫だったか」

観山は書類に目を落としたまま、答える。

「ご心配どうもです。隣のマンションは壁が焦げてましたけど、うちは大丈夫でした」

「なによりだったな」

「はい」

あの日、観山は二時間足らずで戻って来た。簑石と市街地は往復するだけで一時間半近くかかるはずだから、火事の様子を見て問題なさそうだと判断するや即座に引き返してきたのだろう。熱心なことだ。壁の時計を見るともなしに見ながら、訊く。

「仏間のドアは、なんで開かなかったんだろうな」

「万願寺さんはそう言ってましたけど」

ペンを動かす手を止めて、観山がちらりと顔を上げる。

「あたしは見てないですからね。なんか、信じられないです。万願寺さんが嘘ついてるって意味じゃないですけど」

「じゃあ、どういう意味なんだ」

「なんか信じられないって意味です」

そしてまた、ペンを走らせ始める。

「ただまあ」

面倒だという思いを声にたっぷり込めて、観山が言葉を継ぐ。

「もし本当だとしたら、一郎さんが外からドアを引っぱってたとしか考えられませんね」

「……なんでそんなことするんだ」

「ああ、間違えた！」

そんなに書く欄が多い書類でもないのに、休日勤務届ぐらいでいつまで手こずっているのだろう。二重線を引き、三文判を押して、観山は記入を続ける。

「あたし、公子さんから聞いたんですよね。公子さんが長塚さんを仏間に上げたって。そのことが一郎さんにばれたらどうしようって悩んでたみたいです。もし一郎さんが公子さんのその悩みを察して、ついでに円空仏すり替えにも気づいていたなら、ドアを引っぱる意味も出てくるような気がします」

少し考える。

「ドアが開かないように引っぱる……俺が騒ぐ……頃合いを見てドアを開ける……いや待て、一郎さんが近づいてくる足音がしたぞ」

「本当に近づく足音でした？　その場で踏みならしていたんじゃないですか」

そう言われると、自信がなくなってくる。

「そして円空仏を確認して、偽物だと騒いだわけか」

「公子さんの行動に気づいたってことを隠したまま、本物を取り返せるって寸法です」

まあ一応、理屈は通っているような気はしなくもない。

「でなければ……」

ようやく書類を書き終えたらしい。ペンを置き、出来上がった書類を天井のライトに透かし、観山は面白くもなさそうに言った。

「祟りでしょうね」

円空仏は、無人になった家に置かれたままだ。地権者の檜葉太一さんが里帰りする気になる日まで、十年でも二十年でもそのままだろう。

窓の外では雪が降り始めている。積もりそうな降りだった。

終章　Ｉの喜劇

月曜日、甦り課に客が来た。移住者の丸山さんだ。

丸山さんは、女性二人で移住してきた。二人がどういう関係なのかは、業務上把握する必要がないので訊いていない。ベージュ色のスーツに身を包み、手には紺色のコートを持っていて、ふだん簑石で見かけた姿とは違って口紅を引いている。その曇った表情を見るだけで、用件は察しがついた。

たまたま、課長も観山も外に出ている。丸山さんはよく通る声で言った。

「すみません。転出費用補助の申込をしたいんですが」

「わかりました。どうぞ、こちらです」

すでに手元に準備していた書類を差し出すと、丸山さんは少し笑った。

「用意がいいですね。止めないんですか？」

「立場上はお止めしたいですが、やむを得ないことでしょう」

とした、言い様がなかった。

若田さんと長塚さんの一件は、簑石にとどめを刺した。若田さんは簑石を去る前に、この里は祟られていると言った。その言葉は移住者のあいだで噂になり、そしてどこか、Ｉターン支援推進プロジェクトが始まる前、最後の住人が自殺を試みた事実も洩れ広がった。

移住者たちが若田さんの言葉を信じたかどうかは、わからない。しかしいずれにしても、十世帯で開村式を迎えた簑石は、若田さんと長塚さんが出て行った時点で残り三世帯になった。既に共同体を維持できる状況ではなく、未来に希望を抱きようもない。移住者たちは先を争うように簑石を出て行き、最後に残った丸山さんも、いまこうして甦り課を訪れている。

しばらく書類を見つめ、丸山さんは胸ポケットから自分のボールペンを出すと、手際よく記入を始める。そうしながら丸山さんは、独り言のように呟いた。

「わたしたち、簑石を気に入っていました。静かで、とても静かで……過ごしやすかったです」

「ありがとうございます」

「でも……」

ペンを止め、丸山さんが顔を上げる。

「わたしたちがあの里で暮らすことをよく思わない何かの力は、働いていたようですね」

言葉を返すことが出来なかった。丸山さんは微笑み、再び書類に目を落とす。

「万願寺さんは、とてもよくして下さいました。余計なことかもしれませんが……あまり、力を落とさないでください」

そう言って、最後に判を押す。書類に書き損じはなく、今後の手続きの流れを聞いて、丸山さんは甦り課を出て行った。

木枯しに窓ガラスが揺れる甦り課で一人、丸山さんの言葉を嚙みしめる。何かの力。移住者たちを退けようとする、何かの力。いくら振り払っても、脳裏には小さな円空仏が浮かんでくる。

何もなかったと言い切るには、簑石には不運が続きすぎた。そうして最後の住人が去り、この三年間の仕事は全て水泡に帰そうとしている。机に向かい、何をすることも出来ずにただじっと考え続ける。

水曜日。西野課長と観山と、三人で簑石を訪れた。簑石が再び無人になるに当たり、移住者に原状回復を求めるべき箇所がないか確認するためだ。

この三人で簑石に来るのは久しぶりのことだった——いや、もしかしたら初めてかもしれない。時間的に直帰になるだろうと見込まれたので、それぞれ自分の車で来ている。十二月も半ばだというのに嘘のように暖かい日で、車は公民館に並べて停めて、ひとけのない里をまるで散歩のように歩いた。

公民館の近くに、簑石では比較的新しい方に入る二階建てがある。その二階の窓を見上げて、課長がひたいに手を当てる。

「この焦げは、まいったねえ」

窓枠近くには、黒く焦げた跡が残っている。かつてこの家には安久津さんが住んでいたが、彼らはカーテンを焼く小火《ぼや》を出して簑石を去った。しかし実際には、その火事は久野さんが企んだもので、それを暴かれた久野さんも出て行くことになった。小さい、しかし無惨な焦げ跡を見上げていると、思っていることが自然に口をついて出た。

「……久野さんがやったことを証明する決定的な証拠は、あの燃えたカーテンがあった部屋で、観山が見つけたんですよね」

観山が見つけたというのは、焦げた籾殻《もみがら》だ。実物は見ていないが、西野課長が久野さんを問い詰める時にそう言っていた。

「そうですよ」

と、観山はさして得意がりもせずに答えた。簑石に来る時はたいてい観山と二人組だったけれど、観山が火事の現場を調べていたことは、課長から聞くまでまったく知らなかった。

「どうやって入ったんだ」

「そりゃあ、玄関のドアを開けて。鍵が掛かってなかったですから」

課長が頭をかく。

「家主さんはかなり怒っていたねえ。ぼく、電話で怒鳴られちゃったよ」

それは、怒鳴られもするだろう。使っていなかったとはいえ、市を信じて家を賃貸に出したら入居後一ヶ月もしないうちに火を出されたのだから、家主が激怒するのは当然だ。原則的には、小火の修繕費は家主さんから安久津さんに請求してもらうべきだが、行きがかり上、南はかま市は関知しませんというわけにもいかない。連絡から逃げまわる安久津さんに、甦り課はいまも粘り強く修繕を求め続けている。

安久津さんと久野さんが住んでいた家から、少し山の方に歩く。伸び放題に伸びた草も秋が深まるにつれて枯れていき、いまでは原野のようになったかつての水田に、金属製のポールが四本立っている。もとはネットも張られていたが、それはいつの間にか破れてたるみ、枯れ草に埋もれて見えなくなっている。

「あれなんですけど、もう引っこ抜いちゃえばいいんじゃないですか」

ポールを指さし、観山が言う。

あのポールは、牧野さんが鯉を育てようと水田を区切った、その名残だ。牧野さんはテレビカメラの前で、簑石には希望がある、それを証明していきたいと胸を張っていた。

「うーん。まあ、ご本人の了解があってのことだねえ、何をするにも」

課長はとぼけた口調でそんなことを言う。牧野さんはまったく連絡が取れなくなってしまった。個人情報の目的外使用に当たるおそれがあり、住民票の移動から辿って連絡を取るわけにもいかない。一言話せばポールを抜いて捨てるぐらいのことは簡単に了解してもらえそうだけれど、いまのところ、その一言のための電話が通じない。

「あれは、残念でした。一日遅かったです」

そう言うと、課長は何のことかわからないというような顔で、黙っていた。

稚鯉が減っていることに気づいた牧野さんは誰かが鯉を盗んでいると考えたが、それは間違いだった。もし第一報の時点で甦り課の誰かが駆けつけていれば、鯉は多少残っただろう。しかし自分は新潟出張で南はかま市を離れていたし、観山は、課長が早く帰ったため一人で作らなくてはならなくなった資料のために身動きが取れず、その一日の遅れが致命的だった。いまでは鯉は一匹も残っておらず、牧野さんもいない。

今度は川の方に向かう。谷川のそばには、簑石でもひときわ大きく古い家が建っている。久保寺さんが大量の本とともに移住してきた家だ。あの家の地下に掘られた防空壕で、立石速人くんが事故に遭った。地下から久保寺さんの家に入ろうとして床板をつつき、崩れてきた本に埋まったのだ。これだけの家なら一生本の置き場には困りませんと言った久保寺さんの嬉しそうな顔と、子供が本の崩落に巻き込まれたと聞いた時の絶望的な表情とを思い出す。

「あの家の床板は、どうなったんだっけ」

と、課長に訊かれた。

「久保寺さんが手配して、直しました」

「そうか。しっかりした方だった」

簑石を去っていく久保寺さんは、ひとまわり小さく見えたことを思い出す。

家の裏手にまわりこみ、防空壕への出入口がある斜面を見下ろす。速人くんが迷子になったのは夏のことで、あの時の斜面には雑草が青々と茂っていた。いま冬が来て、邪魔な雑草がほぼ枯れてしまっても、斜面の上から出入口を見つけることは出来ない。

「……速人くんは、よく防空壕を見つけましたね。まるで……」

言葉の後を、観山が引き取る。

「まるで探検家みたい、ですかね。あたしもちっちゃいころは、どこでも入り込んでました」

探検家と言いたかったわけではないけれど、苦笑して、

「そうだろうな」

と言うに留めた。

少し歩き、道を挟んで二軒の家が隣り合うところで立ち止まる。アマチュア無線が趣味の上谷さんが入居した家と、人工物の害をおそれる河崎さんが住んでいた家だ。結果として、この二世帯を隣り合わせたのは大失敗だった。家の割り当てを決めた西野課長は、特にそんな風に思ってはいないようだけれど。

「河崎さんは、無事かな」

独り言を、観山がしっかり聞いていた。

「河崎さんって、旦那さんの方ですか、それとも奥さんの方？」

「両方かな」

河崎由美子さんは、およそあらゆるものを恐れていた。何か人工物が有毒であると聞かされると、一も二もなくそれを信じずにはいられなかった。困らされることもあったけれど、それでも、あのひとは生きていくことがたいへんだろうと思うと少し気の毒ではある。おそらく由美子さんに必要なのはカウンセリングなのだろうが、甦り課はそれを提供できなかった。

「河崎さんの奥さんは、もともと焦げを怖がっていなかった。簑石に来て、怖いものが増えることになったんだ。責任を感じる訳じゃないが、出来ることなら、ここで幸せに暮らしてもらいたかった」

由美子さんの恐れは、外への棘《とげ》になることもあった。アマチュア無線のために上谷さんが前庭の片隅に設置し、あれは有害だと河崎さんが嫌がっていたパラボラアンテナも、いまはきれいに片づけられている。冬が始まる前に、上谷さんが手配した業者が撤去していったのだ。アンテナの支柱を立てるために地面に穴が掘られたはずだけれど、たしかめてみると、穴はきれいに埋められ平らにならされていた。

暖かい日とはいえ十二月の風が吹くのに、課長はひたいの汗をハンカチで拭い、

「ちょっと休憩しようか」

と指を二本立てた。いつもの、煙草を吸いたいというサインだ。南はかま市は指定された市街地での路上喫煙を禁じているが、簑石はもちろんその指定区域に入らない。課長は実に旨そうに煙草を吸って煙を風に流し、観山は風上に移動して腕組みしていた。

最後に、高台に建つ平屋建てへと向かう。離れを備えたこの家は若田さんが住んでいたものだ。

「例の仏像は、ちゃんと戻してあるね」

課長が念を押してくる。

「はい。離れの仏間にあるのを確認しています」

「レプリカじゃなかろうね」

「はい……たぶん。課長も確認しますか？」

そう言われて、課長は面倒そうに手を振った。

「いやあ、いいよ。万願寺くんを信じてるから」

信じているというのは、たいていの場合、丸投げするという意味だ。

あの日、なぜ離れの仏間のドアは開かなかったのだろう。観山は、若田さんが外から引っぱっていたからだと言った。いったんは、それしかないかと呑み込みもした。けれどやはり、時間が経てば経つほど納得がいかなくなる。駆け寄ってくる若田さんの足音は、たしかにこの耳で聞いている。あれは、その場で足踏みした音などではなかった。あの時も考えたことだけれど、こちらがいつ席を立つかわからないのに若田さんが廊下でずっとドアを押さえていただなんて、やはりありそうもない。それに、そもそも……。

「どうして若田さんは、円空仏を動かすとよくないことが起こるだなんて言い出したんだろう」

答えは、なかった。

若田さんが住んでいた家からは簑石が一望できる。冬の空気は冴え、空には雲一つない。眼下では住むひとを失った家が傷み、耕すひとを失った畑が野に還《かえ》り、通るひとがいなくなった道が空々しく伸びている。農機具を入れていたと思《おぼ》しき小屋の屋根が、台風かなにかにやられたらしく、めくれているのが見えた。違法に放置された古い車が枯れ草に埋もれているのも見えた。鳥の声が聞こえる。簑石を囲む山々には常緑樹しか植えられておらず、別段、冬が近そうにも見えない。

「いい見晴らしだ。けど」

と、西野課長が言った。

「絶景とは言えないね。たいして美しくはない」

煙草の箱を探してでもいるのか、いくつかのポケットを探っている。

「むかしね、ちょっとだけ廃墟めぐりをしたことがあるんだ。一緒に行った友達は喜んでいたけど、ぼくはあんまり、はまらなかったなあ。絶美の自然ってものはあるし、機能美の極致ってのもわかる。棚田なんかはやっぱりきれいで、人智の限りを尽くしたって感じがあってぼくは好きだ。……でも廃墟には、滅びがあるだけだった」

「簑石も同じだと言いたいんですか」

「違うかな？」

ようやく見つけた煙草の箱が空で、課長は苦笑いし、それを握りつぶした。

簑石にあるものが滅びだけだというのなら、それは甦り課が失敗したからだ。移住者の生活を安定させ、簑石に定着してもらうという取り組みに、甦り課は完全に失敗した。簑石には不運が続きすぎた……そう思っていた。しかし、四月から続いた出来事は、ただの不運によって引き起こされたのだろうか。本当に？

「丸山さんが転出費用補助の申し込みに来たとき、最後に、わたしたちが簑石で暮らすことをよく思わない何かの力が働いていたようだと言っていました。……僕もいまは、そうだったかもしれないと思っています」

「ははあ。面白いことを言うね」

こちらに背を向けたまま、課長は煙草の空き箱をもてあそぶ。

「万願寺くん、その力とは何なのか、心あたりはあるのかな」

「わかりません。僕にはどうしてもわからない。どうしてこんなことになったのか、わからないんです。でも、少なくとも……移住者を去らせたのは誰なのかだけは、当たりがついているつもりです」

課長は忍び笑いを洩らした。

「去らせた、か。移住者の皆さんは自ら出て行ったんだ。でなければ、自業自得で逃げ出した。君が一番近くで見ていたはずじゃないか、よく知っているだろう」

「そうさせたひとがいます」

「君が言っているのは円空のことかな？」

ふっと気温が下がった気がした。

「いえ、違います。……おわかりのはずだ」

簑石を去った全ての移住者のために、言う。

「西野課長。僕は、あなたのことを言っています」

そして首を巡らせ、職場の後輩を見る。

「それから観山くん。君のことを」

煙草の箱を放り投げかけて「おっと。昔と今は違う」と言い訳し、課長はくしゃくしゃの箱をポケットに戻す。

「円空仏の件はちょっと乱暴だったね。雪が近いからね、焦ったことは否めない」

観山が悲鳴のような声を上げる。

「課長！」

「いいんだ。万願寺くんはもう気づいているよ。さっきから勘所ばかりを言っていた……そうだろう？」

勘所といえば、そうなのかもしれない。

放火の証拠は観山が一人で見つけた。

観山の書類作りに時間がかかったため鯉が全滅した。

西野課長は防空壕の入口を知っていた。

焦げには発癌性があると言ったのは観山だ。

円空仏のレプリカは西野課長が渡した。

全部見ていた。なのに、誰もいなくなるまで何も考えなかった。

ポケットに手を入れ、課長はこちらに向き直る。

「時間の問題だとは思っていた。君は、ぼくが思っていたよりも真面目で……そして、頭のいい役人のようだからね」

課長は少し笑っていた。

「そうだ。ぼくと観山くんは、移住者たちが気持ちよく簑石を出て行ってくれるよう、毎日工夫を凝らしていた」

どうして、と叫びたかった。けれど身についた習慣が、事実確認を優先させる。

確実な証拠がそこにあるとわかっていてさえ、市役所職員が無断無許可で市民の家に入ることは、絶対にない。ならば、

「観山くんは本当に、安久津さんの家で焦げた籾殻を見つけたんでしょうか」

「いや。無人とはいえ、捜査権もないのに他人の家に入ることは出来ないよ」

「籾殻を飛ばしたことが、あらかじめわかっていたんですね」

小さく溜め息をついて、観山が答える。

「そういう方法があるってことを久野さんに示唆したのは、あたしですから」

そういえば、隣家からの騒音について相談を受けた後、久野さんと連絡を取りあっていたのは観山だった。

「久野さんは自分で思いついたと信じてるはずですけどね」

「久野さんと安久津さんがお互いを迷惑だと思っていたのは……」

観山は肩をすくめた。

「あたしが憎み合わせたっていうんですか？　そこまでは、やってません」

どうだろうか。信じたいけれど。

牧野さんの養鯉業も、おかしなところはあった。

「僕が新潟出張している時、観山くんは議会対応の資料を作っていました。もしあの日、課長が観山くんに資料の作り方を指導していたなら、資料はもっと早く出来ていたでしょう。そうすれば、一日早く防鳥ネットがないことに気づいたはず」

「まあ、一日早ければ、鯉は全滅まではしなかっただろうね」

「全滅しなければ牧野さんは嚢石に残り、仕事を立て直したかも知れない。あの日課長は本当に、議会対応資料を作るのが初めての観山を置いて、先に帰ったんですか」

「うーん」

唸って、課長は曖昧に笑う。

「それはちょっと考えすぎだね。あの日、ぼくはたしかに定時で帰ったよ。ただ、観山くんが資料作成で手一杯で身動きが取れなかったというところに、実は少し誇張がある。牧野さんからの電話があった時点で、観山くんはもうほとんど資料を作り終えていた。

そうだね」

問われ、観山が無言で頷く。

牧野さんの訴えを敢えて一日放置して被害を拡大させ、彼が簑石を去ることを期待したわけだ……ということは、

「牧野さんのネットに天井がないことを、課長は知っていたんですね」

返事はなかった。言うまでもない、ということだろう。

久保寺さんと立石さんの件でも、やはり課長が絡んでいるとしか思えない点がある。立石速人くんは、よく防空壕を見つけたものだ。まるで……その存在を知っていたかのようだ。

「速人くんに防空壕のことを教えたのは」

「もちろん、ぼくだ」

防空壕の存在を知っていたのは、かつての住人を除けば、課長と速人くんだけだった。この両者に連絡があったと考えるのは自然なことだろう。

しかし課長は、少し改まった声で言った。

「ただ、速人くんの怪我は、ぼくの意図した事じゃない。あれは純粋な事故だ。そもそもぼくは、久保寺さんの家の地下に秘密の地下室があることを教えはしたけれど、別の出入口があることは言わなかった。というか、あの時点ではぼくも知らなかったんだ。

君が速人くんを見つけてくれて、本当によかったと思っている」

その言葉さえ、素直には信じられない気がした。

河崎さんと上谷さんが出て行くことになった秋祭りの一件で、観山は明らかに大きな失敗をしている。しかしいま思えば、それも本当に失敗だったのかは疑わしい。

「河崎由美子さんが食べ物の焦げつきを怖がるようになったのは、観山くんの一言が原因だった。それまでは、焦げが危ないなんて思っていなかったふしがある。罪作りなことをすると思っていたけれど、あれも、わざとか」

「わざとっていうのは、言いすぎです」

観山は拗《す》ねたようにそっぽを向く。

「なんて言うか……種まきの一つになればいいかなあ、と思っただけですよ」

「種まき？」

これまで歯切れが悪かった観山が、天を仰いで「ああ、もう」と一声上げると、真っ正面からこちらを見据えて早口になる。

「万願寺さん。あたしと課長の策が片っ端から成功したなんて思ってないでしょうね。上手く行ったのは十のうち一つがせいぜいです。春からずっと不和のリンゴを投げ込んで投げ込んで、ようやく上手くいったのは三つか四つ。嫌な……嫌な仕事でしたよ、ほんとに」

「いや本当に、観山くんには苦労をかけたね」

そう言って、課長がひたいにハンカチを当てる。

甦り課は、簑石への移住者に便宜をはかり、慣れない土地での生活が上手く行くよう手助けする部署だと思っていた。いや、そのはずだ。少なくとも自分は、たとえ個人的には移住者を心から歓迎しているわけでなくとも、彼らの暮らしのために働いてきた。けれど課長は、観山は、そうではなかったのか。

「河崎さんの旦那さんが、奥さんに毒キノコを食べさせたのも」

「あたしが、由美子さんが滝山さんにちょっかいかけてることをそれとなく伝えたからです。……だって、滝山さんが由美子さんに困らされてたのを知ってるのって、本人たち以外はあたしと万願寺さんだけじゃないですか」

そうか。そういうことだったのか。

観山が播《ま》いた種は根づいて芽吹き、そして秋祭りに実を結んで、河崎夫妻と上谷さんが簑石を去るという結果を生んだ。けれど観山は、毒キノコを食べさせたのが誰かは察しても、その方法まではわからなかったのだろう。だから討議し、推論を組み立てなければならなかった。

そして、若田さんだ。

若田さんの場合も同じことだ。若田さんは、あの円空仏はみだりに動かしてはいけないものだと言っていた。けれどそれは仕事帰り、公用車の中で観山に聞かせた即興の作り話だ。偶然の一致かと思っていたけれど、いまとなってはそうではなかったのだとはっきりわかる。この世で二人しか知らないはずの話を若田さんが知っていたのなら、それはもちろん、観山が話したからだ。であれば、

「若田さんの家で仏間のドアが開かなかったのも、やっぱり、観山くんがやったことか」

「まあ……あれは、ばれると思ってましたよ、正直言って」

課長が渋い顔をしている。

「だからね、仕方なかったんだよ」

「あたしは反対しましたけどね」

これまで聞いた限りでは、課長と観山は移住者たちに噂を耳打ちし、不和を煽り、時には具体的な行動を示唆したものの、直接手を下すことはなかった。しかし円空仏の一件だけは、おそらく、違っていた。

「スポーツバッグだな」

課長と観山は顔を見合わせ、それから観山が頷いた。

仏間のドアは、室内に引き開けるタイプだった。それがどうしても開けることができず、ドアにはストッパーなども見当たらなかった。外で誰かが引っぱっているのでなければ、内側から何かが押していたのだと考えるしかない。

あの日、日記を読んでいた時に襲ってきた眠気は異常だった。そしてドアが開かないことに気づいた後、駆けつけた観山の行動がおかしかったことも憶えている。

「窓越しに話していて、観山くんの言葉はぜんぶ聞き取れたのに、観山くんは僕の言葉が聞こえないと言っていた。おかしいと気づくべきだった」

閉じ込められたという衝撃で慌てていたにしても、いま思うと情けない。

「窓を開けたら、ドアも開いた。……気圧じゃないか」

観山はもう一度、頷いた。

スポーツバッグの中には気化しやすい何かが入っていたのだろう。それがストーブの熱で気化し、そのぶん仏間の室内の気圧が上昇した。もちろんほんの僅かな上昇だったはずだが、仏間のドアは大きく、その面積すべてに気圧がかかったためドアは開かなくなった。窓はスライドドアだったので気圧の影響を比較的受けにくく、その窓を開けたことで内外の気圧差が解消されて、その途端ドアが開くようになったのだ。あのとき、窓を開けた瞬間に、何かが仏間から出て行ったのを感じた。あれは室内の空気だったのだろう。あの時の異常な眠気と合わせて考えれば、気圧を上げた気体はおそらく二酸化炭素……つまりスポーツバッグの中身は、

「まあ、まわりくどい話をやめてはっきり言っちゃうと、ドライアイスですね」

と、観山があっさり暴露した。

「バッグに入れたドライアイスは一キロちょっとでしたから、全部気化したら、ドアには数十キロの力がかかったはずです。万願寺さんが本気なら開けられなくもなかったでしょうけど……」

建具の破損はやはり心のどこかで恐れていたし、足元は滑りやすかった。その悪条件も、たぶん観山の計算のうちだったのだろう。

予定では、仏間に閉じ込められるのは観山自身で、人を呼んでドアが開かないことを確認させる手はずだったはずだ。それが、意図しない火事によって観山が帰宅せざるを得なくなり、計画が狂ってしまった。道理で、仏間の日記を読むのは自分の仕事だから手をつけるなと念を押してきたわけだ。

観山がいつになく真面目な顔で言う。

「危ないところだったんですよ。ドライアイスが全部気化して空気がまんべんなく混じったら、二酸化炭素濃度はけっこう危険なレベルになるはずでした。あたしはわかっていたから万が一に備えて携帯用酸素ボンベも持ってましたけど、万願寺さん、あたしの言うこと聞かずに入っちゃうんですもん。正直、ぞっとしましたよ。外から呼んで返事がなければ、窓を割るつもりでした」

そう言われると、こちらも背すじがひやりとする。けれどそれ以上に、危険を冒してまで若田さんの恐怖心を煽ろうとした観山の意志が、不気味だった。

「ドライアイスは魚新さんの移動販売車から持って来たんだな」

「ちゃんと、くださいって言いましたよ。二つ返事で分けてくれました」

すると、少なくとも魚新さんは関わっていないのか。……いや、それも信じていいのかわからない。もう何を信じていいのかわからなくなってしまった。

観山は就職二年目の新人で、右も左もわからないだろうと思って、自分なりにフォローしてきたつもりだ。それはひとを甘く見るという話ではなく、職場の先輩として当然の振る舞いだったはずだ。意に染まない仕事でも、新人が見ているからと思えばこそ気を抜かずに対処し続けることが出来た。それなのに観山は、二人でやっていたはずの仕事を、陰で台無しにしてまわっていた。そうとしか考えられないという答えに辿り着き、でも、信じたくなかった。

「観山くん……君は、何者だ？」

それには課長が答えた。

「観山くんは山倉副市長の姪《めい》ごさんだ。詳しいことは本人から聞くといいが極めて優秀で、本来なら南はかま市役所に来てもらえる人材じゃない。プロジェクトのために山倉さんが頼み込んで、臨時職員として、キャリアの中から二年を割いてもらった」

観山は自嘲気味に笑った。見たことのない表情だった。

「大袈裟ですよ。なめられそうな外見がうってつけで白羽の矢が立っただけです。地方自治には興味がありましたし。……こんな仕事とは、思いもしませんでしたけどね」

それから観山は、気怠そうな表情をふと引き締める。

「万願寺さん。あたし、この日が来たら万願寺さんに謝ろうと思っていました。万願寺さんはあたしに仕事を教えてくれました。市職員としてどう考えればいいのか、何を誇りにすればいいのか、態度で教えてくれました。軽薄な新人らしく振る舞いながら、でも万願寺さんの教えてくれたことは、憶えています。……ずっと裏切っていて、ごめんなさい」

簑石で、観山はずっと笑っていた。いつも朗らかだった。誰とでも打ちとけて、ひとの気を逸らすことがなかった。それが観山遊香だと思っていた。――本当は、どうだったのだろう。いつか観山が呟いた、どうしてこんな仕事をしているんだろうという言葉、あの言葉の方に真実があったのだろうか。真実など、どこかにひとかけらでも見せてくれていたのだろうか。

課長が言う。

「君の仕事を無にしてきたことは、ぼくだって心苦しく思っている。観山くんを許してやってくれ、彼女は頼まれただけなんだ。君にすべてを打ち明けることも出来なかった。表面上、移住者のために真面目に動く人間が必要だった」

「おとりとして、ということですか」

西野課長は、少なくとも、ここでは嘘をつかなかった。課長は、

「……そうだ」

と言った。

「わかってくれ。必要だった」

「わかってくれも何も……」

声を絞り出す。

「どうしてこんなことを！」

移住者たちは、皆が善良だったとは言えない。個人的には付き合いたくない性格のひとも多かった。けれど彼らは市民であり、人間であり、皆それぞれの希望を抱いてこの里にやって来た。それなのに課長はそうしたひとたちが立ち去るように仕向けていた。どうしてだ。

「それは君」

課長はふと、眼下の簑石に目を向ける。

「わかっているだろう。……まちを維持するには金がかかる。広ければ広いほど高くつく。人口が同じなら、まちは狭いほどいい。南はかま市には簑石を維持するだけの予算がない」

予算……予算！

「でも移住者は、市が呼んだひとたちだ」

「そうだよ。そして、それが最大の過ちだった」

うつむき、課長は「煙草が欲しいよ」と呟く。

「……市長選で勝利した飯子市長には、前市長の否定以外の政策がなかった。そこで打ち出したのが、簑石の復活だ。この間の事情は君もよく知っていることと思う」

よく知っている。行政とはほとんど関わりのない妹ですら知っていた、周知の事実だ。

「われわれは……というのは市役所の幹部クラスだが、われわれはこぞって反対した。われわれは、行政は、そこに市民が一人でも住んでいるのなら総力を挙げて生活を支える。インフラを整備し、ごみを収集し、道路を直して住人が生きていけるようにする。行政はそのためにあるからだ。……けれど、集落が無人になるなら、これは夢のような出来事だよ。その地域への支出をほぼすべて停められるんだからね。簑石の復活など、その奇跡を自ら投げ捨てる愚行にほかならない。簑石はそのまま忘れ去られるべきだ。われわれはあらゆる方面から市長を説得しようとした」

課長は溜め息をつく。

「しかしとにかく、政治というのは読めないものだね。市長は、簑石の再生を諦めなかった。簑石復活こそが正義であり、実行力を見せつけることが再選への道だと強く信じて、何人もの議員を味方に引き入れた。誰も説得できなかった……山倉さんが、条例案に転出費用の補助を忍び込ませるのが精一杯だった。あそこで止めることが出来ていれば、甦り課などいらなかった」

「甦り課は、なら、最初から……」

「そうだ。最初から二つの目的を持って設立された。一つは簑石を甦らせること。もう一つは、甦らせないことだ」

風はいつの間にか止んでいた。うららかな日差しが簑石に変わらず降り注いでいる。

「市長は」

と、言葉を挟む。

「市長は知っていたんですか」

「そんなわけがない、推進派なんだから。反対派の筆頭は山倉副市長だが、まあ、謀叛《むほん》だねえ」

西野課長は含み笑いをした。

「万願寺くんも知っての通り、行政においては市長が脳で、われわれは手足だ。われわれ役人が意志を持つことは認められていない。それが健全な法治というものだ。だけどね、手足だって、火に突っ込まれたら反射で引っ込むものだ。……簑石再生のためのプロジェクトは動きだし、不幸にも、多くの応募者を集めてしまった。地権者との交渉や適法性の点検は君がスムーズに進めてしまった。やがて実際に移住者がやってきて、マスコミの前で開村式が開かれ、その一方で市長の説得はずっと進められていた」

課長の手がポケットを探り、やがて力なくだらりと垂れ下がる。

「市長は頑迷だが、数字が読めないひとではない。首尾よく再選を果たし、次の選挙までに不良債権を整理したい気持ちもあったんだろう。簑石の維持にかかるコストの具体的な数字が日々報告されるにつれて、態度は変わっていった。万願寺くん、先月、市長に呼び出されたことは憶えているだろう」

「はい」

「あの直前には、遅まきながら市長も、簑石再生プロジェクトを心底悔いるようになっていた。われわれはそれを見て、甦り課の第二の目的を話した。市長は表向き喜びはしなかったけれど、たぶん、ほっとしただろうね。われわれの行動を追認してくれたよ」

それであの日、ふだんは饒舌な飯子市長があれほど静かだったのか。部下の助言を無視して大火傷《おおやけど》しそうになり、その部下がひそかに消火を進めてくれていたことを知って、何も言えなくなったのだろう。

足元に落ちている小石を拾い、課長がそれを放り投げる。石は無人の里に落ちていき、見えなくなる。

「本当に運がよかったと言わざるを得ないね。引っ越してもらいたい市民に引っ越してもらうには、ふつう、十年や二十年はかかるものだ。もちろん移住者を選ぶ時点で、すぐ出て行ってくれそうな人間を選ぶことはしたよ。裕福でやり直しが利くとか、転居回数が多くて引っ越しの心理的ハードルが低いとか、山村の生活にバラ色の夢を見ているとかね。もちろん、根づきやすそうな元の住人や南はかま市民は、最初から対象外だ。それでも、一年経たずに片がつくとは思わなかった。観山くんの計画が見事に当たった結果ではあるけれど、それにしても、簑石の守り本尊は本当に御利益があるのかもしれないと思っているところだよ」

課長の言い分はわかる。わからざるを得ない。除雪費用が足りるかどうかは天気任せだった。より頭が痛かったのはスクールバスだ。せいぜい一人か二人を乗せるために運転手を雇用しバスを買えば、ほかの、徒歩で一時間かけて学校に通っている子供の親たちは黙っていないだろう。簑石は、南はかま市には高くつきすぎる。それは間違いない。

けれど。

簑石にやって来たのは、数字上の名も無き市民ではない。安久津淳吉さんだった、華姫さんだった。きらりちゃんという娘さんがいた。久野吉種さんだった。ラジコンヘリが飛ばせると喜んでいた。久野朝美さんだった。パガニーニを聴かせてくれた。牧野慎哉さんだった。簑石でも世界を相手にビジネスが出来ると見得を切っていた。久保寺治さんだった。新しい本を書こうとしていた。立石善己さんだった、秋江さんだった。息子の速人くんの体調が楽そうになったと笑っていた。河崎一典さんにも由美子さんにも、あんなふうに家を出なければならないほどの罪はなかったはずだ。上谷景都さんが簑石を去る時、どれほど怖がっていたか。若田一郎さんは、簑石で傷ついた心を癒せるはずだった。公子さんもそれを望んでいたはずだ。長塚昭夫さんは、本人の意図はどうあれ、簑石に活気をもたらそうとしていた。滝山さん、丸山さん、好川さん。みな出て行ってしまった。

「こんなこと、許されていいんですか」

間髪を容れず、課長が答える。

「少なくとも市長は許した」

「これは棄民だ」

「そうだ」

黙っていた観山が、ほとんど優しいような声で言う。

「万願寺さん。あたし、ずっと自分に言い聞かせていました。何かを優先するってことは何かを後まわしにすることで、何かを後まわしにすることは、この仕事に関して言えば、誰かが死ぬかもしれないことを許容することだって。万願寺さんと一緒に仕事をして、ますます、その考えは正しいと思うようになりました。安久津きらりちゃんがネグレクトされてるかもって思って調べたんですけど、南はかま市には、そういうことを扱う支援センターさえないじゃないですか。簑石の再生よりも先にお金を使うべきことが、やっぱりあると思います」

　やはり、調べていたのか。

「滝山さんの家の裏山どころか、人口密集地にだって砂防工事が終わってない地域が山ほどあることも知りました。四十分かけて簑石に救急車が来るたび、いま市街地の方で救急要請があったらどうなるんだろうと気が気じゃありませんでした。だからあたし、この仕事は正しいって、自分に言い聞かせていました。簑石を維持するためにお金を使えば、ほかの何かが後まわしになって、このまちのどこかで誰かが苦しむんだって」

　観山の言葉は正しい。自治体のリソースは有限であり、その配分は命の選別そのものだ。自分だって内心では、簑石に産業を興すぐらいなら、この地域の林業を立て直すために金を使ってほしかった。そうすれば父も、定食屋を続けられたかも知れない。

　けれどそれは、移住者たちの人生をもてあそんだ言い訳にはならない。まったく、ならない。観山にも縋るべき正しさが必要だったのはわかる。でも君は誰よりも間近で、彼らがそれぞれに人間であることを見ていたはずなのに。

　課長が言う。

「……君を甦り課に呼んだのは失敗だった。仕事に忠実、悪く言えば命じられたことだけをする男で、望んでいるのは出世だけと聞いていた。だけど君は噂よりもいい役人だ。市民に感情移入することはないけれど、彼らのために走りまわって彼らの幸せを喜び、不運を悲しんでいた。君なら、いつか甦り課の目的に気づくんじゃないかと恐れていたよ」

西野課長、間野市の郭源治、南はかま市の佐々木主浩、火消し役と呼ばれた男は、情の籠もらない声で続ける。

「君は市長の、市の窮地を救った。異動希望を出せば次の異動で叶《かな》うだろう。総務課でも土木課でも思いのままだ。ぼくとしては、君には引き続きぼくと働いてもらいたい。こんな小さなまちでも、消すべき火種には事欠かないものだ。次の仕事が待っている。やり甲斐は保証しよう」

冷たい風が吹いてきた。顔を巡らせると、観山の見つめる眼差しと目が合った。観山は何か言いかけて、何も言わずに目を伏せる。ひとの懐に飛び込める観山は、もしかしたらいい役人になれるのではと思っていたのに。

「課長」

声は情けなくふるえる。

「僕は、この仕事を誇っていました」

優しい声がかけられる。

「大いに誇るといい。君は、南はかま市民のために働いた」

「そうでしょうか」

眼下に広がる簑石を見る。

黄金の稲穂が揺れている。人工池では鯉が何十匹も泳いでいる。ラジコンヘリが飛びまわり、バーベキューの煙が立ち上る。本の小父さんの家に子供が駆け込み、そろそろ難しい本にも手を出し始めている。秋祭りの準備が進んでいる。山の幸を集めて、もうすぐ祭りが始まる。誰もが笑っていて、それを荒削りな円空仏が見守っている。来年も、その次の年も、命と生活は繋がれていく。

すべては幻だ。

「本当に、そうなんでしょうか」

風に吹き流された雪が、きらめきながら簑石の空を流れていく。課長が言うよりも、この里は美しいと思う。美しく、贅沢な……小さな地方都市が維持するにはあまりにも贅沢な小集落だ。

だけど、そして。

空模様は山らしく速く変わって、にわかに強くなった雪が簑石を白く染めていく。無人になったいま、簑石の雪を除《よ》ける者はいない。雪の重みは少しずつ道を傷め、家々を損なっていくだろう。

西野課長が踵を返し、高台を下りていく。その肩に、頭に、雪が積もっていく。

観山が気遣わしげにこちらを見るが、何か言いかけて、何も言うべき言葉を見つけられなかったのか、俯いて立ち去る。

何十年か何百年のあいだ人が拓き暮らしてきた簑石に、もう自然に抗う術はない。住む人を失って、土地はゆるやかに原野へと戻っていくだろう。

凍るような風が肌をいためつけ、初冬の湿り気のある雪は五体にまとわりつく。この里のために自分が出来ることはもう何もない。束の間の甦りは終わったのだ。帰り道へと足を踏み出し、最後にもう一度だけと眼下を見れば、風が逆巻いて雪煙が簑石を覆い隠していく。

そして、誰もいなくなってしまった。

解説

篠田節子

タイトル「Iの悲劇」の「I」は、都市から地方への移住を意味するIターンの「I」であって、「INAKA」の「I」ではない。

とはいえ舞台は田舎も田舎、市域全体の過疎化に加え、冬の積雪や山がちの地形、といったかなり厳しい環境だ。限界集落が、ついに限界を超え無人になったところから物語は幕を開ける。

都市から新住民を呼び込むことでいったん死んだ村「簑石」を復活させる、市長肝いりのプロジェクト。ヒト・モノ・カネ、すべてが足りない中、使命感を持って粛々と仕事に取りくむ若い公務員がいた……。となれば、あの中島みゆきの歌声とともに始まる、熱意、困難克服、成功、の某ドキュメンタリーを思い出すところだが。

すこぶる前向きで希望に満ちたプロジェクトだが、政策としてあまり現実的でないのは明らかで、一見してあちこちにほころびが見える。ワリを食うのは現場の職員で、生真面目な主人公が次々に持ち上がるトラブル対処に追われることになる。しかも一緒に働く上司はモラールもモラルもない役立たず、同僚は学生気分の抜けない軽率極まりないアーパー娘、ときた。

ところが第一章で、このぼんくら上司とアーパー娘の二人が、意外な能力を発揮して問題を解決する。結果的にトラブルを起こした住人は出て行ってしまうのだが、それでもこの三人、互いのキャラと能力を生かして困難を乗り越え、プロジェクトを成功に導きNHKテレビに登場するか……と思われるのだが。

自然豊かな田舎暮らしに憧れて地方にIターンないしはUターンした人々が、夢破れてすごすごと引き上げていく事実は、警告とともにメディアでも多く取り上げられてきた。

もちろん都市住民の生活スキルの無さもあるが、それ以上に一見したところ素朴で気の良い地元民による陰湿な嫌がらせや相互監視社会の息苦しさが、移住してきた人々を困惑させ、追い詰め、追い出すこともある。そのあたりは故坂東眞砂子氏の小説などにもどぎついほどに描写され、読む者の田舎暮らし願望に水をぶっかける。

しかし本書には、古い地元コミュニティは登場しない。そうした意味でIはINAKAのIではない。

そして語り手は移住者ではなく、迎え入れる側だ。

簑石地区は他地域から隔絶されており、旧住民は一人もいない。離れた場所に地権者がいるだけで、事件もトラブルも移住民の間でのみ発生する。そこに自治体の担当職員が解決ないしは謎解きに乗り出す。

第一章「軽い雨」では、パイロットケースとして最初に移住した二世帯の間でトラブルが発生する。騒音、ネグレクトが疑われる児童の存在。都会とかわらぬご近所トラブルに、警察官の代わりに主人公が呼び出されるのだが。そうこうするうちにトラブル発生源の家で小火を出す。何気ないエピソード、小さな描写が、伏線というよりは布石となって、物語の出だしから埋まっている。それもすこぶるさりげなく。章の終わりにそれらがきれいにつながり、思わず膝を打つのだが……。さて、これが第一話でなく、なぜ第一章なのか。

第二章「浅い池」は、新事業に乗り出すべく未経験ながらもリサーチを重ねて地域に入ってきた若者の目論見が、無知のうえに不運が重なり、まさに絵に描いた餅に終わる。「あーあ、ばかだね」といったあまりにお約束通りの結末なのだが、実は、想定外の事実が隠されている。

第三章に登場するのは、大量の本を抱えて村に入ってきた「在野の学者」のおじさん。近所の子供が遊びにきて心温まる交流が生まれる中、事件発生。実はおじさんの借りている家は、以前、村八分にされていた人物の住処だった。となると、恨み怨念のうずまく因縁話が、という予想を鮮やかに裏切って意外な展開に。

第四章「黒い網」、第六章「白い仏」にはともに、一見して関わり合いになりたくないタイプの人物が登場する。身の回りの化学物質に過剰な恐怖と敵意を抱く女性と、オカルト信奉者の男。いずれもＹｏｕＴｕｂｅやらネットニュースやらの影響なのか、身近なところに増殖中で思い当たる方も多いだろう。対する「多少癖はあるけれど常識人」の住人も、必ずしも被害者であるだけではなさそうだ……。

格別、事件も謎解きも登場しない第五章では、末端の行政担当者の知恵と努力などは、どうにも解決しない過疎地を抱えた自治体の現状が地方政治を絡めて語られる。本書を連作短編として読むと、この章が浮くのだが、実はテーマに直結した重要なパートになっている。

そして一見社会派ミステリを思わせる序章の「Ｉの悲劇」に対応する「Ｉの喜劇」の終章に至って、昔流行ったオセロゲームのごとく一気に黒白反転して勝負あり、となる。鮮やかな展開に驚かされ、同時に単なるゲームではないリアリズムに深くうなずく。

「Ｉの悲劇」に登場する行政の現場と地方の現状、人物像はすこぶるリアルだ。しかし設定と人間関係に目を凝らすと整然として余計な要素がないことに気づく。旧住民が一人もいない開拓地のような村や、市長の直属部署といった組織内の特殊な位置づけなども、その一つだ。

作中で発生する現実的なトラブルがいくつかの謎をはらみ、それぞれの章の終わりで一応、解決されるが、なお謎は残り、最終章でラストピースがぱちりとはまって鮮やかに着地する。

過疎地域を抱える地方の現実や、公務員の仕事、予算や地方政治などが描かれていることから、一見、社会派ミステリに見えるが、犯罪の動機に重点を置き社会の矛盾を糾弾する古いタイプの社会派ミステリではない。造りから言えば、むしろ本格に寄った正統派ミステリといえるだろう。

リアルな事情と利害関係や情緒が強烈に絡む人間心理を緻密に描けば、重厚感は増す。しかし一方で論理的整合性を重視し、そこに面白さや美を見いだすミステリ小説においては、それが雑味になり得る。現代の地方の現実をリアルに映し出しつつ、米澤穂信はそこから雑味を見事に取り除いて、ミステリの骨格を際立たせてくれた。

中世ヨーロッパを舞台に殺人事件の謎解きを行うスケールの大きな本格ミステリ「折れた竜骨」、日常の謎を少年少女が解いていく青春ミステリでありながら極めて知的な企みに満ちた「古典部シリーズ」、そして第百六十六回直木賞を受賞した歴史本格ミステリ「黒牢城」。舞台も題材も様々なのだが、貫かれているのは謎解きを通して論理的整合性を追求する本格ミステリの精神だ。しかし米澤穂信の作品に共通する要素はそれだけではない。

効果的にシーンを立て、肌触りや匂いまでも描写していく圧倒的な筆力と、常識的発想を超えた真実を見極める視点、それを読み手に伝える文章力だ。

第二十七回山本周五郎賞他、ミステリランキングの三冠を達成した短編集「満願」では、やはりミステリ関係者による評価が多いせいか積極的に取り上げられない「万灯」について、私は衝撃を受けた。

好景気にうかれる日本を離れ、過酷な海外勤務で辣腕を振るう有能なビジネスマンが、殺人へと追い詰められていく様が、驚くべき密度と切実感を伴って活写される。

凡庸な冒険小説なら無頼で純粋な正義の味方と品性下劣で私利私欲に走る敵役、といったおざなりな構図の上に暴力と殺人に至るところを、遠大な理想を求めて手段を選ばぬ若いインテリと実現可能な方法で生活の改善を求める年配の顔役たちという現地の村の対立構図が提示される。そこに会社の利益だけでなく国益までも背負った商社マンが入っていき、さる決断を下し実行するが……という話だが、日本人ビジネスマンとしての行動規範と倫理、野心と使命感、諸々が交錯し、悲劇になだれ込んでいく。周到に準備され実行された完全犯罪が、思いも寄らぬ要因によって瓦解してしまうという、古典ミステリの妙味も備えており、ジャンルを超えてこの数十年の間に発表された短編のうちでもベストテンに入る作品であろうと私は思う。

息詰まるような心理描写でその場の空気感までも生々しく表現していく重厚な作品を生み出したかと思えば、完璧な論理構成で読者を驚かせる軽妙で知的な味わいの作品も発表する。題材も肌触りも多様だが、共通しているのはどれも紛れもないミステリ、ということだ。それもたいへんに上質な。

（作家）

〈初　出〉
軽い雨　「オールスイリ」2010年12月刊
黒い網　「オール讀物」2013年11月号
重い本　「オール讀物」2015年11月号
白い仏　「オール讀物」2019年6月号

上記の作品以外は単行本刊行時の書き下ろしです。

〈単行本〉
2019年9月　文藝春秋刊

DTP制作：エヴリ・シンク

文春文庫

I《アイ》の悲《ひ》劇《げき》

定価はカバーに表示してあります

2022年9月10日　第1刷

著　者　米《よね》澤《ざわ》穂《ほ》信《のぶ》
発行者　大沼貴之
発行所　株式会社 文藝春秋

東京都千代田区紀尾井町3-23　〒102-8008
TEL　03・3265・1211(代)
文藝春秋ホームページ　http://www.bunshun.co.jp

落丁、乱丁本は、お手数ですが小社製作部宛お送り下さい。送料小社負担でお取替致します。

印刷・凸版印刷　製本・加藤製本

Printed in Japan
ISBN978-4-16-791931-3

（　）内は解説者。品切の節はご容赦下さい。

横山秀夫
動機
三十冊の警察手帳が紛失した――。犯人は内部か外部か。日本推理作家協会賞を受賞した迫真の表題作他、女子高生殺しの前科を持つ男の苦悩を描く「逆転の夏」など全四篇。（香山二三郎）
よ-18-2

横山秀夫
クライマーズ・ハイ
日航機墜落事故が地元新聞社を襲った。衝立岩登攀を予定していた遊軍記者が全権デスクに任命される。組織、仕事、家族、人生の岐路に立たされた男の決断。渾身の感動傑作。（後藤正治）
よ-18-3

横山秀夫
64（ロクヨン）（上下）
昭和64年に起きたD県警史上最悪の未解決事件をめぐり刑事部と警務部が全面戦争に突入。その狭間に落ちた広報官三上は己の真を問われる。ミステリー界を席巻した究極の警察小説。
よ-18-4

米澤穂信
インシテミル
超高額の時給につられ集まった十二人を待っていたのは、より多くの報酬をめぐって互いに殺し合い、犯人を推理する生き残りゲームだった。俊英が放つ新感覚ミステリー。（香山二三郎）
よ-29-1

吉永南央
萩を揺らす雨　紅雲町珈琲屋こよみ
観音さまが見下ろす街で、小さなコーヒー豆の店を営む気丈なおばあさんのお草さんが、店の常連たちとの会話がきっかけで、街で起きた事件の解決に奔走する連作短編集。（大矢博子）
よ-31-1

吉永南央
その日まで　紅雲町珈琲屋こよみ
北関東の紅雲町でコーヒーと和食器の店を営むお草さん。近隣で噂になっている詐欺まがいの不動産取引について調べ始めると、因縁の男の影が……。人気シリーズ第二弾。（瀧井朝世）
よ-31-3

吉永南央
名もなき花の　紅雲町珈琲屋こよみ
新聞記者、彼の師匠である民俗学者、そしてその娘。十五年前のある〈事件〉をきっかけに止まってしまった彼らの時計の針を、お草さんは動かすことができるのか？　好評シリーズ第三弾。
よ-31-4

連城三紀彦
わずか一しずくの血
群馬の山中から白骨化した左脚が発見された。これが恐るべき連続猟奇殺人事件の始まりだった。全国各地で見つかる女性の体の一部に事態はますます混沌としていく……。（関口苑生）
れ-1-19

若竹七海
依頼人は死んだ
婚約者の自殺に苦しむみのり。受けていないガン検診の結果通知に当惑するまどか。決して手加減をしない女探偵・葉村晶に持ちこまれる事件の真相は少し切なく、少し怖い。（重里徹也）
わ-10-1

若竹七海
悪いうさぎ
家出した女子高生ミチルを連れ戻す仕事を引き受けたわたしは、ミチルの友人の少女たちが次々に行方不明になっていると知って調査を始める。好評の女探偵・葉村晶シリーズ、待望の長篇。
わ-10-2

若竹七海
さよならの手口
有能だが不運すぎる女探偵・葉村晶が帰ってきた！　ミステリ専門店でバイト中の晶は元女優に二十年前に家出した娘探しを依頼される。当時娘を調査した探偵は失踪していた。（霜月　蒼）
わ-10-3

若竹七海
静かな炎天
持ち込まれる依頼が全て順調に解決する真夏の日。不運な女探偵・葉村晶にも遂に運が向いてきたのだろうか？　「このミス」2位、決してへこたれない葉村の魅力満載の短編集。（大矢博子）
わ-10-4

若竹七海
錆びた滑車
尾行中の老女梅子とミツエの喧嘩に巻き込まれ、ミツエの持ち家の古いアパートに住むことになった女探偵・葉村晶。ミツエの孫ヒロトは交通事故で記憶を一部失っていた……。（戸川安宣）
わ-10-5

若竹七海
不穏な眠り
相続で引き継いだ家にいつのまにか居座り、死んだ女の知人を捜してほしいという依頼を受ける表題作ほか三篇。満身創痍のタフで不運な女探偵・葉村晶シリーズ。NHKドラマ化。（辻　真先）
わ-10-6